AF208552

Widmung & Dank

„Dieses Buch widme ich allen Menschen, die Hilfe und Beistand im Kampf „Arm gegen Reich" brauchen, die täglich versuchen ihren Egoismus einzufangen und für die Werte wie Toleranz, Ethik, Moral und Respekt alternativlose Lebensbedingungen und keine Optionen sind."

„Mein Dank gilt allen, die mir täglich helfen weiterzumachen und mit ihrem Optimismus mein Leben verschönern, sowie meinen Freunden, die ich nicht alle aufzähle, um keinem vor den Kopf zu stoßen, falls ich einen vergessen sollte. Schön, dass es euch gibt!"

D.T.

Story

Martin Horus ist Mitte 40, melancholisch, müde vom Leben und so dünnhäutig, dass er manchmal tagelang im Bett liegen bleibt. Er arbeitet im Auftrag der Vereinten Nationen und spürt, dass etwas geschehen muss.

Seit Jahren treiben Konzerne mit globalem Wachstums-Hunger Menschen und ihre Nationen in den Ruin, deren Gesetze und Ländergrenzen nur noch in Geschichtsbüchern existieren.

Globale Richtlinien müssen neu definiert werden, weil Ökonomie und Menschenrechte nicht mehr im Gleichgewicht sind - das End-Spiel hat begonnen und Martin Horus lässt Taten sprechen.

Über den Autor

Don Tango lebt auf Mallorca. Nachdem er sich erfolglos als Schäfer und Olivenbauer versuchte, und Abdeckereien seine Seele beinah verschlangen, begann er als unbekannter Autor zu schreiben und veröffentlichte erste Bücher.

„Figur und Story sind mir durch einen Einfall zugeflogen. Keine Ahnung woher sie kamen – so in etwa wollte ich die Einleitung erklingen lassen – aber das stimmt nur zum Teil. Wahr ist, dass sich die gesamte Weltwirtschaft in einer ethisch-moralischen und menschenverachtenden Abwärtsspirale befindet, dass wir heute darüber reden müssen, wie wir morgen leben wollen. Womit ernähren und beschäftigen wir die Menschen der Erde, wenn wir immer effizientere Technologien entwickeln, bei stetig wachsender Weltbevölkerung?

Wenn man sehen möchte, hilft es den Augen zu trauen, denn dann erkennt man schnell, dass die Realität viel intensiver ist, als jegliche Belletristik zusammengenommen, weshalb es nicht überrascht, wenn man beim Lesen den Eindruck gewinnt, Ähnlichkeiten zu Geschehnissen in der Wirklichkeit herstellen zu können. Doch gerade deswegen soll an dieser Stelle noch einmal daran erinnert werden, dass alle Namen, Gestalten und Situationen dieses Romans, meiner Fantasie entsprangen."

D.T.

Don Tango

Die Augen des Horus

Roman

Ungekürzte Ausgabe

2.Auflage 2023

Copyright: Don Tango

Redaktionelle Mitarbeit: Claude Piel

Umschlagsbild Cover: Piero Vallongo

Umschlagsbild Backcover: Claude Piel

Umschlagskonzept: Dirk Zipfel

Herausgegeben von Dirk Zipfel

Ein Imprint von Dirk Zipfel - Hauptstraße 55, 22962 Siek
Germany

Das Werk, einschließlich seiner Teile, ist urheberrecht-
lich geschützt. Jede Verwertung außerhalb der engen
Grenzen des Urheberrechtsgesetzes ist ohne Zustim-
mung des Verlages und des Autors unzulässig. Dies gilt
insbesondere für die elektronische oder sonstige Ver-
vielfältigung, Übersetzung, Verbreitung und öffentliche
Zugänglichmachung. Printed in Europe

Weitere Informationen: dontangoworld@gmail.com

ISBN: 9783981953329

Prolog

2030 - seit Jahren zehren langanhaltende Monsunregen, Killerviren, Finanzkrisen und unerträgliche Dürreperioden unsere Erde aus. Moral und Ressourcen sind nahezu restlos zerstört.

Zusammenbrechende Währungen und Volkswirtschaften, Volksaufstände sowie genmanipulierte Nahrungsmittel stellen die Menschen vor große Probleme – immer schneller mutierende Viren beuteln die Menschheit und fördern die Ausgrenzung der Alten und Schwachen – und dennoch dreht sich die Spirale von Konsum und Kapitalismus schneller und schneller. Kann niemand den erneuten Untergang der Menschheit verhindern?

In allergrößter Not beschließen die Vereinten Nationen, eine staatenunabhängige globale Instanz zu gründen, die verantwortlich ist für Ethik und Moral bei globalen Finanztransaktionen und Investment, um menschliche Gier, Macht und Reichtum im Zaum zu halten.

Wie alles begann

Irgendwann mitten in der Nacht. Ein Mann rennt wilde Haken schlagend durchs Unterholz eines tiefen Waldes. Jede Sekunde läuft er Gefahr sein Gleichgewicht zu verlieren und schwer zu Boden zu gehen. Immer wieder dreht er sich panisch nach Verfolgern um.

Mehrere Male streift er nasse Bäume, kommt ins Straucheln und kann in letzter Sekunde seinen Sturz verhindern. Plötzlich wird es heller. Langsam erhebt sich morgendlicher Horizont vom Boden und lässt erstes Sonnenlicht erahnen; da vorne scheint der Wald zu enden, denkt er sich und spürt erste Hoffnung für leuchtende Veränderungen und Neubeginne keimen; ein letztes Mal schaut er hinter sich; vereinzelt aufflammende Freude lassen sein Gesicht heller scheinen, als er in vollem Lauf über ein letztes Hindernis springt und zu spät erkennt, dass just dahinter eine gewaltige Schlucht ihren unendlich schwarzen Rachen aufreißt, in den er schreiend-weiß vor Angst hinunterstürzt!

Wie in Zeitlupe fällt er tiefer und tiefer, sein Herz erstarrt vor Angst; kalter Schweiß rinnt ihm in Sturzbächen über den Körper, während er unaufhaltsam in die gähnend tiefe Dunkelheit stürzt, die sein Schreien bis zum Aufschlag verschlingt, als plötzlich………

Piep-piep-Piep! piep-piep-piep! Schweißgebadet schoss Martin hoch. Unbarmherzig laut schepperte der Wecker. Früher Morgen, sieben Uhr. Sein Herz pochte ihm bis zum Hals. Schuppig wie ein zappelnder Fisch glänzte seine blasse Haut. Wieder der furchtbare Albtraum, der ihn seit seiner Kindheit verfolgte. Langsam blickte er sich um, während sein Herz rauf und runter raste. Nach und nach entspannten sich seine Hände, die

sich bis vor wenigen Sekunden noch panisch in die Bett-
decke krallten. Langsam normalisierte sich sein Puls. Er
blickte sich um und roch kalten Rauch. Wieder hatte er
gestern vergessen das Fenster zu öffnen. Ein randvoll ge-
fülltes Bullauge der Waschmaschine erinnerte ebenfalls
daran, dass mehr auf seiner Liste stand. Gedankenverloren sah Martin sich im Schlafzimmer um und kratzte seinen Kopf, als ihm einfiel, dass er folglich auch nicht mehr
einkaufen gegangen sein konnte. Seit einiger Zeit machte
sich merkwürdige Unordnung in seinem Leben breit.
Schon die Nacht davor hatte Martin Schockierendes ge-
träumt. „Wo kommt all der Kram her" dachte er besorgt,
litt er doch früher nicht darunter. Warum jetzt? Ein paar
Minuten ließ er sich von seinen morgendlichen Fragezeichen terrorisieren, während er den weltlichen Geräuschen lauschte. „Hör dir die Elefanten an, wie sie durchs
Treppenhaus poltern; Blechmarionetten mit Gummifä-
den, geradezu unheimlich, dass denen nichts Schlimme-
res passiert", murmelte er leise vor sich hin. Seit einiger
Zeit fühlte sich vieles falsch an, aber es ließ sich nicht
greifen. Vielleicht überkam ihn Gleichgültigkeit, so wie
alle.

    Martin ging ins Wohnzimmer, um mit seinem
allmorgendlichen Sport zu beginnen. Langsam begann er
mit ein paar Dehnübungen, während er die blass-beige-
gebeizten Eichenholzdielen teilnahmslos anstarrte. Dann
fing er mit Hampelmann an. „Zwanzig" Martin spürte jeden einzelnen Knochen. Danach folgte diszipliniertes
Schulterkreisen. Dann Arme, Beine und Kopf. „Los doch,
schön überstrecken", feuerte er sich an und klang dabei
wie Turnvater Jahn. „Fünfzig" Sandfarbene Wände sahen
ihm gelangweilt dabei zu. „Sechzig" Martin mochte die
skandinavische Gemütlichkeit in seiner Wohnung und

erinnerte ihn daran, wie er früher mit hochgekrempelten Hosen durch Dünen lief. „Achtzig" Dekorationen lösten bei ihm Beklemmung aus; die vielen Erinnerungsstücke drängten ihn so sehr an die Wand, dass er kaum Luft bekam. „Hübsch-geformte Gegenstände in schrillen Farben, als stünde man in einer Puppenstube", unkte Martin herum. Hundert. Fertig. Langsam wie ein alter Bibliothekar quälte er sich hoch und fuhr wie eine quietschende Raupe umher, bis er Richtung Bad schlingerte und sich unter der Dusche verkroch.

Hier begann sein zweites Morgenritual, dass aus heißem und kaltem Duschen bestand. Wachwerden, stark und gesund sein, morgendliche starke Worte, die auf einen abschreckenden Abschluss vorbereiteten. „Scheiße ist das kalt! Bei allen griechischen Göttern!" Er hasste das kalte Wasser am Ende seiner morgendlichen Prozedur. Nur fluchend überstand er es, um mies gelaunt, aber wach, aus der Dusche zu steigen.

Dezent gerahmte Bilder hingen an der Wand und schunkelten verschlafen im Takt, Geschenke eines befreundeten Künstlers. Sein üblicherweise blank-geputzter Wohnzimmertisch erinnerte an den Ätna, der am gestrigen Abend unregelmäßige Eruptionswolken und Aschebrocken ausgestoßen hatte. „Klapprige Marionette der Absurdität, die nicht will, aber muss", schleppte er sich lamentierend in die Küche, griff nach einer Flasche Wasser, einem Glas und nahm einen gierigen Schluck, während er verschwommene Blicke hinaus in den stählernen Regen schoss.

Grau, nass, kalt und fahl, glich dieser dem jüngsten Tag. Trostlos, wie er Sicht, Atem und letzten Mut raubte und alles Licht im Keim erstickte. Als schienen sie nicht Martin zu gehören, griff ein Arm nach der Kleidung, während der andere die Espresso-Maschine bediente. Draußen herrschte bereits geschäftiges Treiben. Leben, zu einer eindrucksvollen Suppe aus Dreck, Alltagsverzweiflung, Verkehrslärm, Anfahren und Hupen vermischt, garniert vom täglichen Großstadt-Wahnsinn. Wespennester der Neuzeit. Fast zehn Stunden hatte Martin geschlafen, trotzdem fühlte er sich verbrannt und brüchig, wie zu lang geröstetes Toastbrot.

Mechanisch schlüpfte er in Schuhe, die er vor Jahren in Kuba kaufte und streifte sich sein abgewetztes Leinen-Jacket über, dass ihm mit dem knittrigen Hemd und grau-werdenden Schläfen Vintage-Ambiente gab.

Wie jeden Morgen begann Martin nach dem Autoschlüssel zu suchen, den er aus irgendeinem Grund regelmäßig verlegte. Routiniert blickte Martin aufs Display seines Smartphones, um Termine zu überfliegen. Mensch-sein, was bedeutete das? Er wusste es nicht. Längst war Martin der Meinung, dass man zu absurden Erledigungsrobotern verkam. Wer kontrollierte eigentlich wen? Oder war es schon das Jüngste Gericht? Martin hasste Kadavergehorsam. Seit er selbstständig denken konnte, brannte in ihm eine leidenschaftliche Gegnerschaft zu Konformität, Gleichschaltung und Gleichmacherei. Nachdenklich nippte er am Café und spielte mit dem Gedanken, seine erste Zigarette anzustecken.

„Du rauchst und trinkst zu viel", murmelte er. Plötzlich ertönte zum zweiten Mal ein hässlicher Sirenenklang. Mürrisch sah Martin auf das Smartphone, Zeit loszufahren, sonst drohte Stau. Martin hasste Fremd-bestimmt-sein. Alle Welt redete von Effizienzsteigerung und Quality-Time. „Alles Blödsinn", aus seiner Sicht. Schon länger dachte er darüber nach, auf Roller oder Motorrad umzusteigen und fragte sich, was ihn davon abhielt. Staustehen fand er furchtbar.

All die beschlagenen Scheiben und stinkenden Abgase, der dröhnenden Motoren. Die ganze Welt schien eine vibrierende Kriegsmaschine geworden zu sein, durchzogen von schlecht verheilten Wunden der archaischen Vergangenheit. Graue Karossen reihten sich in endlosen Schlangenlinien in Reih und Glied. Qualm, Gestank und Lärm gesellte sich dazu. Überall tropfende Auspuffrohre, die an Schnupfnasen erinnerten, alle zu Dauerkunden der Ärzte und Pharma-Industrie machend. Letzte Überreste herrschaftlichen Glanzes erinnerten an vergangene Zeiten, als alles groß, bunt und mächtig erstrahlte. Längst war die Zeit der Imperien und Autokraten vorbei, auch wenn immer noch manche der aussterbenden Fossilien über die Erde krabbelten.

Martin blickte sich um und sah die hypnotisierten Augen, wie sie Stoßstangen anstarrten. Madengleich schob sich der nass-glänzende Verkehr durch die verstopften Straßen und fraß sich langsam durch das Großstadtdickicht.

„Triefender Bedürfnisdschungel, in den wir Überfluss und Überdruss kippen!", sang Martin den Blues, der ihn wieder erwischt hatte. Fahrradkuriere sausten wie Satelliten links und rechtsvorbei; unruhig trommelte er mit den Fingern auf dem Lenkrad und schaltete Nachrichten ein.

„Tja, wer sagt's denn, alles wie immer. Nahost blieb ein Hexenkessel, während die USA untergingen und Europa gegen den Rest der Welt kämpfte. Wir müssen endlich handeln", ermahnte er sich.

Hinter Martins Melancholie hauste ein Idealist,

der Ärger und Verwunderung verbreitete. Müde betrachtete er die grauen Wassermassen, die vom Himmel fielen und murmelte weiter vor sich hin. „Mein liebes Europa, ich bin gespannt, ob du die Kurve bekommst; wird schwer werden, den egoistischen Mächten die Wettstreiterei abzutrainieren. Kanonen und Waffen. Krieg, Gier und Egoismus. Zerstören, um aufzubauen und doppelt und dreifach Geld verdienen, was für eine Old-School. Kann nicht irgendjemand nachhaltigeres Investment erfinden?"

Langsam ließ er das Fenster runter und zündete sich eine Zigarette an. Ein paar Mal bog er links und rechts ab. Wohin er auch sah, überall prasselte Regen wie während der Sintflut. Menschen rannten geduckt herum, Schirme und Zeitungen über Köpfe haltend.

Am Morgen hatte Martin über sein Leben nachgedacht. Dreißig Minuten kam er zu spät los. Auch seine Überweisung und den Monatsbericht hatte er vergessen. Sein letzter Albtraum machte ihm mächtig zu schaffen. Er kam und ging wann er wollte.

Schon in der Grundschule fiel Martin auf. Er schien anders zu sein, als der Rest der Klasse und lachte zum Beispiel nicht, wenn die anderen sich die Bäuche hielten. Oft wählte man ihn daher bei Mannschaftssportarten als Letzten aus. Anfangs dachte er sich nichts dabei. Doch als keine Veränderungen kamen, fing er an sich Fragen zu stellen, wie zum Beispiel, ob er von Natur aus vielleicht dumm und einfältig war und deswegen nichts verstand. Verzweifelt suchte er in seinem jungen Körper nach etwas Unbekanntem, was er vielleicht übersehen hatte. Irgendwann bildete er sich ein, dass es womöglich daran lag, dass er nichts fühlte. Ständig fühlten die Menschen was, weswegen er oft in sich hineinhorchte und wartete. Doch da war nichts. Als er lesen und schreiben lernte, stolperte er über das Wort Mitgefühl. Angeblich hatten Menschen sowas und er machte sich auf die Reise zu seinem jungen Selbst, fand jedoch - nichts. So begann Martin zu beobachten. Erst nur, um die Menschen zu verstehen, bald schon, um all ihre Eigenarten und Verhaltensweisen zu studieren. Nach nicht allzu langer Zeit gelang es ihm im Voraus zu wissen, wann man lachte.

Endlich fühlte er sich etwas dazugehörig, spürte aber immer noch, dass ihm etwas fehlte, als hätte sein Körper ein Loch. Eines schönen Tages, es war Freitag und ein harter kalter Winter, da schneite es dicke schwere Flocken und es wurde so schnell dunkel, dass man den Eindruck bekam, dass später Abend wäre. Während des Sports in der beheizten Turnhalle bemerkte die Klasse, dass Martins Bewegungsabläufe einer Katze glichen, was einige Jungs und charakterstarke Mädchen einlud, ihm eine Lektion zu erteilen.

Auf dem Heimweg musste er lange am Waldrand gehen. Dort warteten sie auf ihn, hatten jedoch ihre Rechnung ohne Martins blitzschnelle Reaktionen gemacht. Sofort roch er die Falle und lief hinein in den dunklen Wald. Immer tiefer und tiefer drang er vor, drehte sich immer wieder um und hörte ihre höhnische Forderung, um ihm eine Abreibung zu verpassen.

Plötzlich stolperte Martin und fiel in tiefen Schnee. Einer der großen Jungen kam angerannt und sprang sofort auf ihn drauf. Am Anfang zappelte Martin wie ein Fisch an der Angel, bis er unter dem Gewicht einsah, dass er keine Chance hatte. Minutenlang seiften sie ihn ein, erst Gesicht, dann Ohren; auch stopften sie ihm reichlich Schnee in Rücken und Kragen, bis Martin gar nichts mehr fühlte und regungslos liegenblieb, bis es vorbei war.

Wieder zurück in der Gegenwart.

Martin saß immer noch im Auto und kurvte mehrere Minuten im dichtgeparkten Stadtzentrum herum, bis ihn irgendwann die Tiefgarage schluckte, die wie ein umgestülpter gekachelter Blauwal vor ihm lag und seinen hungrigen Hochglanz-Uterus öffnete, der mit glänzendem Zwei-Komponenten-Lack ausgepinselt war, dass alle Autoreifen bei Lenkbewegungen erbärmlich quietschten. Martin erinnerte das Kreischen an sterbende Ratten, die man langsam überfuhr und deren Atem man aus ihren plattgefahrenen Körpern quetschte, wie Reste von Zahnpasta-Tuben.

Langsam stieg er aus, lauschte dem Atem der Tiefgarage und schlenderte gedankenverloren zum Fahrstuhl. Zehn Minuten später saß Martin in seinem Büro, welches aus Konferenzraum und Grübelzimmer mit Bar bestand. Auch hier hingen Bilder vom gleichen Künstler wie in seiner Wohnung. Einige verstreut herumliegende Statistiken machten einen unaufgeräumten Eindruck.

Zwei zerfledderte Palmen, eine Standvase mit Plastikblumen und seine am Boden liegende Jacke, die lautlos, wie ein unschuldiger Papierdrachen, am Kleiderständer vorbeisegelte, erinnerten an das Wartezimmer eines Proktologen, kurz vor der Rente.

„Nichts, bleibt einem erspart" ächzte er beim Hinhocken, griff sich Zigaretten und Laptop und setzte seinen stillen Monolog fort. „Sieh an! Forcierte Kryptowährung. Russland, China und Indien, eindrucksvolle tripolare Staaten. Bodenschätze, Historie mit Macht oder Population. Nordamerika und Lateinamerika, monopolar, Bodenschätze mit zu viel Selbstbewusstsein, echte

Bipolarität verhindernd." Martin betrachtete Zahlen und Kurven und dachte an die untergehenden Vereinigten Staaten, die während der Corona-Krise alles verloren hatten und wo heute ein Bürgerkrieg wütete. Seiner Ansicht nach hielten Europa und Afrika ihre Tripolarität mit Wissen, Vielfalt und Historie. Nahost, das alte Zweistromland hatte seinen Vorträgen zufolge ein klares tripple vor WW1, aber nachdem Franzosen und Briten bewusst neue Grenzen gezogen hatten, die Ethnien und ihre Kulturen zerschnitten, hatten sie genug mit sich selbst zu tun, dass sie zu spät merkten, wie sie nur noch bipolare Opferanode für Rohstoffgeier spielten.

Früh fing Martin an, alltägliche Dinge in seinem Leben zu ändern. „Wir müssen wieder bei den kleinen Läden in der Nachbarschaft kaufen." ermahnte er Freunde und Mitmenschen. „Wir müssen weniger Abfall produzieren und unseren Konsum runterschrauben." Bald saß er in seiner kauzigen Altbauwohnung und aß mit Holzbesteck, das er auf Dienstreisen sammelte. Sein Lebensstil passte zu seinem Auftreten, als graumelierter Kater, dessen Augen immer noch lebendig funkelten und ließ ihn wie einen hageren, nicht mehr ganz jungen kubanischen Geheimagenten aussehen.

Bald reparierte er alles was kaputt ging, Einfluss der sechs Monate Kuba. „Es gibt zu viel Elend, Armut, Müll und Kriegsschauplätze auf der Welt" dozierte er, wenn man ihn darauf ansprach. Doch weiterhin spielten kapitalregierte Staaten Herrscher des Weltenhandels, doch wie lange noch? Und was war mit Europa? Aus Martins Sicht hatten sie immer noch ihre Vermittler-Rolle inne und merkten nicht, dass man sie ausspielte. „Haben immer noch zu viel mit sich selbst zu tun, allen voran „vive La France." Elf Uhr. Seine früh erhitzten Gemüter brauchten Abkühlung. Eher als sonst machte er sich einen Scotch auf Eis. Plötzlich klingelte das Smartphone. Normalerweise mochte er nicht gerne telefonieren, sah aber dass es wichtig war und ging sofort ran. „Marty?", Eduardo, sein Chef, der Martin auf ungünstigem Fuß erwischte. „Nein, hier ist Warren Buffet! Welche dämliche Frage, Eduardo! Wer soll schon dran sein, du weißt wessen Nummer du gewählt hast."

Eduardo kannte Martins borstige Widerspenstigkeit, hatte aber weder Lust noch Zeit für Albernheiten. „Bist du in deinem Büro?", Eduardo rief ihn eigentlich nie an. „Seit einer halben Stunde, wieso?" Martin beschleunigte das Tempo. „Kannst du jetzt vorbeikommen? Es ist dringend!" Martin erschien das merkwürdig und dachte plötzlich an seine Urgroßmutter, wie sie in ihrer Küche voller Pfannen und Töpfe stand.

Noch heute hatte er den Duft ihrer frisch gebratenen Nieren in der Nase, zart-schmorender Urinduft, von Salz, Pfeffer und schwitzender Butter umflort, der seine kleine Welt in ein erdiges Aquarelle verwandelte. Martin merkte, wie seine Gedanken abschweiften. „Hast du Anhaltspunkte für mich?" Martin ärgerte sich, dass jeder Aufmerksamkeit voraussetzte, um seine Füllhörner entleeren zu können, bei gleichzeitigem Desinteresse selber aktiv zuzuhören. „Komm bitte her!"

Sowas aber auch, Eduardo konnte ein Rüpel sein, wenn er die Geduld verlor. Klang da Stress, Wut oder Zorn in seiner Stimme? „Okay, bis gleich." Es knackte in der Leitung. Eduardo klang angespannt. Martins Neugier wuchs wie Unkraut, während er vom Treppenhaus in die Tiefgarage runter rannte, ins Auto sprang und sich in den zähen Verkehr einfädelte, der zähnefletschend am

Bordstein vorbeiströmte. Zum Glück hatte es aufgehört zu regnen. Endlich kam die Sonne wieder raus. Fast eine Stunde brauchte er in die Zentrale der Vereinten Nationen, vorbei an Bussen, Ampeln, Kiosken und Großstadtmüll. Aus den Augenwinkeln sah er, wie ein Lieferwagen einen Motorradfahrer übersah, der in hohem Bogen zwischen welken Zeitungen niederging und sie aufwirbelte, wie traurige Straßenblumen der Großstadt. Schnell drängelten sich Blaulichter vorbei.

Irgendwann hielt Martin vor der Sicherheits-Schranke, sah sich aufmerksam um und hielt seinen Ausweis vor das Lesegerät, als sie sich schon lautlos hob. Behutsam fuhr er in die weiß lackierte Tiefgarage, schälte sich aus dem Wagen und eilte zum Fahrstuhl. Eine gläserne Kabine kam summend herangesaust.

Eine rote Lampe leuchtete auf, eine Frauen-Stimme ertönte. „Sie haben die Vorstandsetage angefordert, bitte identifizieren Sie sich; halten sie ihren Ausweis neben ihren Kopf, schauen sie in die Kamera, einen Augenblick bitte: Danke. Identifikation abgeschlossen. Guten Morgen, Martin."

Vorsichtig stieg er in die gläserne Gondel und dachte an das Gebäck, dass es dort oben gab. Er liebte die dänischen Butterkekse. Aus seiner Sicht, die einzige ernstzunehmende skandinavische Antwort auf französische Madeleines. In Tee gedippt zum Frühstück, einfach wunderbar.

Martin bevorzugte eine Mischung aus Earlgrey und englischem Frühstückstee. Er liebte Bergamotte, aber nicht zu viel. Man musste aus seiner Sicht die Zitrusfrucht mit schwarzem Tee ausbalancieren, sonst hinterließ sie einen schweren Teppich auf der Zunge. Lautlos schlossen die gläsernen Schiebetüren.

Ein leichter Ruck und es ging nach oben. Bald flogen die Etagen im Sekundentakt vorbei. Husch, husch, husch, husch. Kurz darauf hielt die Kabine mit zischendem Türenöffnen. Martin sah vorsichtig auf den Flur. Gedämpftes Licht machte ihn befangen. Weite Flure, alles hell mit Pastell. Obwohl er sich hier oben auskannte sah er sich auch heute aufmerksam um.

Viel Kunst hing an den Wänden. Martin fühlte sich unwohl so weit oben, konnte aber nicht sagen warum „Heeresführung mit Kultur, Gediegenheit und Generosität, was ist die Botschaft? Das man vorsichtig mit Macht umgeht und dabei Bescheidenheit und Seriosität zeigt?" Martin glaubte nicht an Verschwörungstheorien, blieb jedoch der Meinung, dass der Unterschied zwischen Sein und Schein, reich und arm überall zu groß geworden war.

Gerade hing er seinen Gedanken nach, als eine schlanke attraktive Frau auf ihn zukam. „Guten Morgen Martin, geh bitte gleich rein." Isabella war die angenehme Stimme aus dem Fahrstuhl und Eduardos Assistentin. Martin fand nicht nur ihre Stimme samtig und elegant. Er schätzte sie auf eins-fünfundsiebzig, vermutlich aus Norditalien, Milano. Dunkelblond, mit Rotstich. Martin spürte, wie ihn Sommersprossen und grüne Augen gefangen nahmen und versuchte nicht auf ihre Stilettos zu achten, die ihr weitere zehn Zentimeter Sexappeal verabreichten. Eine durch und durch beeindruckende Erscheinung, wie Martin fand. „Ciao Isabella, wie war dein Wochenende?"

Eigentlich lag Martin kein Smalltalk. „Wie man's nimmt, ich habe gearbeitet!" Martin war kein Lebemann, genoss Selbiges dennoch in vollen Zügen. Seiner Ansicht nach war es gestattet, das Leben zu genießen. Martin fand Isabella anziehend, sah sie von der Seite an und hatte den Eindruck, dass sie besorgt war. Bald würde er hoffentlich mehr erfahren. Als er das weitläufige Büro betrat, ließ er die Tür hinter sich geöffnet und spürte, dass Isabella ihm folgte und jetzt hinter ihm stand.

Martin roch Baumwolle, mit einem Hauch Zimt und Vanille. Eine Nuance Rosenwasser schien auch dabei zu sein. „Konzentriere dich" Martin musste Abstand zum Duft-Ensemble bekommen und spürte die erotische Anziehung. Er ging einen Schritt zur Seite und drehte sich zu ihr um. Sie lächelte zurück, als die überschäumende Ungeduld des Chefs sie unsanft wegschob.

„Martin, schön dass du da bist", Eduardo schien außer sich zu sein. „Natürlich", entgegne Martin und wartete ab. „Setz dich, möchtest du einen Café?" Langsam ließ Martin seinen Blick herumschweifen und betrachtete das große Sofa im Zentrum, sowie die bodentiefe Glasfront. „Schluss jetzt", ermahnte sich Martin. „Du bist nicht in einer Ausstellung! Naja, ein wenig schon, sieh dich mal um, alles stellen wir aus, unsere Herkunft und all unsere Auszeichnungen, die wir wie Tapferkeitsmedaillen an stolz geschwellter Brust tragen und uns als Qualitätsprodukt brandmarken", setzte er seinen inneren Dialog fort.

Martins Blicke entdeckten den Glastisch vor der Couch, Skulpturen und Bilder und eine dezente Bücherwand. Eduardos Schreibtisch war bedeckt von Dokumenten. Zwei Bildschirme auf der einen, ein voller Aschenbecher auf der anderen Seite.

Anzug und Gesicht schienen stark zerknittert, mit Augenringen und aufgeknöpftem Hemd. Seine grauen Haare kombiniert mit Vollbart, ließen Eduardo wie eine Eule aussehen. Ein Whiteboard voller Kurven und Zahlen stand im Raum. Hier und da gab es Schnittpunkte und bunte Pfeile.

Schweigend gingen sie aufeinander zu und umarmten sich. Martin bemerkte seine kräftige Fahne. Eduardo schob alle Höflichkeit beiseite und wartete Martins Antwort nicht weiter ab. „Isabella, mach uns bitte zwei doppelte Espresso!" und gab der Tür einen schwungvollen Schub, dass sie krachend ins Schloss fiel. Beide wichen den Blicken nicht aus. Eduardo stützte sich am Tisch ab und sah Martin direkt in die Augen.

Irgendetwas versuchte er in ihnen zu finden und hatte offensichtlich Erfolg. Langsam begann er zu lächeln. Im selben Moment kam Isabella wieder zur Tür rein und stellte zwei Tassen auf den Tisch. „Danke", sagten sie im Chor. Wie ein Leuchtturm stand Martin in Eduardos herrschaftlichem Büro und merkte, wie er unruhig wurde und ungeachtet dieser Beobachtung seinen inneren Monolog fortsetzte.

„Diese blöde Exzellenz-Geschichte, zeige mir deine Schwächen und ich erklär dir, ob du gewalttätig warst." Eduardo machte eine weit ausholende Geste. „Setz dich, Martin", wiederholte er etwas energischer. Oft störte sich Eduardo an Martins gemächlicher Art, was dieser wiederum großartig fand, weil es Martin bewies, dass Eduardos Geduld antrainiert, also gespielt war.

Eduardo blieb ein daueraktiver Vulkan, mühselig unter Kontrolle gebracht durch Disziplin, Zigaretten und Alkohol. Martin mochte es, wenn seine eigenen Gedanken abschweiften und auf Reisen gingen. So wie damals, als die Familie in Urlaub fuhr und er die vorbeirauschende Landschaft beobachtete. Martin dachte an seinen Vater; nur einmal schlug er den Sohn. Martin grübelte, gab es ein zweites Mal?

Am laufenden Band stellte er dummes Zeug an. Einmal warf er mutwillig Scheiben ein und dann war da die Sache mit dem brennenden Schuppen. Also doch zweimal. Martin hätte sich für diese Dummheit selber ohrfeigen können. Eine Woche Stubenarrest bekam er.

Noch heute konnte er das Knallen und Knacken hören, wenn sein Vater Fußnägel schnitt. Oder das Papier-Geraschel und der Zeitungsgeruch, wenn er lange Sitzungen hielt, mit dem warm aufsteigenden, den kleinen Raum ausfüllenden Duft längst vergangener Mahlzeiten. Wie oft vergaß sein Vater, die Tür zu schließen. Wie sehr hasste es die Mutter, ihn mit runtergelassenen Hosen zu ertappen und prallte dann kopfschüttelnd zurück. Wie sehr sich dies unvergleichliche Stillleben in seinen Kopf brannte; Vater auf Klo, die schwere Zeitung auf dem Rand der mintgrünen Badewanne ausgebreitet.

Gemeinsam gingen Eduardo und Martin zur Sofaecke und setzten sich auf das weiche Polster. Eduardos Anspannung war unübersehbar. Minütlich wischte er sich Schweiß aus der Stirn, obwohl sein Büro kalt wie ein Kühlschrank war. Martin konnte sich keinen Reim darauf machen, was für Neuigkeiten Eduardo hatte, weswegen er schwieg, hin und wieder an der Tasse nippte, eine Schachtel aus dem verbeulten Sakko zog und eine Zigarette herausnestelte.

Jetzt war es soweit.

Länger anzuhalten schien Eduardo unmöglich. „Erinnerst du dich an unser letztes Treffen?" Bedeutsam formte und faltete der Generalsekretär der Vereinten Nationen seine Hände „Natürlich, wieso?" Martin atmete langsam, doch Neugier und Spannung sprossen gleichermaßen wie Unkraut. „Erinnerst du unsere Bestürzung, als wir unseren schwindenden Einfluss erkannten, dass es aus deiner Sicht am weichen Mandat läge und wir daher in der Klemme stecken?" Martin runzelte die Stirn und dachte an den kalten Winter, als die großen Jungs den kleinen Martin einseiften.

„Ja, natürlich." Martin hasste Eduardos lange Ausschweifungen. Immer musste er große Geschichten aus Allem machen. Nicht nur, weil er Spaß daran hatte, sondern vor Allem, weil er gern beeindruckte. Martin gegenüber pflegte er diese Ader besonders intensiv, weswegen dieser sich bemühte, höflich und geduldig zu bleiben, was ihm nicht immer gelang, was auch daran lag, das Eduardo sofort merkte, wenn Martin abschaltete und geistig woanders war. Dabei ertappt zu werden, blieb Martins Albtraum, wenn er in der Schule zum Beispiel Vorlesen musste und keine Ahnung hatte, wo er weitermachen sollte.

Oh, welche Scham!

Wenn seine Mitschüler bemerkten, dass er Mathematik-Aufgaben oder Grammatik-Regeln nicht verstand, konnte er vor Schamgefühl in das nächste schwarze Loch springen. Eduardo hatte bemerkt, wie seine Augen die Ferne fokussierten und sich Erleichterung auf seinem Gesicht breit machte. „Sicherlich, das sind, wenn ich mich nicht irre, meine eigenen Worte, warum fragst du?" Unterhaltungen mit Eduardo waren für Martin schwer, weil sie so ein vertrautes Verhältnis zueinander hatten und ineinander wie in offenen Büchern lasen, weshalb Martin sich maximal konzentrieren musste, um nicht den Faden zu verlieren.

„Jetzt haben wir den Notfall!"

Wie von einem Stromschlag getroffen durchfuhr es Martin. Er spürte, wie es zwischen seinen Ohren, bis hinauf in die Haarspitzen knisterte. Nur schwer konnte er seine aufflammende Anspannung und Neugier unterdrücken. Seit Jahren traf Martin sich mit Chaostheoretikern, Mathematikern, Professoren und Dozenten jeder Disziplin. Mit CEO's, schwerreichen Investoren und mächtigen Familien, was in Wahrheit, wenn Martin darüber nachdachte, nichts Ungewöhnliches für den Chef für Investor Relation der Vereinten Nationen war.

„Vor einiger Zeit hast du unsere Strategie-Abteilung mit einem drakonischen Batzen Daten gefüttert, erinnerst du dich?" Martin lief Gefahr, einen langweiligen Gesichtsausdruck zu machen, weil er sich keinen Reim darauf machen konnte, warum Eduardo die Geschichte wiederholte. Worauf wollte er hinaus? Martin versuchte Unwissenheit, Ungeduld und Neugier zu verstecken.

„Selbstverständlich! Es ist schon eine Weile her, vielleicht vier Monate, oder mehr, warum fragst du? Wir tappen im Dunkeln, du weißt das, Eduardo. Bis heute haben wir unseren Einfluss nicht bündeln können. Wir müssen ein Cockpit entwickeln, wo wir alle Informationen ablesen können und eine proaktive Ethik-Kommission platzieren, die einschreitet, wenn Investoren gegen Ethik und Moral verstoßen! Warum fragst du?"

Martin verstand immer noch nicht und kaschierte es, indem er den Spieß umdrehte und die Augenbrauen skeptisch hochzog. Es klappte. Eduardo strahlte vor Glück, weil er sich durch Martins offensichtlichen Zweifel eingeladen fühlte, weiter auszuholen.

„Einfach alles, Marty! Erinnerst du, was du Nick, Chef der Data-Analytik, für einen Rat gabst?" Martin bohrte tief im Innersten, fand aber nichts, was er in Zusammenhang bringen konnte. Langsam überkam ihn erste Unruhe. Eduardo preschte vor.

„Damals sagtest du dem Team, das wir lernfähige Algorithmen brauchen, um Wachstums-Mechanismen der jeweiligen Konzerne im Verhältnis zu ihren Chefs zu setzen. Du warst überzeugt, dass wir so den Einfluss eines CEOs auf seinen Konzern und den Weltmarkt sichtbar machen." Martin atmete auf, erste Erinnerungen kamen zurück. Was dachte sich Eduardo denn? Sie blieben zahnlose Tiger.

Die Frage war nur, wie sah ihr hartes zukünftiges Mandat aus. Währenddessen lief Eduardos Vortrag weiter. „Und zwar im wahrsten Sinne: Einfluss und Verantwortung, im Verhältnis zur globalen Weltwirtschaft, das war deine Theorie!" Martin erinnerte sich. Sie mussten eingreifen und zwar schnell, sonst flog ihnen der ganze Planet um die Ohren.

Gespannt wie ein Flitzebogen fragte er nach, ob sie irgendetwas gefunden hatten. Eduardo lief zur Höchstform auf. „Viel besser als das! Schau dir den Bericht an! Gestern habe ich ihn auf den Tisch bekommen. Eigentlich wollte ich nur kurz drüber-fliegen. Als ich aber anfing darin zu stöbern, habe ich die ganze Nacht durchgelesen." Jetzt konnte Martin nicht mehr an sich halten und lächelte verschmitzt zurück.

„Entschuldige bitte, Eduardo, aber das sieht man!" Der nahm es mit Fassung. „Ich weiß! Die ganze Nacht habe ich damit verbracht, bis ich einschlief" Martin überging den Punkt und konnte sich Isabellas Geschmunzel vorstellen. Nur kurz lächelte Eduardo müde und freundlich, blickt jedoch schnell wieder ernst drein.

„Schau sie dir an, Marty", der griff nach der Akte, um sie aufzuschlagen, hielt aber kritisch inne. „Bringt es den Kern unseres Problems auf den Punkt?" Eduardo schien sehr zufrieden, was er sich nicht nehmen ließ, zu zeigen. Mit stolzgeschwellter Brust hielt er Martin die Akte hin. „Monatelang liefen unsere Großrechner heiß. Wieder und wieder haben wir sie gefüttert", er hielt Martin das Dossier vors Gesicht und redete wie ein Wasserfall weiter. „Die Liste ist beängstigend. Schau mal, wer Nummer eins ist!" Erleichtert zeigte Eduardo auf das Foto, endlich war er es los. Martin nickte dankend und zwinkerte Eduardo erleichtert an. „ So-so, das ist unsere Nummer eins?"

Martin ließ seinen Gedächtnispalast ausschwärmen, um Szenarien und Wahrscheinlichkeiten abzuklappern, dachte über Eduardo nach, weshalb er wohl so erleichtert ausgesehen hatte, warum er so angespannt war und eine Unzahl anderer Dinge und entschloss ihn zu testen. Martin hatte einen Riecher für solche Dinge und war davon überzeugt, dass Eduardo Nummer eins kannte und baute seine Fragemaschinerie vor ihm auf. „Kennst du ihn?", worauf Eduardo lapidar zurückgab, „Natürlich! Wer nicht." Was Martin einen Stich versetzte, weil entweder wollte Eduardo nichts erzählen, oder er kannte ihn tatsächlich nicht, weswegen er auf Ersteres tippte und nachfasste.

„Ich denke, du hast mich nicht verstanden, Eduardo! Die ganze Welt kennt ihn, natürlich, womit ich eine ziemlich dämliche Frage gestellt hätte, was kaum mein Ansinnen gewesen sein konnte, ich meine, ob ihr beide euch persönlich kennt!" Eduardo ging nicht darauf ein und ließ stattdessen seine Schallplatten weiterlaufen. „Er Ist schwer reich, mach dir ein Bild von ihm." Was nebensächlich und abgeklärt klingen sollte, hörte sich für Martin vielmehr nach dem Gegenteil an!

Eduardo merkte nicht mal, wie offensichtlich er

log, wenn er das Rätsel nicht schnell auflöste. Wer angespannt, wie ein überdehnter Flitzebogen daherredete, hatte vermutlich noch unbeglichene Rechnungen offen.

Hatte Eduardo vielleicht Angst, und der Kerl zu viel Einfluss? Konnte, oder wollte er sich daher nicht mit ihm einigen? Vielleicht. Martin hatte ein ungutes Gefühl, als läge vor ihm eine Falle, eine dieser getarnten Schlingen, in die man leicht trat und einen an den Beinen aufhängte. Sowas ging schnell.

Plötzlich spürte Martin das Gewicht des großen Jungen von damals auf sich, der auf Brustkorb und seinen nach hinten gedrehten Armen saß und ihn diese Ewigkeit lang einseifte, bis sein Gesicht puterrot war. Martin lächelte, bei den lebendigen Bildern. Mehr denn je, musste er aufpassen, mit wem er sich umgab und was hinter der nächsten Ecke lauerte.

Aus seiner Sicht stank es schon jetzt fürchterlich zum Himmel, ließ sich aber vorerst nichts anmerken, blätterte weiter in der Akte herum, staunte über die vielen Fotos, die Unmengen von Daten und Kurven und entschied sich, fürs Erste abzuwarten und mit seinem Wissen zu taktieren. Vielleicht käme er damit weiter.

„Das ist John Stiffort", erwähnte Martin nebenher, „Korrekt! Was weißt du über ihn?", Eduardo drehte den Spieß um, Martin ließ ihn gewähren, „Er ist CEO der Andromeda Group und Herrscher über Hundertschaften von Firmen und Funktionären, die helfen, Politiker, Lobbyisten und Aktionäre gefügig zu machen, meistens mit Geld und Macht." Martins Gegenüber setzte aufgeregt nach, „Was weißt du noch?", es artete in eine Art Ping-Pong aus. „Wieso fragst du? Warum erzählst du nicht, was DU weißt?"

Martin spürte, wie Eduardo sich langsam öffnete. Er mochte es, wenn Menschen sich offenbarten. „Er ist ein Machtmensch, legt hohen Wert auf Loyalität und Gehorsam und hat seine Finger überall drin. Flugzeuge, Satelliten, Waffen, Rating-Agenturen, Banken, Lebensmittel, Kleidung, Nachrichtensender einfach alles." Eduardo lief warm, „Klingt nach einem eindrucksvollen Gemischtwarenladen.", lächelte Martin zurück. Eduardos Stimmung lockerte sich, dennoch blieb er ernst, als er anfing zu flüstern.

„Er hat mich um Mitternacht angerufen!" Martin bemerkte, wie Eduardos Stimme zitterte, als ob er den Leibhaftigen am Telefon hatte und dachte sich verhört zu haben. „Wie bitte? Woher kennt er dich? Wieso ruft er nachts an, in dem Moment, wo du über seinem Dossier brütest und wieso überhaupt hat er deine Nummer?" Martins Stimme schwoll an, wie ein Taifun.

„Kennt ihr euch von früher? Eduardo, du musst mir alles erzählen!" Martin war außer sich. Äußerlich hatte er sich zwar noch unter Kontrolle, doch es kostete ihn reichlich Mühe, seine aufbäumende Stimme im Zaum zu halten, was ihm nur gelang, weil er entschlossen an den Zügeln zog. Eduardo hingegen fühlte sich erleichtert. Welche gewaltige Last fiel ihm von den Schultern, auch sein Gesicht verlor seine Scharfkantigkeit und lächelte weich und friedlich, wie ein Daunenbett.

Das also war es, dachte Martin, was ihn schlaflos im Büro hat sitzen lassen, bis ihn Schlaf heimsuchte, was nichts daran änderte, dass er davon überzeugt blieb, dass Eduardo immer noch etwas verbarg, was dieser spürte und zu erzählen begann. „Wir kennen uns vom Studium, haben damals viel zusammen gefeiert."

„Was? Von der Uni?", schob Martin völlig entgeistert hinterher. „Ja, genau, wir machten den Abschluss im gleichen Jahr; später jedoch sahen wir uns immer seltener, bis wir uns aus den Augen verloren; zu schnell war sein Aufstieg."

Martin bemerkte, dass er Eduardo in einem dieser seltenen Augenblicke zu fassen hatte, wenn sich tiefliegende Erdschichten aufwarfen und sich an der Erdoberfläche auftürmten. Es schien fast so, als würde er beichten. Martin ließ keine kostbare Zeit verstreichen und setzte nach.

„Ich sehe dir an, dass dich irgendetwas immer noch mitnimmt; was ist es und warum beschäftigt es dich sogar heute noch? Wieso ruft er dich an? Und warum jetzt, vor Allem nachdem du ihn als Nummer eins bei unserer Tombola gezogen hast; Eduardo, es gibt keine Zufälle, du weißt das!" Beiden war das sofort klar! Hier war etwas Großes am Werke, das mit aller Wucht und Präzision sämtliche Mitspieler sekundengenau wie Marionetten bewegte. Eduardo schob weiter nach.

„Er sagte, dass er Ideen hat, um den weltweiten Handel gerechter zu fördern und um allen Menschen Zugriff auf faire Wertschöpfungs-Anteile zu geben!" Innerlich begann Martin zu toben, nachdem er einsehen musste, sich nicht verhört zu haben, ließ sich jedoch nichts anmerken, welch einen Sturm der Entrüstung diese Unverfrorenheit in ihm auslöste.

Haie mutierten niemals zu Vegetariern, dachte er und fand, dass es erbärmlich zum Himmel stank, doch damit nicht genug! Martin erkannte, dass es unter der Oberfläche noch mehr unschöne, bizarre Überraschungen geben musste, wenn er nur lang und tief genug bohrte.

„Wie bitte? Machst du Witze? Das hat er gesagt? Hattest du deswegen keinen Schlaf? Oder steckt noch mehr dahinter? Eduardo, verdammt, die Wahrheit, was ist hier los?" Martin kam sich vor, als wenn ihm jemand den Job des Löwendompteures anbot, ohne zu fragen, ob er eine Katzenhaarallergie hatte.

Immer mulmiger wurde ihm, er hasste das Rumstochern bei Nebel, wenn er wusste, dass im Verborgenen Klippen lauerten. Mehr und mehr spürte er, wie sich sein Innerstes sträubte. Eduardo warf seine Stirn in tiefe Falten, versuchte, das Gute in Stifforts Worten zu sehen.

„Ich weiß, wie das aussieht, aber offensichtlich ist er wirklich davon überzeugt, dass durch breitflächiges Partizipieren neue Dimensionen von Wachstum möglich sind." Martin war sich nicht sicher, was Eduardo wirklich dachte. Passte er seinen Gedankenapparat opportunistisch an? War er gar vielleicht tatsächlich überzeugt? Oder war alles eine abgekartete Sache und Eduardo wollte ihn nur testen? Martin wusste es nicht. Das einzige, was unübersehbar aus allen Ritzen gekrochen kam, war der Fäulnisgestank, wenn Gier, Ego und Machthunger Natur und Menschen zersetzten.

Er musste auf der Hut sein, durfte nicht die Fassung verlieren, sondern musste vorsichtig erste Zweifel anmelden, doch es gelang ihm nicht. Schnell platzte sein Zorn aus ihm raus. „Natürlich! Es stinkt zum Himmel, Eduardo und zwar hundert Meilen gegen den Wind! Wovor hast du Angst?" Martin gab seine Selbstkontrolle nun vollständig auf. Vorbei die Zeit des Taktieren und Abwarten. Jetzt, mussten sie handeln, jetzt, oder nie. „Ich habe keine Angst!" Eduardo hatte tatsächlich keine, oder wollte sie nicht offen zeigen. Doch das war Martin egal, ihm platzte der Kragen „Verdammt, Eduardo!" und bekam einen roten Kopf, mit blutunterlaufenden Augen, während sein Chef, einen seiner seltenen Gefühlsausbrüche zuließ

„Er bekommt immer was er will! Immer! Er hat extrem gute Verbindung. Überall!" Dieses Wort schrie Eduardo mit letzter Kraft und Resten seines brüchigen Atems heraus. Auch Martin begann zu kochen, ließ nicht locker, und fasste hart nach.

„Gute Verbindungen haben wir auch, aber das ist nicht der Grund, warum deine Hände zittern und warum du früh morgens Whisky wie Charles Bukowski säufst! Was ist hier los, sag es endlich!"

Mehr und mehr erhöhte sich die Spannung zwischen den beiden. Eduardo hielt seine Deckung aufrecht. „Er ist ein gewiefter Stratege, ich bin mir sicher, dass er durch die Zusammenarbeit mit uns..." Martin setzte zu einer weiteren Offensive an. „Eduardo, hör mit dieser sinnbefreiten Laberei auf: Was verschweigst du? Hat er dich mit irgendetwas in der Hand und wenn, mit was?" Und packte ihn am Kragen und zerrte ihn zu sich ran, Nase an Nase, Auge in Auge.

„Da ist nichts! Nichts, was mir und meiner Familie..." Lange konnte Eduardo nicht mehr standhalten, überall bröckelten seine Burgmauern. Aus Unachtsamkeit war ihm das Wort 'Familie' herausgerutscht. Doch warum, wieso redete er plötzlich davon? Martins Temperament und jahrelange Anspannung überwältigten ihn. „Warum, zum Teufel, sprichst du plötzlich von Familie?" Speichelnebel sprenkelte Eduardos Gesicht und Anzug, der wie Gift träge durch den Raum waberte. Martin zog sein geistiges Ritterschwert und holte zum vernichtenden Hieb aus.

„Wir reden von dir und DEINER verdammten Vergangenheit, von nichts anderem! Warum kommst du jetzt auf einmal mit deiner Familie? Verstehst du nicht? Wenn du mir etwas vorenthältst, wird es schwerwiegende…" Fast berührten sich ihre Nasen, während sie so aufeinander einschrien und Martin, ihn am Kragen gepackt hielt.

„Er ist zu mächtig! Nein, kommt in seinem Wortschatz nicht vor, er will ABSOLUTION durch uns, dass ist es, worum es ihm geht!", schrie Eduardo das große A-Wort heraus. Na endlich! Eduardo zitterte wie Espenlauf. Erschöpfung zeichnete sein schweiß überströmtes Gesicht. Das war es also! Tief drinnen hatte Martin so etwas geahnt.

Sie konnten Erzkapitalisten nichts bieten, außer, denn immerhin waren sie noch das Gewissen der freien Welt, außer einer blütenweißen Weste, womit sie zur obersten Sekte der Hochfinanz verkamen. Fürs Erste hatte Martin was er wollte und ließ Eduardos Anzug los, während er ihn sorgfältig glattstrich und den Verständnisvollen gab.

„Du hast vermutlich Recht" Martin entschied, sich einen Sicherheitsring um sich selbst herumzubauen. Ab sofort konnte er mit keinem mehr seine Gedanken offen teilen. Kaum merklich ging Martin auch physisch auf Distanz. Jetzt hatten sie wieder ihren üblichen Abstand. Eduardo fühlte sich merklich wohler und bekam wieder Kontrolle über sich. „Marty, mit uns bekäme er globale Absolution, verstehst du, was das bedeutet?"

Jeder, dachte Martin, verstand, warum ein Mensch wie Stiffort danach streben musste, „Natürlich-natürlich!", weswegen er es leichten Herzens bestätigte und in Highspeed weitergrübelte, um sofort die globalen Ausmaße zu erkennen.

„Er will Absolution! Wenn er DIE hat, kann er bei jedem neuen Deal seine ethisch-moralisch weiße Weste überstreifen!" Martin tauchte mit einem bösen Vergleich in die düstere Welt des alles verzehrendes Wirtschaftswachstums ein „Was das gleiche ist, wie wenn Walfänger, Werbung für den WWF machten!" und runzelte die Stirn. Eduardo begriff Martins Sicht und holte hilflos lächelnd aus.

„Welch ein düsterer Vergleich, Marty! Aber versetz dich in seine Lage", Eduardos Empathie für den alten Kommilitonen verhinderte, dass sein Verstand klar blieb. Martin gab ihm einen unsanften Seitenhieb, um wach zu bleiben. „Natürlich! Viele, wenn nicht alle, würden an seiner Stelle genauso reagieren! Versuch macht klug, und wie wir seit vielen Jahren sehen, kommt plump leider auch oft weiter!" Langsam kamen sich die zwei Freunde wieder näher.

„Genau!", Eduardo schlüpfte wieder in die Rolle des Chefs. „In erster Linie bleibt er Geschäftsmann; treffe dich mit ihm, Marty! Ich hab ihm gesagt, dass du dich bei ihm meldest; finde heraus, was er wirklich will, aber vor Allem, entscheide, wie wir auf seinen Vorschlag reagieren!" Eduardo delegierte die wohl schwerwiegendste Entscheidung der Vereinten Nationen an seinen Freund und Untergebenen.

Für einen Moment stand die Zeit still, beide schwiegen. Martin spürte, woher der Wind wehte. Er hatte keine Lust mehr sich zu verstecken, oder Dinge unausgesprochen zu lassen. Er wollte sie direkt angehen. „Du fürchtest, dass ich empfehlen könnte, seinen Vorschlag abzulehnen!" Eduardo nickte stumm, blickte Martin besorgt an, nahm einen großen Schluck Whiskey, steckte eine Zigarette an, zog nervös und ungestüm, legte die Schachtel sachte auf den Glastisch zurück und schob sie, gemeinsam mit seinen Befürchtungen in Martins Richtung. „Sollte es dazu kommen, fürchte ich dass es stürmisch wird, besonders für dich! Wenn dir das zu heikel ist Marty, dann musst du das nicht..." Geschickt spielte Eduardo die Rolle des fürsorglichen Chefs. Er kannte Martin. Es war kein schlechter Schachzug.

„Lass das Eduardo, natürlich treffe ich ihn, schlussendlich ist es doch einfach: Es geht um Abgabe von Macht. Denkst du, dass ihm das klar ist? Oder meinst du, dass es ihm nur um unser Qualitätssiegel, dem ultimativem Feigenblatt geht?"

Stille stand im Raum. Erneut begann Eduardo laut zu denken. „Schwer zu sagen, natürlich weiß er, was es bedeutet, und ich muss zugeben, dass auch ich glaube, dass es dadurch neue Formen von nachhaltigem fairen Wachstum geben könnte."

Unverkennbar hatte Eduardo seine Komfortzone zurückgewonnen und sprach wieder unverbindlich, ganz der routinierte Diplomat. Doch so einfach ließ Martin ihn nicht davonkommen und redete ihm stattdessen ins Gewissen. „Glaubst du an Wunder, Eduardo? Glaubst du daran, dass Wölfe eines Tages Vegetarier werden? Glaubst du, Stiffort ist dazu bereit? Sag schon, du kennst ihn, was für ein Mensch ist er?" Kurzfristig, flammte das erloschen geglaubte Feuer der beiden auf, „Natürlich ist er dazu in der Lage" gab Eduardo zurück, was Martin erneut animierte, mit einer mächtigen Parade dazwischenzufahren. Die Zeit der Zurückhaltung war endgültig vorbei. „Lass den Scheiß! Du stellst dich entweder blind, oder du bist es! Wir reden von konkreter Machtabgabe, von realem Loslassen, ist er deiner Meinung nach dazu bereit?"

Ganz wollte dieser jedoch nicht zurückstecken,

sondern fühlte sich durch Martins Zweifel dazu eingeladen, ebenso faktisch und analytisch zu sein. „Kann ich schwer einschätzen; es ist zu lange her, dass wir gesprochen haben; er war ein neugieriger und netter Kerl, dem Allgemeinwohl nicht unwichtig schien; wieviel davon übriggeblieben ist, musst du rausfinden!"

Totenstille. Mehrmals, hallte das Wort HERAUSFINDEN zwischen ihnen hin und her. Alles war gesagt. Martin blickte zur Skyline, dachte an alles und nichts. Wie zum Beispiel sollten sie Smog beseitigen, wie hatten sie das riesige Sofa in den obersten Stock durch die zu schmalen Türen des Aufzugs gezerrt? Martins Gedächtnispalast war hell erleuchtet. Tausend und ein Gedanke tanzten Tango. Was verbarg sich hinter Isabellas schönen und grausamen Augen? Wie fest mochten ihre Schenkel sein? Hatte ihr wunderschöner Hintern kleine Grübchen? Wie duftete ihr Souterrain? Übertünchte zu stark eingesetztes Waschmittel ihren Eigenduft?

Martin sah Flugzeuge am Horizont blinken und schaute ihnen nachdenklich hinterher, wie sie von Dannen zogen, während ihm weitere unzählige Gedanken durch den Kopf rauschten. Wie in Trance griff er Eduardos Zigarettenpackung, die auf dem gläsernen Tisch lag, nahm eine heraus, entzündete sie, stand auf und ging in Eduardos Büro umher. Gedankenverloren betrachtete er Bilder und den Globus in der Ecke, während er im Hintergrund Isabellas samtige Stimme hörte.

In Zeitlupe drehte er sich zu Eduardo, dachte an ihre ersten Gespräche, ihre Visionen und Hoffnungen, während er an der Zigarette zog, langsam ausatmete und nachdenklich die Stirn runzelte. „Ich treffe Stiffort, dann sehen wir weiter." Eduardo fühlte sich erleichtert. Er wusste, dass Martin Ausdauer und Entschlossenheit von selten anzutreffendem Maß besaß, dass er manchmal Angst bekam. Noch heute fiel ihm ein Stein vom Herzen, als Martin auf sein eigenes Büro, außerhalb des Hauptquartiers bestand. Zuerst spielte Eduardo den enttäuschten Gegner der Idee, bis er nachgab. Im Geheimen jubelte er und ließ Champagnerkorken knallen, war er doch heilfroh ihn nicht täglich um sich haben zu müssen.

„Danke, Marty! Du hast volle Entscheidungsgewalt. Erarbeite einen Plan, du brauchst weder meine, noch die Bestätigung der Vollversammlung." Eduardo wusste, dass Martin zwar maximale Freiheit, aber andererseits auch klar definierte Aufträge brauchte. Zu schnell machte ihm sonst seine Kreativität einen Strich durch die Rechnung.

Überhaupt, seine Einstellung war schon ein Drahtseilakt. Eduardo begriff sofort, was er für ein seltenes Krokodil vor sich sitzen hatte. Sollten sie schwere Zeiten erleben, wusste er, dass auf ihn verlass war. Doch der wahre Grund, warum er Martin ausgewählt hatte, lag in seiner Antwort, als Eduardo ihn fragte, wie weit man aus seiner Sicht gehen müsse, um die Weltwirtschaft gerechter und umweltfreundlicher zu gestalten. Martin antwortete: „So weit wie nötig!"

Das saß, noch dazu war das kein vorher überlegter Interview-Satz, sondern seine wahre Überzeugung. Eduardo mochte das schnelle Umschalten von Martin, deswegen funktionierte es so gut zwischen den Beiden. Eduardo konnte Martin alle seine Gedanken und Befürchtungen erzählen, aber auch genauso plötzlich die Facetten wechseln, das alles wie weggeblasen schien, um einen Schutzwall aufzubauen, um Martin keinen Einblick zu geben. Und dieser spürte sofort, dass etwas gewaltig faul war. Genau diese Unschärfe sorgte dafür, dass sie wunderbar miteinander auskamen. Martin durfte nicht gelangweilt und sein Chef nicht verängstigt sein. Heute jedoch hatte Eduardo sich selbst übertroffen.

Nur haarscharf schrammten sie an der Katastrophe vorbei, als er Martin länger und länger hinhielt, bis der ihn zum ersten Mal angriff und hart am Kragen packte. Es kostete Eduardo reichlich Überwindung, ihn so lange hinzuhalten, musste er doch seine große Angst überwinden und darauf hoffen, dass Martin Kontrolle über sich behielt. Es sollte klappen. Eduardos Meisterwerk war gelungen und hatte in Martin ein seltenes Feuer entzündet. „All deine Empfehlungen haben oberste Priorität, auch deine Entscheidungen werden akzeptiert, wie auch immer sie ausfallen." Martin hielt das für Gewäsch und grätschte sofort rein. „Wie auch immer sie ausfallen", wiederholte er und erntete ernstes und wertschätzendes Nicken. „Richtig, wie auch immer sie ausfallen!" Eduardo unterstrich mit Freude seine Worte. „Wir müssen handeln, alle nutzen uns aus, du weißt warum!"

Martin fühlte sich geschmeichelt, obwohl er wusste, dass Eduardo zu Übertreibungen neigte. Heute warb er besonders stark um Martin, jedoch auf eine angenehme Art, „So leicht wird man uns kein stärkeres Mandat einräumen. Es dauert Jahre, vielleicht Jahrzehnte. Was passiert in der Zwischenzeit? Denke daher völlig offen, Marty! Wir müssen endlich..."

Martin kam sich wie in einer Sekte vor und fragte sich, warum Eduardo alles gebetsmühlenartig wiederholte, weswegen er seinen Monolog unterband. „Haben wir ein Zeitfenster?" Eduardo blickte auf. „Nein, du triffst die Entscheidung, inklusive Zeitpunkt!" Martin nickte ernst und spürte den wachsenden Druck, der bald wie ein Berg auf seinen Schultern thronte.

Mittlerweile saßen sie auf dem Sofa und rauchten schweigend. Beide wussten, dass es drei nach zwölf war. Sie genossen den Moment. Endlich ging es los. Martin fühlte sich wie ein Bluthund, den man von der Leine ließ. Minutenlang hörte man ihr Einatmen, wenn sie gemeinsam an ihren Zigaretten zogen und ausatmeten. Eduardo nestelte an seinem Anzug herum, sah sich abwesend die Knöpfe am rechten Revers an, während Martin versuchte zwei eingetrocknete Flecken auf seinem Leinensakko mit Spucke zu entfernen, was nur mittelmäßig gelang und noch größere und dunklere Flecken hinterließ.

Eduardo war erleichtert, Martin eingestellt zu haben und begann bei dem Gedanken darüber zu lächeln. Martin bemerkte es und hakte nach „Woran denkst du?" und bekam eine Sphinx-Antwort zurück, die ihre Wirkung nicht verfehlte. Eduardo hatte entschlossen, Martin den Ball zurückzuspielen. „Kann ich nicht sagen, Marty, aber wie fühlst DU dich? Hast du Furcht, vielleicht schon einen Plan?" Martin war ein Macher durch und durch, der hochkonzentriert vorging, wenn er Unterstützung spürte. Er brauchte lediglich geistigen Rückhalt. „Ich bin okay, Eduardo. Es braucht Veränderung, soviel steht fest. Ob ich einen Plan habe? Noch nicht. In den nächsten Wochen wissen wir mehr." Eduardo blickte zur Skyline der Riesenstadt und nahm sich vor, dies eine Mal uneingeschränkten Einblick in sein Innerstes zu geben. „Zum ersten Mal habe ich richtig Angst, obwohl ich Pazifist bin." Schon lange gab sich Eduardo keiner Illusion mehr hin. Er wusste, dass die Welt, wie man sie kannte bald nicht mehr existierte! Für Eduardo fühlte es sich wie Abschied an. Wie wenn man Abschied von den Großeltern nehmen musste, mit ihrem Haus und dem Garten, dem gedeckten Apfelkuchen mit Sahne, Opas Zigarren nach dem Essen, sein Mittagsschläfchen, sein Krückstock, mit dem er der Jugend drohte; bald würden sie all die schönen Erinnerungen, Wohlstand und Luxus den Abfluss der Zeit hinunterspülen, um alle Kräfte für die letzte Schlacht, Arm gegen Reich, zu mobilisieren.

Martin spürte Eduardos inneres Ringen und sah ihm das wehmütige Verabschieden der guten alten Zeit an. „In deiner Position geht es um Diplomatie, Eduardo. Nicht um Kriegstreiberei. Ob wir eine schärfere Klinge bekommen, ohne einen globalen Wirtschaftskrieg auszulösen, bleibt abzuwarten."

Martin setzte nach, „in jedem Krieg gibt es eine Zeit des Wartens und des Handelns und mir scheint..." und machte eine lange Pause. Ihm ging es wie Eduardo. Zum einen freute er sich, dass es losging, zum anderen wusste er, dass er selber eigenhändig alle großelterlichen Gärten planieren musste.

Beim Gedanken daran entfuhr ihm ein schwermütiges Seufzen. Eduardo sah Martin mitfühlend von der Seite an, als der seine letzten Worte hauchte. „...wir werden sehen; danke für Café und Zigaretten." Eduardo legte seine Hand auf Martins Schulter und drückte sie freundschaftlich. „Tu, was getan werden muss, Marty! Lass dich von niemandem abbringen, weder von Stiffort, noch von Politikern; stoß den Zeiten-Wandel an, egal wie, aber so, dass es spürbar ist. Manchen wird es wehtun, natürlich! Viele sträuben sich schon heute, doch auch die müssen wir mitnehmen.

Vermutlich wird uns das nicht bei allen gelingen. Ich kümmere mich um Diplomatie und Politik. Wenn du was brauchst, melde dich, okay? Aber vermutlich wird das nicht passieren, nicht wahr?"

Martin lächelte, als sie sich die Hände schüttelten und anschließend wieder brüderlich umarmten. Andächtig ging Eduardo hinter seinen Schreibtisch und nickte Martin wohlwollend hinterher, der Isabella beim Rausgehen wortlos auf die samtenen Wangen küsste und gedankenschwer den Flur runterging, bis er wieder vorm Fahrstuhl stand. Auch er fühlte sich erleichtert.

All die vielen schweren Teppiche, die Geräusche und menschliche Moral gleichermaßen schluckten, bis sie zu existenzbedrohenden Problemen heranwuchsen. Einbalsamierte Vorstandsetagen erinnerten ihn an Friedhöfe, statt an Orte der Macht.

Nachdenklich betrachtete er ein paar Bilder, während er auf den Lift wartete. Ein paar erregten sein Interesse. Gerade wollte er sich einem nähern, da ertönte das diskrete 'Bing-Bong' der Fahrstuhltür. Gemächlichen Schrittes bestieg Martin die Gondel. Kurz hinter ihm schloss sie wieder, eine rote Sicherheitslampe leuchtete auf, die Sicherheitsprozedur wiederholte sich.

Bald schon rauschten sie in die Tiefe, vorbei an glänzendem Glas und Metall. Hier und da huschten Anzüge, hohe Absätze, sorgfältig gereinigte Bügelhosen und Kostüme an seinen Augen vorbei.

Eine Stunde später.

Martin saß wieder in seinem Büro. Er hatte es zwar kommen sehen, doch jetzt, wo es geschah, fühlte es sich merkwürdig an. Er spürte gähnende Leere in seinem Kopf. Nicht die leiseste Spur einer Ahnung hatte er, wie er mit CEO's und Großkonzernen umgehen musste. In Stifforts Fall startete alles mit einem Interview. Was sollte daraus schon hervorgehen, außer dem Verständnis, dass man die gleiche Meinung hatte, oder auch nicht.

Ganz anders seine Sicht für die Bürger der westlichen Welt. Für die hatte er einen Ausweg, einen beschwerlichen zwar, aber immerhin hatte er einen. Alles hing davon ab, ob die Menschen es schafften, sich auf ihre bedeutsamen Werte des Lebens zu reduzieren. Martin liebte 'down-sizing', was immer Konsumverzicht und Reduzierung bedeutet.

Er selbst sah diesbezüglich keine Schwierigkeiten auf sich zukommen. Was brauchte es schon im Leben, wenn man gesund war und ein Dach übern Kopf hatte, erinnerte er sich, nippte am Espresso, zog an einer Zigarette und öffnete eine Datei auf dem Tablet. Vierzig Seiten mit Bildern. Ziellos blätterte er herum. Sollte er die letzte Instanz der Weltwirtschaft sein? Sollte er der Mann sein, der eine Strategie aus dem Hut zaubert, die zum Erfolg führte?

Martin sah sich Fotos von Stiffort an und fühlte sich unbehaglich. Monate schufteten sie, krempelten Annahmen und Prämissen um, änderten mathematische Modelle, erschufen neue Konstanten, um Gewinne, Fluktuationen, menschliche Psychen und hundert andere Dinge abzubilden, um am Ende immer den gleichen Namen auszuspucken.

War es ein Fehler? Konnte Martin ausschließen, dass Stiffort eine mathematische Anomalie, oder Unschärfe der Quantenphysik blieb, in Art und Weise Schrödingers Katze ähnelnd, nach dem Motto, er ist noch nicht die Nummer eins, aber am dichtesten dran? Oder nicht mehr, aber immer noch dichtester Kandidat unter allen Auserwählten?

Martins Kopf lief auf Hochtouren. Wie mochte es Stiffort selbst sehen, wenn er das wüsste? Was trieb ihn an? Sollte Stifforts Vorschlag wirklich nur eine Feigen-blatt Initiative sein? War am Ende alles nur Theater? Wie konnten sie sich sicher sein? Hatte Stiffort einen Master-plan, der vorsah die Vereinten Nationen vor seinen Kar-ren zu spannen?

Martin blätterte durch die Akte. Studium der Rechts-, Politik- und Wirtschaftswissenschaften. Kein Mi-litärdienst, stattdessen Promotion und frühe politische Protektion. Martins Zigarette knisterte wie ein Oster-feuer, als er dran zog.

Martin sah das Dickicht aus Firmen, Scheinun-ternehmen und Strohmännern, die Stiffort ermöglichten alle Fäden im Hintergrund zu ziehen. Ein Kapitel weckte Martins besondere Neugier.

Manche Expansionen nahmen ungewöhnlich viel Fahrt auf, aus Martins Sicht ein klares Zeichen von politi-scher Unterstützung und aggressivem Verdrängen von Konkurrenten. Dem Dossier nach schienen Blitzkrieg ähnliche Übernahmen keine Seltenheit zu sein, doch wie vollständig konnte das brisante Dossier sein? Wie weit ging Stiffort? Martin dachte an die langen Debatten mit Eduardo, zog an seiner Zigarette, bemerkte, dass er kein Café mehr hatte und sah aus dem Fenster.

Im selben Moment flog ein Vogel vorbei und schlug stolz wie ein Adler mit seinen kleinen struppigen Flügeln. Langsam drehte er den kleinen Kopf. Flapp-Flapp, flapp-flapp. Jeder Flügelschlag hob den Vogel hö-her. Sonnenstrahlen tröpfelten vom Dach. Martin dachte an Eduardo. So beunruhigt hatte er ihn noch nie gesehen, dachte er und sah nach rechts zur Wand, wo sein Lieb-lingsbild hing.

Es duckte sich in seinem kleinen Rahmen. Mar-tin mochte seine Formen und Farben. Viel rot, orange, weiß und gelb, die Farben leuchteten. Ihre sich gegenseitig umschlingenden Formen lösten ein angenehmes Gefühl von Harmonie in Martin aus.

Lange sah er es an und dachte an den besorgten Eduardo. Was machte John Stiffort zur Nummer eins? Gedankenverloren blätterte Martin durch die Akte, erkannte aber weder Zusammenhänge, Muster, noch Gefahrenpotenziale, als sein Lieblingsbild plötzlich vom Nagel sprang! Erschrocken fuhr er zusammen und sah zu, wie es langsam fiel, wie der Stern von Stiffort, dachte Martin. Schlief er schlecht, wenn er Konkurrenten beseitigte? Nahm er regelmäßig Schlaftabletten? Brauchte er Aufputschmittel, um durch stressige Tage zu kommen?

War es gar Adrenalin, dass er sich mit seinem messerscharfem Lebensstil selbst verabreichte? Konnte er zuhören? Millimeter um Millimeter fiel das Bild. Mochte John Stiffort Menschen? Nutzte er sie aus? Womit verbrachte er seine Zeit? Spendete er Geld für Bildung, gar Kunst? Vielleicht sogar für Hilfsbedürftige? Hatte er Mitgefühl für Mittellose, oder empfand er Ekel für sie? Unaufhaltsam fiel das Bild die Wand entlang. Mehrere Male blickte Martin zur Seite, drehte eine Zigarette zwischen den Fingern, schaute zur Datei und linste wieder zum fallenden Bild. Es hatte sich kaum bewegt, als ob alles in Zeitlupe ablief.

Klack, klack, klack.

Wie ein Diaprojektor. Nur noch ein Meter bis zum Aufprall. Martin spürte, dass er Selbstgespräche führte, „Was sollen wir mit diesem Unhold anstellen?", dachte er und sah den Vogel verschwinden, während vereinzelte Sonnenstrahlen herabströmten und sein Lieblingsbild weiter herunterfiel.

Martin legte seinen Kopf auf den Tisch und

schloss die Augen. Alles lag nun in seinen Händen. Fühlte sich so Verantwortung an, wie das zu Boden fallen eines kosmischen Gemäldes, dachte er - als sein Lieblings-Bild zu Boden krachte!

Laut stöhnend schoss Martin hoch. Sein Herz wummerte. Langsam blickte er sich um, wie ein seekranker Matrose im Ausguck. Er musste eingeschlafen sein. Anscheinend war er noch im Büro. Sein Tablet Bildschirm flackerte wie ein psychedelischer Flipperautomat, der auf LSD war.

Langsam gewöhnten sich seine Augen an die Frequenz. Nachdem er alle Dokumente gedankenverloren über den Screen gewischt hatte, fragte er sich, ob ihm etwas entgangen war.

Der kleine Flicken unterm Teppich, die Nadel im Heuhaufen, die Wurzel des Problems. Martin blätterte weiter und weiter. Irgendwann musste etwas kommen. Etwas zu energisch stand er auf und schubste mit jugendlichem Schwung den Bürosessel derart nach hinten, das er donnernd an die Schrankwand krachte. Grummelnd stecke er sich eine Zigarette an, ging an die Bar, schenkte sich Scotch auf Eis ein, nippte am Glas, schlenderte zum White-Board, griff ein paar Stifte und begann zu zeichnen. Erst Kontinente, bald schon fügte er große Konzerne hinzu.

Gedankenverloren nippte Martin am Glas, dachte an sein runtergefallenes Bild, dann aus unerklärlichen Gründen an Sonnenkollektoren und Stahlindustrie; an Baubranche, genmanipulierte Lebensmittel, sauberes und dreckiges Trinkwasser; an Sonnenwinde, seinen letzten Flug; seine letzte Zigarette, die er, „Aua!", zu spät ausdrückte und seine Finger versengte, die er zur Kühlung in den Whiskey hielt.

Transzendent blickte er raus, zog an der Zigarette und fragte sich, ob Menschen wie Stiffort Weltwirtschaftskrisen auslösen konnten. Hatten sie das vielleicht schon längst? Ist die katastrophale Weltwirtschaftliche Lage deren Werk? Was würde passieren, wenn Siffort plötzlich verschwand, grübelte Martin, während er Geldströme zwischen Kontinente und Länder malte.

Geld blieb staatenlos. Es floss und sickerte überall hin, wie Wasser und Strom. Immer ging es den Weg des geringsten Widerstandes. Martin schwirrte der Kopf und merkte, dass er laut vor sich hinredete und im Zimmer auf und ab ging. Vor Allem musste er mit seinen Freuden sprechen, weswegen er zum Smartphone griff.

Die Suche nach dem rechten Weg

Es knackte in der Leitung, dann mehrmaliges Tuten. Plötzlich hob jemand ab. „Oui ?" Martin freute sich, die vertraute Stimme seines Freundes zu hören.

„Salut Francois! Ich bin es!" Martin lächelte über seinen Pariser Dialekt. Je nach Stimmung, von arrogant, bis charmant-elegant, deckte der Franzose die gesamte Klaviatur ab. „Bonjour mon ami, wie geht es dir?" Sie tauschten ein paar Höflichkeiten aus. Martin bemerkte, dass sein Freund zu Tisch saß, was ihm unangenehm war, weshalb er sich entschuldigte und anbot, später anzurufen. Francois lehnte das jedoch rigoros ab. „Da du sonst nie anrufst, muss es also dringend sein!" Martin seufzte und fügte entschuldigend hinzu, „ich weiß", worüber sein alter Vertrauter wohlwollend und nonchalant hinweg ging, „Was kann ich für dich tun?"

Martin liebte seine wohlerzogene französische Hilfsbereitschaft noch mehr als seine Höflichkeit, die er wie ein Barbier in seinem Gegenüber verteilte.

„Es ist ernst und wird globale Ausmaße haben, weswegen ich Leonidas dabei haben möchte!" Nicht ohne Grund kündigte Martin den Griechen an, erinnerte er doch noch allzu gut, dass Francois Schwierigkeiten mit ihm hatte. Doch der überging diskret den Hinweis. Martin freute sich.

„Schön dich zu hören." Dem Pariser ging es ähnlich. „Merci, ganz meinerseits. Morgen besorge ich mir Flugtickets." Martin atmete auf. „Merci, Francois! Bis bald." Erneut knackte die Leitung. Dann Stille. Nachdenklich sah Martin aus dem Fenster und bemerkte, dass es weniger regnete. Abendliche Dunkelheit rollte in metallischen schwarzen Wellen heran. Bald war es stockdüster.

Nachdenklich schenkte Martin sich einen Whiskey-Soda ein, steckte sich eine Zigarette in den Mund, griff zum Smartphone und suchte verschiedene Nummern, die er nacheinander hintereinander anrief, jedoch ohne Erfolg.

Zwei Wochen später.

Heraklion, Kreta. Es stürmte. Ein Airbus A320 bekam schweren Seitenwind. Nur mit Mühe konnte der Pilot die Nase oben halten. Ohne Unterlass taumelte die Maschine durch den sonnigen blauen Himmel. In der Kabine herrschte Totenstille. Hier und da roch man Angstschweiß. Viel zu schnell rasten sie auf die Landebahn zu. Plötzlich ein lautes Rumpeln.

„Hellas! Willkommen auf Kreta!" Alles atmete auf. Martin schaute aus dem Fenster und staunte über das atemberaubende Licht, wie beim Allerersten Mal. Er konnte sich nicht satt daran sehen, war es doch gleichzeitig weich, stark und illuminierend leicht und kräftig.

Martin liebte die Insel, die immer aussah, als hätten die Götter sie erst gestern erschaffen. So roh, rau und wild, ihre Schönheit. Kurze Zeit später, der übliche Trubel wie nach allen Landungen. Beißender Geruch von ängstlichen Menschen, vermischt mit Sonnenmilchduft, der auf unserer Haut diesen sagenhaft-feinen Film aus Öl und Sand hinterließ.

Ungeduldige Passagiere sprangen auf, stellten sich in den schmalen Gang, blickten gehetzt von links nach rechts, wie Tiere im Zoo, die in ihren Käfigen umherhetzten und nach ihren Gepäckstücken gierten. Martin erinnerte es an Trubel in Baumärkten, wenn Kunden Schrauben, Nägel, Leim, Atemschutzmasken, Staubwedel,

Klobürsten, Magnetlampen, Handy-Halter, Leuchtwesten und Elektrozigaretten zusammenklauben und ruhelos, Farbtöpfe, Knarrenkästen und Kloschüsseln herumwuchten, dass es überall nach Turnhalle roch.

Wie Hühner auf der Stange entstiegen Martin und die übrigen Passagiere dem blechernen Rumpf und trotteten wie Lemminge in den nach Hydrauliköl und kochendem Gummi riechenden scharfkantigen und verbeulten Bus, der sie zum Airport fuhr.

Wenige Minuten später dann Wettrennen zum Gepäckband. „Nur die Ruhe Leute" dachte Martin, während er an der Toiletten-Schlange vorbeiging und bald von der gleißend-schimmernden Sonne wohlwollend in Empfang genommen wurde.

Irgendwo weiter hinten befand sich der weiß lackierte Container, in dem ein sympathischer Vollbart in Hemingway-Leinenkleidung und einem Motorrad auf Martin wartete.

„Giasas. Ich heiße Adonis und du? Wie geht es dir? Ich habe auf dich gewartet, hattest du einen angenehmen Flug?" Martin lächelte in das freundliche Gesicht des graumelierten Vollbartes.

„Giasas. Ich heiße Martin. Freut mich dich kennenzulernen, Adonis. Gut geht es mir und dir?" Übliches einander vorstellen und vorsichtiges umkreisen.

„Bravo, auch gut! Ich habe dir eine Enduro fertig gemacht. Wie lange sagtest du, möchtest du sie haben?" Martin wünschte, er wüsste es.

„Fünf Tage, wenn alles klappt, mit einer Option auf eine weitere Woche, wenn das möglich ist." Martin mochte Adonis. Er hatte eine ruhige Ausstrahlung, die ihn an irgendetwas erinnerte.

„Kein Problem mein Freund. Du musst nur kurz

chier unterschreiben und chier." Martin verfolgte Adonis wandernden Finger. „Hier meinst du?" Martins Sinne waren abgelenkt. „Genau, chier und chier. Ich nehme an, du bist schon einmal chier gewesen?"

Martin überlegte wie ehrlich er mit dem sympathischen Mann sein konnte, der ihn an Sokrates erinnerte. „Tatsächlich kenne ich mich ein wenig aus. Ein Freund von mir wohnt hier." Im gleichen Moment dachte Martin an Leonidas, warum er bloß nirgendwo zu erreichen war. „Ein Grieche?" Martin fühlte erste Sorgen in sich wachsen. „Ja, und was für einer!" Adonis wurde wach. „Wie heißt er? Vielleicht kenne ich ihn. Natürlich weiß ich, dass man nicht alle kennen kann, aber manchmal wundert man sich"

„Er heißt Leonidas. Aber wahrscheinlich gibt es davon ein paar mehr, nicht wahr?" Dieser Adonis machte einen vertrauensvollen Eindruck. „Nun ja in der Tat, ein paar schon. Wie ist sein Familienname?" Martin war sich ziemlich sicher, dass er ihn unmöglich kennen konnte. „Kavafis, wie der berühmte Poet und Schriftsteller. Wenn ich mich recht erinnere, stammt er sogar von ihm ab." Plötzlich unterbrach Adonis ihn. „Leonidas Kavafis?" Gesicht und Miene verfinsterten sich.

„Was hast du Adonis? Du siehst aus, als wenn du ein Gespenst, oder Zeus persönlich gesehen hast!" Skeptisch blickte der Grieche über seine Lesebrille und hob die Augenbrauen. „Leonidas ist dein Freund?" Martin verstand nicht, was der plötzliche Stimmungswandel bedeutete. „Mehr als das!", antwortet er daher nicht ohne Stolz, blieb aber wachsam, da er sich noch keinen Reim auf die Verhaltenswandlung von Adonis machen konnte.

„Wir sind wie Brüder", fügte Martin hinterher,

sah wie sich Sokrates entspannte und sein gütiges Lächeln zurückgewann. „Ich bin froh, dass er dein Bruder ist, ich kann es deinem Gesicht ansehen." Es wurde immer geheimnisvoller. „Was ist los, Adonis? Weißt du, wo er ist? Zig mal habe ich versucht ihn zu erreichen, per Email, oder Telefon, aber nichts, rein gar nichts. Deswegen bin ich hier. Ich muss hier nach dem Rechten sehen, ich will wissen, ob ihm etwas zugestoßen ist."

Adonis' nachdenklicher Blick war Martin nicht entgangen. Er verhieß nichts Gutes und packte sein Herz mit kalter Hand, weswegen er starr vor Furcht in Adonis Container stand und seinen Worten weiter gebannt lauschte.

„Nehm das Motorrad zwei Wochen, wenn du ihn in der Zeit nicht findest, musst du Abschied von ihm nehmen!" Heiß wie Strom fuhren die Worte in Martins Knochen. Er ahnte Schlimmes, konnte sich aber Adonis Geheimniskrämerei nicht erklären.

Mit Logik und Vernunft versuchte er der Sache auf den Grund zu gehen und vor Allem, dass war der wirkliche Grund, die Nerven zu behalten und sich nicht von der Furcht vom möglicherweise verlorengegangenen Freund überwältigen zu lassen.

„Adonis?", der drehte ihm langsam sein braungebranntes Antlitz zu, „weißt du wo er sich aufhält? Wohnt er noch in Damasta?" Langsam näherte Adonis sich, um Martin leise etwas ins Ohr zu flüstern, dass er ihn kaum verstand. „Niemand weiß, wo er ist! Vor ein paar Wochen oder Monaten ging er aus dem Haus und wurde nie wieder gesehen. Er ist ein geheimnisvoller Mann. Wie lange kennt ihr euch?" Adonis ging einen Schritt zurück, griff nach einer Zigarettenschachtel und hielt sie Martin fragend hin, „Mindestens Zwanzig Jahre", antwortete

Martin und schüttelte dankend den Kopf, während Adonis sich eine anzündete. „Das ist schon eine ganze Weile! Wie gut kennst du ihn?" Martin sah ihn wieder fragend an. Aus irgendeinem Grund hatte er das Gefühl, dass er ihm etwas vorenthielt, „Recht gut, ich weiß viel über ihn, ob er mir Dinge verschwiegen hat? Wie konnte man das je wissen?", blieb aber ausgesucht höflich und freundlich mit dem Kreter. Dieser begann seine eigene Fragerei als unangemessen zu empfinden. „Entschuldige, ich wollte nicht respektlos sein: Er ist ein besonderer und etwas seltsamer Mann. Viele halten ihn für gefährlich", Martin blickte überrascht auf, „Wirklich?", Adonis sah hinüber zu den Bergen und seufzte bedeutungsschwer. „Leonidas ist wie ein Erdbeben, das ohne Ankündigung erscheint und genauso plötzlich wieder verschwindet und nur noch verwüstete Erde hinterlässt, dessen Trümmer man Jahrzehnte bestaunt, als wäre es gestern gewesen. Kennst du Dimitrios Liantinis?" Erschrocken von der apokalyptischen Beschreibung schreckte Martin zurück, kam aber neugierig wieder dichter an Adonis heran, als er den Namen des großen griechischen Gelehrten hörte.

„Du meinst den Philosophen aus Athen?", Adonis nickte ernst, „ich habe sein letztes Buch Gemma gelesen, natürlich kenne ich seine Geschichte..." Ganz war der bärtige Hellene noch nicht zufrieden, etwas schien zu fehlen, was Martin verstand und schnell hinterherschob. „...und auch sein Ende. Ich weiß, worauf du hinaus willst." Sofort erhellte sich das weißbärtige epische Antlitz. Martin sah darin bestätigt, dass Adonis und Leonidas noch mehrere Geheimnisse in sich trugen und wurde immer nachdenklicher. War ihm vielleicht ein Detail entgangen? Hatte Leonidas etwas verschwiegen, sich vielleicht ein letztes Geheimnis bewahrt?

„Denkst du, dass er jetzt an einem besseren Ort ist?"
Martin sprach offen aus, was er dachte und wartete ungeduldig auf Adonis Reaktion. „Wir dürfen es nicht ausschließen, aber was sagt dir dein Herz?" Martin ließ seinen Blick zu den weitentfernten Bergen schweifen; ein paar hatten weiße Sahnehauben auf den Spitzen. Zum Greifen nah kamen Martins Erinnerungen hoch.

Leonidas atemberaubender Erfolg, wie er vom Finanz-Crash 2008 profitierte, sein jahrelanges Experimentieren zahlte sich aus. Während andere verloren und reihenweise pleitegingen, wuchs sein Vermögen in Windeseile, genauso wie seine Ausschweifungen. Schnelle Autos und Yachten, immer weiter vermehrte sich sein Vermögen. Bald kamen Flugzeuge und Jetset dazu, doch der Reichtum entfernte ihn von seinen Freunden. Und erst seine Hochzeit: So etwas hatte Griechenland noch nicht erlebt. Fast das ganze Land flippte aus. Irgendwann verlor Leonidas den Bodenkontakt, doch tief drinnen blieb er der Gleiche. Seine offene, leicht auszunutzende Art lockte dann zwielichtige Gestalten an. Nach und nach verlor er die Kontrolle. Es war nur eine Frage der Zeit, bis sein Geld folgte, welch eine attische Tragödie!

Zu spät merkte Leonidas, dass seine vermeintlichen Freunde ihn über den Tisch zogen. Bald gingen erste Firmen Bankrott. Eine Zeitlang konnte er sich über Wasser halten, doch es half alles nichts: In nur wenigen Monaten verlor er Abermillionen. Dann begann er zu trinken und eines schönen Morgens verschwand auch seine schwangere Frau. Dann stürzte er ganz ab und soff sich fast zu Tode, bis Martin ihn sich schnappte.

Gemeinsam gingen sie in die Berge. Tagelang, wochenlang wohnten sie in freier Natur unter Sternen. Dort traf Leonidas seinen Entschluss und besuchte Tage später den alten Schafhirten aus dem Dorf. Leonidas lernte sein Handwerk und lebte fortan in den Bergen. So oft er konnte mied er sein Haus, dessen Mauern ihm des Nachts zu nahe kamen.

Langsam schweifte Martins Blick zurück in die Gegenwart und sah Adonis nachdenklich an. „Er lebt!" Adonis bewegte seinen mächtigen Kopf nickend auf und ab. „Dann wirst du ihn auch finden." Martin schob hinterher. „Bist du Leos Freund, Adonis?" Dieser hatte die Frage schon länger erwartet.

„Ich bin der ältere Bruder seines alten Jugendfreundes Perikles Giannopoulos. Wir haben keine so lange Freundschaft wie ihr und doch kenne ich ihn lange genug, um zu wissen, wer er ist." Martin lächelte zufrieden und griff dabei nach seinem Rucksack „Danke, ich bin erleichtert, dies zu hören."

Adonis hat eine schöne Seele, dachte Martin, als dieser einen Ratschlag hinzufügte. „Gib Acht; beim letzten Mal sprach Leonidas davon, dass er irgendetwas entdeckt hatte, eine heiße Spur meinte er gefunden zu haben, weißt du, was er damit meinte?" Martin wunderte sich über die Bemerkung. Merkwürdig, dachte er, entweder kannte Adonis ihn in Wahrheit gar nicht und er gab es nur vor, oder aber, er brauchte eine allerletzte Prüfung, um sicherzustellen, dass Martin wirklich der war, für den er sich ausgab. Es musste einen Grund dafür geben, wenngleich Martin eingestehen musste, dass er nicht erklären konnte, weshalb er sich entschloss, offen und ehrlich zu sagen, was er dachte. „Er fühlte sich von Geschäftspartnern betrogen." Adonis Gesicht klarte langsam auf, Martin sprach weiter „Leider konnte er ihren Verrat nie beweisen. Einige sehr bekannte Geschäftsleute waren darin verwickelt, auch einflussreiche Politiker." Adonis nickte, trank aus einer Wasserflasche und kämpfte sein Aufstoßen nieder, während er aufmerksam Martins Ausführung weiterlauschte.

„Irgendwann entzogen sie ihm das Vertrauen, vielleicht hatte er eine Spur, oder gar Beweise gefunden. Alles könnte möglich sein." Jetzt strahlte Adonis' ganzes Gesicht. „Du hast Recht, mein Freund." Sie schüttelten die Hände. „Bis bald, Adonis!" Martin setzte den Helm auf, „Bis bald lieber Freund!", stieg auf die Enduro und drückte den roten Starterknopf, dass der Motor mit lautem Knall zum Leben erwachte und Adonis zusammenfuhr, als wenn ihm Zeus auf die Schulter klopfte.

Martin lachte, wollte Adonis aufmuntern und zwinkere ihm zu. „Zeus ist erwacht! Ich fahr jetzt nach Lyktos und zünde eine Kerze an!" Adonis lachte auf, rollte mit den Augen und winkte Martin hinterher. Ungeduldig glitt das Motorrad an die tiefschlafende Ampel und legte sich katzengleich auf die Lauer.

Gerade setzte Martin den Fuß auf die Erde, als sie auf Grün umsprang. Entfesselt galoppierte er durch den Kreisverkehr, endlich wieder Kreta, dachte er. Übermütig preschte Martin vorwärts und beschleunigte zu stark in eine lang gezogene Kurve, als plötzlich das Hinterrad ausbrach! Nur mit letzter Mühe, verhinderte Martin einen Sturz. Er hatte völlig vergessen, wie glatt die Straßen dort waren. Reifenrückstände schmolzen schnell unter der gnadenlosen Sonne, das viele Straßenecken von an Glatteis erinnernde Schmierschichten überzogen waren und man sein Motorrad besser herumtrug als fuhr.

Vorsichtig rollte Martin eine geschwungene Autobahnauffahrt hinauf, gesäumt von bunten Blumen und Palmen, fädelte sich mit Bedacht in den reißenden Strom und ließ die hochbeinige Enduro loshämmern, so das er vor Freude anfing zu lachen.

Welch ein buntes Chaos! Wild durcheinanderfahrende Fahrzeuge und Fußgänger die auf dem Standstreifen Hand-in-Hand spazieren gingen. Radfahrer die freihändig auf Standstreifen und rechter Spur herumschlingerten, Busse, die mit hoher Geschwindigkeit vorbeirauschten, Motorräder und Roller, die um alles herumwuselten und wie Sand, durch die kosmische Uhr rieselten.

Martin hatte vergessen, wie sehr er die Insel liebte und dachte über Adonis Worte nach. Auf was war er da gestoßen? Warum meldete Leonidas sich nirgendwo? War er vielleicht schon tot? Oder wollte er, dass es alle glaubten? Und wenn ja, warum?

Duft von Kaktusfeigen, die am Straßenrand standen strömte in Martins Nase, während Heraklions weiße Häuser prächtig um die Wette strahlten. Hier und da wuchsen stolze Oliven und Platanen, überall leuchteten Geranien und wilde Lilien, was für ein Garten Eden, dachte Martin.

„Schon seit über 2000 Jahren wurden die Menschen betrogen und belogen von den fliegenden Händlern, mit ihren dämmrigen Religions-Laternen, ging es doch nur um Machtausübung und Kontrolle, bei all der Buße und dem Leiden. Mangel, Gut und Böse. Dabei hatte das antike Griechenland längst gezeigt, dass man mit Naturverbundenheit und Göttermythologie das Paradies auf Erden hatte!" Martin ließ seine Gedanken weiterfliegen und die Ausfahrt zum antiken Knossos an ihm vorbeirauschen. „Noch so ein gewaltiges Monument, dass man leider touristisch zu sehr ausgeschlachtet und missbraucht hatte", grübelte er traurig weiter. Es schien überall das Gleiche zu sein: Die Dinge verkamen, wenn zu viel Geld floss. Angenehm tief und sonor donnerte der Motor und vibrierte zufrieden bis in den Lenker. Schon lange hatte Martin sich nicht mehr so lebendig gefühlt. Ein paarmal hüpfte er gewaltig weit über tiefe Senken und riesige Beulen, die den Asphalt über Jahre unter der afrikanahen Sonne verformt hatten. Martin lachte bei jedem Sprung übermütig auf, wie damals, als er als kleiner Junge auf der Schaukel Gummi-Stiefel-Weitschießen spielte.

„War das ein Riesenspaß", erinnerte er sich mit Freude daran und riss voll Euphorie das Visier auf, um den würzigen Wind im Gesicht zu spüren und an keiner Sinneswahrnehmung und keinem Wunder unbeachtet vorbeigefahren zu sein, ohne es ausreichend genossen zu haben.

Bald machten erste Schilder auf die Abfahrt „Gazi" aufmerksam. Stolz brüllte der Büffel unter Martin auf, als er kleinere Gänge reinhaute. Ein paar Mal quietschte der Hinterreifen, was Martin an rutschige Stellen ermahnte. Vorsichtig rollte er die Autobahnabfahrt hinunter und kam an einer Kreuzung zum Stehen. Hitze flirrte vom kochenden Asphalt hoch.

Automatisch öffne er seine Jacke. „Herrlich, wie einen die Wärme umarmt", freute sich Martin, als die Ampel auf Grün umschaltete. Wie auf Katzenpfoten bog er ab, um auf der Geraden ausgelassen zu beschleunigen, ohne zu vergessen, den Motor unter einer Brücke wie einen Elch aufheulen zu lassen, wie es eigentlich nur Teenies machten. Martins Herz hüpfte vor Freude, auch wenn dunkle Wolken sein Herz beschatteten. Im leichten Trab rollte er gut gelaunt am Gemüsemann vorbei, der immer noch an der Kreuzung zum Krankenhaus stand und grüßte ihn freundlich. „Giasas!"

Weiter ging es Richtung Berge. Mehr und mehr dünnte die Bebauung aus. Immer stärker roch es nach Kräutern, Salbei, Rosmarin und Oregano, wohin Martins Nase auch führte. Ein gewaltiger Teppich voller magischer Düfte lag über der Insel. Höher und höher schraubte er sich, immer schwungvoller, wie beim Walzer, wog er sich durch die Serpentinen. Energisch und nicht minder euphorisch knatterte er die Gänge rauf und runter. Es ging immer weiter und weiter.

Links und rechts wuchsen nackte Berge aus der Erde, die immer dichter an die Straße heranrückten, um das hektische Leben der gedankenlosen Menschen zum Stillstand zu bringen. Vereinzelte Schilder standen von Pistolen und Gewehrkugeln durchsiebt in der Gegend herum, stumme Zeugen heimlicher, aber wohltuender Gewalt, die perfekte Kulisse für Westernfilme abgaben. Sanft wie Skifahrer die Berge runterfuhren, rauschte Martin durch die beeindruckende Landschaft und schraubte sich immer weiter die zackigen Berge hinauf. An einer 270 Grad Kehre hielt er an.

Funkelnd wie eine Blüte sah er Heraklion in der Ferne glitzern, wo Adonis auf Kunden wartete. Aus irgendeinem Grund musste Martin bei diesem Gedanken lächeln, wurde aber schnell wieder ernst, weil seine sorgenvollen Worte wie nackte Mahnmale aus der Erde ragten: Was war mit Leonidas?

Nach ungezählten Kurven tauchte Marathos, ein

kleines Bergdorf hinter dem Bergkamm auf. Vor einer kleinen Taverne saßen mehrere weiße Bärte auf ihren Bänken und spielten mit ihren Kombolois, während sie hin und wieder an Gläsern nippten.

Grüßend hob Martin seine Hand, „Nabend!", während ein paar nickten und die anderen ihre schwieligen Hände hoben. Ergriffen rollte Martin weiter. Nach dreißig weiteren Kurven und Minuten erreichte er mit seinem schnaufenden Rappen das Ziel.

Damasta! Kleine Ansammlung weißer Steinhäuschen, die mit ihren blauen Fensterrahmen malerisch am Berg klebten. Katzen spielten und balgten sich herum, manche lagen faul im Schatten. Von weit entfernt hörte man ein blechernes Radio krakeelen. Hier und da ein paar Stimmen. Eine schwarz gekleidete Frau, ging in kleinen Schritten an ihrem Krückstock gebückt über die Straße. Es schien eine Ewigkeit zu dauern, dass Martin es mit der Angst zu tun bekam.

Schon donnerte ein Pickup um die Kurve, um mit lautem Quietschen nur wenige Meter vor der alten Dame zum Stehen zu kommen. Zornig donnerte sie ihm den Stock auf die Motorhaube und ließ eine Schimpfkanonade los, dass der Farmer blass um die Nase wurde und geduldig wartete, bis sie das sichere Ufer erreichte.

Schnell fand Martin sein Cottage, nebst Haustürschlüssel hinter einem Zahlenschloss. Als er Bett, Toilette und Küche erblickte, sowie den Inhalt des Kühlschranks, nahm er die große Plastikflasche heraus, auf der mit wasserfestem Stift ‚Raki' geschrieben stand, und schenkte sich einen ersten Schluck ein und rauchte genüsslich seine erste Zigarette in Leonidas Heimatdorf. Eine knappe Stunde beobachtete er Katzen und Wolken, während er den Tag Revue passieren ließ, als seine Augen schwerer und schwerer wurden, bis er sich im Bett zusammenrollte. Langsam wachte Martin in der ungewohnten Märchenlandschaft auf und wusch sich mühsam die müden Zähne. Kurze Zeit später saß er auf der Bank vor dem Haus und genoss die Umgebung und den prallen Sonnenschein. Furchtlos klammerten sich unerschrockene Häuser am Gestein fest. Schwarze Wassertanks standen auf Dächern und wurden von Solarzellen gespeist. Aus allen Ritzen und Spalten wucherte was, hier alte Weinreben, dort Blumen, Kräuter und junge Olivenbäume. Zwei Katzen sonnten sich auf einer Mauer gegenüber. Greifvögel kreisten am Himmel. Hin und wieder fuhren Bauern mit Pick-ups vorbei, deren grobstollige Reifen prägnant heulten und in den Kurven quietschten. Martin entschied sich in der kleinen Dorf-Taverne zu frühstücken und freute sich, dass Vicky sie immer noch führte, jedoch erfuhr er von ihr wenig Neues.

„Schon seit Monaten hat ihn keiner gesehen, niemand weiß wo er ist!" Ein Weilchen unterhielten sich die beiden. Als Martin sein Frühstück verzehrt hatte, hielt ihn nichts mehr auf dem Stuhl. Schnurstracks ging er zu Leonidas Haus, das von Unkraut, Sträuchern und Bäumen überwuchert auf ihn wartete.

Martin überlegte, an welcher Stelle sie damals den Schlüssel versteckt hatten und fand ihn am alten Platz. Vorsichtig schloss er auf. Muffige Luft schlug ihm entgegen. Martin schlich über den verstaubten Boden, „erst mal ein Fenster öffnen", dachte er. Post lag auf dem Tisch. Ein aufgerissener Brief lag im Zentrum, dem man mit ungeduldiger Hand beigelegte Bilder herausgerissen hatte. Als ahnte Martin, dass sie nicht für ihn bestimmt sein konnten, näherte er sich sachte dem Briefumschlag und griff nach den Bildern, die aus ihm rausragten. Langsam fokussierten sich seine Augen. Erschrocken fuhr Martin zusammen, als sie sich an die Umrisse gewöhnten und eine kalte eiserne Klaue sein Herz umklammerte: Selbst aus Entfernung begriff man! Erschüttert nach Luft ringend schaute Martin aus Pietät weg und drehte die Bilder um. Vergangenheit stand im Raum.

Was war das damals für eine Unruhe in den Medien. Großangelegte Suchen, das lange Ausharren und Verzweifeln und mittendrin sein Freund Leonidas, der sich in etwas Düsteres, aus einem altgriechischen Epos verwandelte. „Verdammt ich muss ihn finden", dachte Martin. „Er ist imstande die ganze Welt umzubringen", sprach er halblaut vor sich hin und fuhr wieder erschrocken zusammen, als er hinter sich Schritte vernahm.

Hastig schob er die Fotos unter die Jacke. Ein alter Mann stand auf einmal vor ihm, mindestens achtzig Jahre alt. „Giasas, Marty. Es ist lange her..." Fast hätte Martin den wettergegerbten Mann nicht erkannt, wie er mit schweißverklebten Haaren, hochgekrempeltem Hemd und ausgebeulter Hose vor ihm stand, an dessen Knien immer noch Erde klebte, die sich zu lösen drohte.

„Georgios!", Leonidas Vater liefen die Tränen runter. Sie umarmten sich und drückten sich aneinander, als müssten sie sich Halt geben. Auch Martin konnte sich nicht länger zurückhalten, irgendetwas löste sich in ihm. „Pa, es muss mindestens zehn Jahre her sein, schön dich zu sehen, wie geht es dir und Maria?" Gütig lächelte der Alte. „Wir schlagen uns durch. Erst die Krise, dann die Aufregung um unseren Sohn. Wir sind Kummer gewohnt, wie du weißt, noch dazu sind wir einfache Leute. Wir gehen auf unseren Acker, bestellen das Feld, ziehen unsere Kinder auf, essen, schlafen, weinen und trinken. Leben nennt man das wohl. Manchmal bin ich mir jedoch nicht sicher, ob es mir vielleicht abhanden-gekommen ist. Wenn meine Hände die Natur schneidet und erntet habe ich das Gefühl, das es nicht mehr meine sind!" Martin nickte stumm und griff seine Händen, um sie zu drücken. Schön, dass es noch Menschen wie ihn auf dem Planeten gab. Martin stand auf und ging zum Kühlschrank. Milchig schien das Kühlschranklicht aus weiter Ferne zu glimmen. Martin fand wonach er suchte.

Leonidas Vater beobachtete, wie vertraut Martin sich im Haus des Sohnes bewegte. Zielsicher fand er kleine Gläser und stellte sie wortlos auf den Tisch. Georgios übermannte die Neugier. „Wo lebst du, Martin? Was machst du? Bist du Zahlenverdreher wie mein Sohn?" Leonidas Vater hielt jegliche Form von Wirtschaftswachstum für falsch und außer Kontrolle geraten. All die Jahre blieb er der Ansicht, dass die Götter ihre Köpfe über das Niveau der menschlichen Einfallslosigkeit schüttelten.

Feierlich stellte Martin zwei Gläser auf den Tisch und füllte sie randvoll. „Giamas!" Beide erhoben sich, blickten einander an, nickten und tranken die klare Flüssigkeit auf ex. Martin schenkte gleich wieder nach. Auch das Zweite nahmen sie ähnlich ernsthaft. Beim Dritten setzten sie sich. Langsam beruhigten sich ihre Nerven. Martin konnte nicht mehr warten.

„Georgios, was ist passiert?", doch Leos Vater schien noch nicht soweit. „Bitte, erzähl mir erst von dir, wo du lebendig vor mir sitzt." Martin lächelte verständnisvoll, wie konnte er ihm Derartiges abschlagen?

„Ich arbeite für die Vereinten Nationen. Ich versuche die globale Wirtschaft zur Selbstregulierung anzuregen, was, ehrlich gesagt, von Anfang an nicht gut gelang." Georgios Neugier erwachte schlagartig, bohrend sah er ihn an. „Wie regst du sie üblicherweise dazu an?" Überrascht wich Martin zurück, suchte etwas Halt an der Stuhllehne und fing zum ersten Mal an, über seine Arbeit zu reden. „Ich treffe Entscheidungsträger wie Politiker, Firmenchefs und Eigentümer, manchmal auch Aktionäre. Wir tauschen uns über Strategien aus. Sie alle haben eigene Ansichten und aus ihrer Perspektive Recht, das macht es so schwer, etwas zu ändern!"

Ein unübersehbarer Ruck ging durch den grauhaarigen Mann. In Wahrheit war es ein Erdbeben, das ihn in seinen tiefliegenden Erdschichten erschütterte und jetzt, nach all den Jahren zum Ausbruch kam.

„Marty, hast du mal über andere Methoden nachgedacht?", der breitete fragend die Arme aus, nicht ohne mit den Augen zu rollen. „Natürlich, Pa! Es gibt keinen Tag, an dem ich mir nicht den Kopf darüber zerbreche. Es ist die menschliche Triebfeder, die sich nicht weiterentwickeln will."

Seit Langem kam Martin sich wie ein Sektenanführer vor. Ständig betete er das Gleiche, doch ohne Erfolg. Und jetzt saß er mit Georgios zusammen, der einen aufgebrachten Eindruck auf Martin machte. „Natürlich, Marti! Wenn du einen Olivenbaum nicht kultivierst, wächst er wie er will, Weinreben genauso." Martin fragte sich, was das mit der Weltfinanz zu tun hatte, während der alte Grieche fortfuhr.

„Sie werden keine Pfirsiche oder Zitronen!", Georgios geriet in Rage; hatte Martin was Falsches gesagt, fragte der sich, hob überrascht die Augenbrauen und nippte am Raki. „Ich versteh nicht, was meinst du?", weil er sich keinen Reim auf die Ausführungen des alten Griechen machen konnte, dessen tiefbraunes, von schweren Falten zerklüftete Gesicht ihn sprachlos machten.

„Komm eine Woche mit mir aufs Feld und du wirst verstehen wovon ich rede, mein Sohn!" Martin fand immer noch keine Erklärung und spürte, wie sich sein Universitäts-Studium wie eine uneinnehmbare Festung vor dem lebenserfahrenen Mann aufbaute, die er als Standesdünkel elitärer Arroganz einer vermeintlich weisen Hochschulbildung identifizierte, die er mittlerweile als größtes Hemmnis menschlicher Evolution ansah. Er musste sich endlich trauen, einen Schritt zurückzugehen, sonst würde er nie klar sehen.

„Worauf willst du hinaus, Pa." Er spürte, wie sich Skepsis um sein Herz legte, die er aber energisch verscheuchte. Georgios legte seine Stirn in Falten. „In Wahrheit bist du Farmer, Marty, so wie ich, erkennst du das? Du versuchst einen Garten zu kultivieren, zwar hat er andere Dimensionen und seine Pflanzen sind anderer Natur, aber letztendlich versuchst du ihn genauso zu kultivieren, hast im Gegensatz zu mir aber stumpfe Werkzeuge." Martin staunte über die Metapher, lauschte ergriffen und nickte.

„Alle Pflanzen müssen kultiviert werden. Sonst verwildern sie, wachsen dir über den Kopf, werden riesengroß und bringen keinen Ertrag" Martin schenkte Raki nach und unterbrach Georgios mit wachsender Unruhe. „Warte mal, Pa! Mit kultivieren meinst du auch Regulierung von Sonne und Wasser?" Martin verscheuchte seine Zweifel aus dem Elfenbeinturm. Wenn wirklich alles miteinander verbunden war, wie Quantenphysiker Heisenberg vor über hundert Jahren predigte, wie konnte irgendein Ding dann nicht relevant sein?

Martin bekam Gänsehaut vor Ehrfurcht vor den kleinen unsichtbaren Dingen und begann Georgios mit neuen Augen zu sehen. „Genau! Wassertriebe, du musst alles raus und zurückschneiden, was Pflanzen Kraft kostet und andere am Wachsen hindert. Heute haben wir immerhin den Vorteil, dass die meisten Pflanzen in der Regel stillhalten. Es hat Zeiten gegeben, wo sie den Menschen ähnlicher waren. Heute jedoch lassen sie alles über sich ergehen", philosophierte Leos Vater aus der Zeit der antiken Griechen und blühte immer mehr auf. „Und wenn manche Pflanzen sich sträuben, beschnitten zu werden?" fragte Martin und saß Leonidas Vater mit platzender Neugier gegenüber, während er sich die von Riesen aufgeschüttete rohe Berglandschaft ansah, die mit roter magmadurchmischter Erde jeden Samen erblühen ließ, der sich in ihr bettete.

„Dann überzeugt man sie, indem man tut was getan werden muss!" Georgios letzte Worte hallten durch die kleine Küche „...was getan werden muss!" Im Hintergrund hörten sie Greifvögel schreien und Schafe blöken. Ein paar Hunde bellten gelangweilt, während eine Katze sich vorsichtig ans Fenster setzte, weil wieder Leben im Haus herrschte. Lange sahen sie sich an und schwiegen. Hin und wieder nippten sie gleichzeitig an ihren Rakis. Martin rollte zwei Zigaretten, reichte eine der gedrungenen Gestalt, die ihn aus irgendeinem Grund an die Ruderer des Odysseus erinnerte, wie sie viele Jahre bei Wind und Wetter verzweifelt über die Meere segelten. Wenig später rauchten sie schweigend, während sie die losen Fäden ihrer Lebensgeschichten in Händen hielten.

Martin spürte, wie das Schicksal weitergereicht wurde und fühlte, dass für Georgios der schwere Teil kam. „Seit wann ist Leo weg, Pa?" Georgios Miene verfinsterte sich. Niedergeschlagen blickte er zu Boden, Martin bereute es angesprochen zu haben. Er war nicht gerne Überbringer schlechter Nachrichten und Erinnerungen für seine Freunde. Doch es nützte nichts, sie mussten das Thema angehen. „Drei Monate und siebzehn Tage!" Georgios Genauigkeit versetzte Martin einen Stoß in den Magen. „Hatte er davor irgendetwas zu dir gesagt, bevor er ging?" Georgios rang nach Worten. Martin ergriff seine Hände und drückte sie. Kurz schluchzte der wettergegerbte Mann vor Hilflosigkeit auf, fing sich aber gleich wieder. „Er sagte, er könne seinen gordischen Knoten lösen. Kannst du etwas damit anfangen, Marty? Wie ist das gemeint? Auf sein ehemaliges Geschäft?

Oder Filia?" Beim Aussprechen ihres Namens zuckte er zusammen und ließ die leisen Beben durch den Körper ziehen. „Ich weiß es nicht, Pa." Georgios spürte, dass Martin ihm etwas vorenthielt und sah ihn mit zusammengekniffenen Augen an. „Marty! Hör auf mich zu schonen, seit achtzig Jahren stehe ich im Sturm des Lebens, komm mir nicht mit Artenschutz!" Noch nie hatte Georgios so zu Martin gesprochen, weswegen der zurückprallte, einen Zug von der längst erloschenen Zigarette nahm und sich erneut Feuer gab, als er schweren Herzens zu erzählen begann.

„Leo sprach viel von seinem Knoten. Er und Filia hatten Streit in den Monaten vor ihrem Verschwinden, aber er konnte sich keinen Reim darauf machen. Plötzlich, aus heiterem Himmel brach sie Streitereien vom Zaun! Es passte überhaupt nicht zu ihr" Sofort fuhr Leonidas Vater dazwischen „Worum ging es?" und fasste neuen Mut, weil Martin ihm Neues erzählte.

„Nichtigkeiten, wir tappten im Dunklen und konnten uns keinen Reim darauf machen, bis sie am besagten Tag verschwand! Von welcher Seite wir es auch betrachteten, es blieb rätselhaft. Wir konnten keine Erklärung finden." Schweigend nippten sie an den Gläsern, zogen an ihren Zigaretten und lauschten dem Wind, wie er die Bäume kämmte. Martin fasste sich ein Herz, „Ich werde ihn finden, versprochen!" ahnte jedoch nicht, wie sehr das sein Leben verändern würde.

„Martin! Versprich, dass du nichts Gefährliches unternimmst!" Flehend, wie ein Ruf nach Frieden, erklangen Georgios lakonische Worte. Martin hatte nicht vor, etwas Gefährliches zu unternehmen. „Ich gebe Acht, versprochen." Still tranken sie das letzte Glas. Ein paar letzte bittere Züge ihrer knisternden Zigaretten ließen erahnen, dass sie den Zeitpunkt des Abschieds nach hinten schoben. Vorsichtig griff Martin in seine Hose und prüfte, ob Umschlag und Bilder noch da waren. Sie durften auf keinen Fall in andere Hände fallen. Beide spürten, dass es Zeit wurde. Gemeinsam standen sie auf, umarmten sich und schlichen aus dem vereinsamten Haus. Lautlos schloss Martin die Tür, verriegelte sorgfältig, damit die schlafende Katze draußen vorm Fenster nicht wach wurde und sah Georgios hinterher, wie er mit federnden Schritten die Straße runterging und die Hand zum Gruß hob, ohne sich umzudrehen.

Martin musste sich diese ins Gehirn bohrenden Bilder noch einmal in Ruhe ansehen. Vor Allem musste er Leonidas finden. Niemand hatte seine Bergunterkunft gefunden. Hatte Leonidas die Bilder gar schon gesehen? Und wenn ja, was hatten sie angerichtet? Hatte auch Georgios sie schon in Händen gehalten? War er deswegen so hochgegangen, als er darauf bestand, nicht geschont zu werden? Martin begriff, dass es keinen Sinn machte, sich weiter zu martern. Es gab zu viele Fragezeichen und Zufälle. Doch konnten so viele Zufälle überhaupt möglich sein? Hatte Leonidas Verschwinden damit zu tun? Oder anders gefragt: Konnte es sein, dass es nichts damit zu tun hatte? Und dann die furchtbaren Fotos, man brauchte kein Esoteriker zu sein, um Zufall auszuschließen. Martins Erkenntnis nach geschah nichts einfach so. Alles hatte Gründe und seine eigene Kausalität. Natürlich drängte sie sich nicht auf, selbst wenn sie vor einem lag. Man musste gründlich forschen.

Martin beobachtete wie ein paar Wolken die Berge hüteten. Immer noch stand er regungslos vor Leonidas Haus. Aufgeben kam für den Griechen nicht in Frage, das wusste er. Es entsprach nicht seiner Natur. Könnte er sich das Leben nehmen, wenn er es als natürlichen Schritt, als Erlösung sähe? Martin wusste es nicht und vermochte seine Ahnungen nicht zu ergründen, einmal aus Furcht, etwas Erschütterndes herauszufinden, aber auch, weil er jede Form der unaufgeforderten Psychoanalyse, als respektlos betrachtete. Freunde hatten Rechte auf Macken, Neurosen und Schwächen, mochten sie auch noch so schädlich sein.

Langsam ging er die kleine steile Gasse hinunter, die mit ihrem aufgebrochenen Asphalt und den saftig blühenden Pflanzen ans Paradies erinnerten. Als Martin die Hauptstraße erreichte, parkten Lieferwagen und Pickups den Dorfplatz zu. Längst hatten es sich die Fahrer in Vickys Taverna, bei Getränken und Speisen gemütlich gemacht. Martin gesellte sich dazu.

Er liebte es, an Tischen zu sitzen, den vielen Gesprächen zu lauschen, den wettergegerbten Gesichtern zuzusehen, wie sie sich allmählich entspannten, wie ihre sonnengewohnten Augen sich zurückzogen, bis nur noch schmale Schlitze übrigblieben, hinter denen sie ihre Gedanken versteckten. Nie sprach Martin jemanden an, oder beteiligte sich an Gesprächen, obwohl er einen kleinen griechischen Wortschatz, sein Eigen nannte. Für ihn käme es einem Affront gleich, wie unerlaubtes Betreten, wusste er doch, dass Menschen in solchen Läden ihre Empfindungen und Erinnerungen hegten und pflegten. Besuche in Kneipen blieben Ausbrüche aus dem Alltag, um sich für kurze Zeit von der Tretmühle befreit zu fühlen.

Ein paar hupende Pickups fuhren vorbei. Einige der Farmer winkten Martin zu, der freudig zurückgrüßte, während in seinem Gedächtnispalast farbenfrohe und zugleich widersprüchliche Filme abliefen. Aus der einen Ecke kamen Handwerker und Bauern, die im Schweiße ihres Angesichts ihren Geschäften nachgingen, die ihre Felder bestellten, Schafe hüteten und Pflanzen kultivierten. Und aus der anderen kamen Hochfinanz, Großkonzerne, international agierende Banken und Währungsfonds. Sonnenstrahlen tauchten den kleinen Dorfplatz in warmes Licht, während Vicky in ihrer Taverne „Da-Ma" einen Krug Weißwein auf Martins Tisch stellte, der sich gierig einschenkte. Nach der kurzen Pause ging Martins Kopfkino weiter.

Die EZB kam mit Leitzinsen auf den Plan, alsbald Politiker, die unentwegt, gemeinsam mit Inhabern und TOP-Managern von Wachstum, Umsatz und Gewinnsteigerung sprachen. Abgetaucht in seinen Gedanken, nahm Martin einen ersten Schluck. „Wein ist das Blut der Erde, oder etwa nicht?" Martin dachte an Manager mit horrenden Gehältern, die in keinem Verhältnis mehr zur Leistung der Kollegen standen. Martin dachte an sein erstes Sparschwein, hatte er den Schlüssel noch? Dann erinnerte sich Martin an erstes Taschengeld und an seine

Großeltern, wie sie ihm Geld zusteckten und wie sich eine kleine stattliche Summe anhäufte. Er dachte an sein erstes Fahrrad, das erste Bier, sein erster Kuss. Wie sehr war er von seiner ersten großen Liebe elektrisiert. Anja hieß sie. Bald rauchte er Zigaretten auf Lunge. Dann kam der Militärdienst und seine darauffolgenden langen Studien der Philosophie, Ökonomie und Wirtschaftsethik. Wie sehr ihm Philosophie ans Herz wuchs. Bis heute blieb sie seine Herzensangelegenheit. Wie er sich über die Theorien der Wirtschaft wunderte und wie sehr ihn die vielen blinden Flecken erbosten, weswegen er zu hinterfragen begann.

Glasklar offenbarte sich, dass Arbeiter- und Mittelschicht von den reichen Eliten geopfert wurden und wie sich alles Richtung Mittelalter zurückbewegte, wieder hin zu feudaler Macht und absolutistischem Einfluss. Doch wie reagierten die Vereinten Nationen? Taten sie, was sie sagten und sagten sie, was sie taten? Und viel wichtiger, was bewirkten sie? Er dachte an Georgios, der mit achtzig noch aufs Feld ging.

Seit der Wirtschaftskrise von 2008 waren die Griechen wieder arm. Warum kam die europäische Wirtschaftshilfe nicht dort an wo man sie brauchte? Warum half man den Banken, die jene Krise verschuldeten? Warum nicht dem Volk? Blieb etwa finanzielle Hilfe an Verteilungspunkten hängen?

Leonidas Vater stand um fünf auf, um ab sechs auf dem Feld zu sein. Alles machte er selbst. Er schor Schafe, melkte sie und machte Käse. Martin dachte an Vorstandsebenen mit Vorzimmern, an international ausgebildete Assistentinnen, gläserne Fahrstühle und Aktiengesellschaften. Es schien ihm offensichtlich, dass die Schere seit Jahrzehnten immer weiter auseinanderging, aber niemand gebot dem Einhalt. Groß fraß klein und immer so weiter und weiter, bis der Gewinner als zweiter starb.

Martin spürte, wie ihm Tränen herunterliefen, wieso musste es soweit kommen? Konnte man zulassen, dass alles auf den Abgrund zulief? War gute Gesinnung genug, um weiterhin teuer essen zu gehen? Was machte man mit seiner Zeit? Wollte man etwas bewegen? Mehr und mehr begriff Martin, dass er in Georgios Welt ein Zahlen-Verdreher blieb.

Zum ersten Mal begann er sich dafür zu schämen. Er musste endlich etwas tun. „Ist Stiffort wirklich bereit sich zu ändern?". Irgendjemand musste handeln. Martin fragte sich, was ihn daran hinderte. War es Furcht? Martin marterte sich weiter. „Wozu lebst du? Was ist dein Auftrag, was deine Bestimmung, was bleibt von dir, wenn du morgen gehst? Was hast du all die Jahre getan? Hör endlich auf dich vor Verantwortung zu verstecken!"

Grimmig blickte Martin auf die rohe Felsenlandschaft, schenkte Wein nach und lächelte vor sich hin, während er Tränen aus seinem Gesicht wischte, die sich zwischen seinen Krähenfüßen verlaufen hatten. Martin gab sich keiner Illusion hin, man würde Abstand von ihm nehmen. Viele seiner Freunde musste es schockieren; er hoffte nicht alle zu verlieren. Das Aufhören musste endlich anfangen, erkannte Martin. Gier, schieres, ökonomische Mehr müsste man ächten und verurteilen, aber vor allem, musste man es
bekämpfen!

Reden allein genügte nicht, es bedurfte mehr als das. Doch was tun, wenn mancher nicht verstand, nicht wollte, oder nicht konnte, was dann? Wann musste man die Allgemeinheit vorm Individuum schützen und wer überhaupt war die Allgemeinheit? Waren es die Bürger einer Nation? Konnte man das? Und wer sind die Völker der Welt? Sind nicht die Vereinten Nationen ihre Repräsentanten? „Sind wir dann nicht auch die Allgemeinheit", dachte Martin, „Vielleicht sogar eine Art Hüter, mit der Charta der allgemeinen Menschenrechte?"

Vicky kam an Martins Tisch und tauschte gerade seinen leeren Weinkrug gegen einen Vollen aus, als Martin sie ansprach. „Wann hast du Leo zuletzt gesehen?" Vicky schien erleichtert, mit jemandem darüber reden zu können. „Lass mich nachdenken, vielleicht ist es zwei Monate her?" Martin überraschte es. „Nur zwei? Das ist nicht lange." Vicky überlegte noch einmal und forschte in ihren Erinnerungen „Hm, doch, ja, würde ich sagen." Martin wurde ungeduldig. „Was hat er getan, oder getrunken", doch Vicky ließ ihn nicht aussprechen und setzte nach. „Er trank ein oder zwei Karaffen Wein, aß Lamm-Koteletts und trank Raki hinterher, so wie immer." Ein wenig beruhigte es Martin, aber er wollte mehr hören, als Essensgewohnheiten bestätigt zu wissen.

„Wie wirkte er auf dich? Besorgt oder gar traurig?" Vicky sah an Martin vorbei in weite Ferne, als sie antwortete „Nachdenklich, wie jemand, der sich entscheiden muss, aber nicht kann, weißt du was ich meine?" und richtete dann ihren Blick wieder fest auf Martin, der ihr zustimmte „na sicher Vicky" und die Stirn runzelte. Vicky setzte nach, „Hast du eine Ahnung, wo er sein könnte? Es zehrt die Alten aus, dass ein Sohn des Ortes verschollen ist. All die Gespenster des zweiten Weltkriegs kommen da wieder hoch, du weißt, was hier los war!" Sie kannte den Ort in und auswendig. Auch Martin erinnerte sich an die dunkle Geschichte des Bergdorfes.

„Natürlich, so etwas kann man nicht vergessen!" Martin erinnerte sich an all die düsteren Geschichten, die Leonidas Vater manchen Abend erzählte, wenn ihn Wein und Raki gnädig stimmten und blickte Vicky hinterher, wie sie zurück in die Küche ging, um die leckeren Speisen der Bergdörfer zu machen, die einem zusammen mit den hausgemachten Weinen, das Herz öffneten.

Gedankenverloren griff Martin die Fotos in seiner Hose und gewährte sich einen kurzen Blick, der ihn wieder bis ins Mark erschütterte. Was für schlimme Bilder! Dachte er sich, Angewidert starrte er sie an, und spürte, wie sie ihm unter die Haut gingen.

Jemand hatte die Hölle aus sich herausgelassen, menschliche Gewalt, das Tor zum Hades, direkt in den Tartarus. Martin schreckte plötzlich zusammen, ihm kam ein Gedanke, der ihn nicht mehr losließ: Was, wenn Leonidas lediglich denken sollte, dass es seine Frau ist?

Vielleicht war Filia deswegen so sauer, weil sie erkannte, dass man sie benutzte, um an Leonidas ranzukommen. Noch mal sah Martin sich die Fotos an und disziplinierte sich, um objektiv zu bleiben. Er musste es versuchen, sonst würde er Gefahr laufen, dass diese Bilder ihn lenkten und nicht seine Vernunft. „Also, was siehst du?" begann Martin sein stummes Kreuzverhör. „Na, los doch! Okay, ich sehe eine nackte brünette Frau; was noch; vielleicht ist sie Anfang dreißig; ist das Alles? Nein, sie sitzt auf einem Stuhl und hat einen Bauch, aber es ist unmöglich zu erkennen, ob es sich um eine Schwangerschaft, oder Wohlstand handelt! Komm schon, weiter, weiter, was noch; man hat ihr Arme und Beine gefesselt, ihre Augen sind verbunden. Schon besser, aber pass auf, lass dich von deinem Verstand leiten, sonst läufst du Gefahr zu sehen, was du erwartest. Was meinst du? Jeder wird beim Betrachten das Gleiche fühlen, nämlich den gleichen Fehler machen, davon auszugehen, dass es sich um die Vermisste handelt! Wenn es nämlich hart auf hart kommt, wählen Menschen immer die Hoffnung und sie klammern sich an allem fest, was diese nährt, bis zum bitteren Ende!"

Martin spürte, wie ihn der eigene Verstand malträtierte, wie es ihn auslaugte, die vielen dunklen Wolken aufzuweichen, die ihm die Bilder brachten und die seinen Verstand unter der Macht der Emotionen zu begraben drohten, die bald verschüttet und vergessen für alle Zeiten waren.

Martin wusste, dass die meisten Menschen sich schwer taten, die Wahrheit zu erkennen. Nur selten gelang es ihnen. Allzu oft verklärten Wut und Zorn ihre Sicht. Blut und Tränen auch. Martin nahm an, dass es nicht Filia auf dem Bild war. Aber warum machte sich jemand solche Mühe?

Warum lagen die Bilder auf Leonidas Küchentisch und nicht bei der Polizei? Steckten Sender und Täter unter einer Decke? Kannte Leonidas die Bilder und wenn ja, warum hat er sie nicht an die Behörden übergeben? Und glaubte er ihnen? Martin wusste es nicht, aber er kannte die Antwort auf eine ungestellte Frage: Garantiert nahm sich sein Griechischer Freund dieser Sache selber an! Aber waren diese Bilder der Grund für sein Verschwinden? Und wenn ja, wo konnte er hingegangen sein? Martin musste dahinter kommen. Er vermutete, dass er in den Bergen war. Als Jugendliche hatten sie dort eine Höhle gebaut; sie besorgten sich ausrangierte Möbel von Nachbarn, fast täglich grillten sie dort. Niemand außer ihnen kannte den Ort. Er musste dort sein, durchfuhr es Martin! Vicky kam mit einem dritten Krug

Wein. Lächelnd schenkte sie Martins Glas voll und prostete ihm zu, „Giamas!", was Martin aufkeimende Zuversicht zurückgab. „Giamas, Vicky!" Wieder saß er mit seinen Gedanken alleine. Martin glaubte an seine Eingebung, schon immer war er Utopist. Bis zum Ende des schönen lauen Sommerabends lauschte er den Dorfbewohnern und ihren Geschichten, nur hin und wieder vom Zuprosten unterbrochen, bis er gegen Mitternacht ins Bett fiel.

Voller Tatendrang sprang Martin am nächsten Morgen auf seine Enduro, nachdem er mit griechischem Kaffee und gedippten Keksen gefrühstückt hatte. Nach kurzem Starternudeln brüllte der Motor auf. Widerwillig ließ sich das Stahlross von Martin aus dem Parkplatz rangieren, bis sich beide auf der Straße befanden und er knallend den ersten Gang ins Getriebe trat.

Aus den Augenwinkeln sah er Vicky hinterherwinken. Kurz darauf knatterte er im gestreckten Galopp aus dem malerischen Bergdorf hinaus. Martin fühlte neuen Optimismus und Freude in sich. Durch dutzende Kurven fädelte er sich, bis er fünfzehn Minuten später in eine versteckte Seitenstraße bog, die nur wenige Farmer befuhren.

Schnell wechselte Asphalt zu Staub. Langsam schraubte sich die Sandpiste höher in die Bergspitzen, dort, wo die Götter zuhause waren. Nach einer halben Ewigkeit hielt Martin und genoss den herrlichen Ausblick. Allzu weit war ihre Höhle nicht mehr entfernt. Er spürte immer mehr neue wachsende Zuversicht, die ihn freudig daran erinnerte, wie Leonidas Vater den beiden Jungen die griechische Göttermythologie erzählte, die auch besagte, dass Zeus in diesen Bergen zur Welt kam.

Nachdem Martin sich seinen Erinnerungen fertig hinge-
geben hatte, startete er wild entschlossen den Motor und
ließ ihn kräftig aufheulen. Eine weitere halbe Stunde galoppierte er die Berge entlang, haarscharf vorbei an steil
nach unten abfallenden Schluchten. Unendlich lang kam
ihm der Sandweg vor, als er plötzlich in einer ihm be-
kannten Kehre stand.

Und tatsächlich!

Weiter hinten stand ein verbeulter Pickup, den
Martin sofort wiedererkannte: Der Wagen seines Freundes! Trotz der aufflammenden Freude blieb Martin vorsichtig, immerhin wusste er nicht was ihn erwartete. Er
parkte sein Motorrad direkt neben dem Wagen, nahm
den Helm ab und lauschte dem Wind. Martin griff einen
Beutel Tabak und begann eine Zigarette zu drehen, während er sich umsah.

Ein paar Strohballen und eine Forke lagen auf
der Pritsche des Pickups. Geruch von Oregano, Rosmarin
und Schafscheiße hingen in der Luft. Martin fand reichlich davon auf der Pritsche. Außerdem halb offenste-
hende Fenster und ein überquellender Aschenbecher,
der die zu vielen Kippen auf Boden und Armaturenbett
verteilt hatte. Arbeitshandschuhe und ein Eimer mit Deckel leisteten auf dem Beifahrersitz Gesellschaft. Martin
vermutete Feta im Eimer. Brotkrümel und eine drei Tage
alte Tageszeitung machten auf dem Fahrerhäuschen einen Frühstückstisch.

Martin hörte seine knirschenden Schritte, als er
die Kehre entlanglief, um sie weiter zu erkunden. Schon
als Kind streifte er gerne durch Wälder, Felder und Wie-
sen. Er liebte all die Kräuter und Sträucher, die sich dem
Wind borstig entgegenstemmen. Auch das hohe Gras, das

sich im Wind wog, das Meer von Blumenblüten, mit ungezählten Mohn, Löwenzahn und Sonnenblumen, die ihn mit ihren Farben überwältigten.

Plötzlich zerriss ein gellender Pfiff die Luft! Erschrocken, wie vom Leibhaftigen fuhr Martin zusammen, gepackt von der unendlichen Totenstille der Berge. Er blickte sich um, rechts, links, dann hoch zum Gipfel und traute seinen Augen nicht: Da saß sein lange vermisster Freund! Erleichterung, Neugier und ein wenig Furcht stiegen in ihm auf. Aufatmend winkte er zurück, nahm einen Schluck aus der Wasserflasche, die er auf dem Fahrersitz des Pickups liegen sah und machte sich an den Aufstieg.

Überall lagen Steine und Geröll; welch ein gewaltiger Steingarten, dachte Martin, während ihm das Gestrüpp Arm und Hände verkratzte. Ein paar Mal blieb er stehen und hielt inne. Ein merkwürdiges Gefühl beschlich ihn. Nach dreißig Minuten erreichte er den Gipfel und sah seinen verloren geglaubten Freund seelenruhig auf dem Bergkamm sitzen.

Langsam näherte Martin sich seinem alten Kumpel, der keinerlei Anstalten machte, sich zu erheben, oder zu bewegen. Nur noch fünfzig Meter trennten die beiden. Martin ging vorsichtig auf dem steilen Bergkamm entlang. Jetzt bloß keinen falschen Schritt machen, ermahnte er sich mehrmals und erkannte trotz Entfernung und weiter Kleidung, dass Leonidas Gewicht verloren hatte.

Plötzlich ging ein Ruck durch den ausgezehrten Freund. Langsam erhob er sich. Nur noch wenige Meter. Martin sah bereits, wie sehr Nerven und Hunger an ihm gezehrt hatten. Er sah aus wie jemand, den man lange gefoltert hatte. Martin schluckte und bemerkte, wie ihm

Tränen der Freude die Wangen runterliefen und erschrak, als er aus engster Nähe sah, wie abgemagert der Steppenwolf war. Tief in den Höhlen lagen seine Augen, in denen sich blankes Entsetzen wiederspiegelte, wie bei einem gehetzten Tier.

Stürmisch umarmten sich die beiden Männer, deren steinerne Gesichter langsam aufweichten. Langsam lösten sie sich voneinander. Nach und nach wichen Zorn und Verzweiflung der Freude, während sie weiter angespannt blieben, genährt durch ihre taxierenden Blicke. Zwei Rettungsbojen auf dem Gipfel eines einsamen Berges. Erschrocken fuhr Martin zusammen, als Leonidas Klaue sein Handgelenk packte, weil sie sich knorrig, kühl und rau, wie ein Olivenast anfühlte. Schweigend gingen sie ein paar vorsichtige Schritte auf dem steilen Bergkamm und setzten sich auf einen nahen Felsvorsprung, von dem aus sie die Insel überblickten und eine atemberaubende Sicht hatten.

Minutenlange Stille.

Dann brach der Damm.

Schluchzend begann Leonidas zu weinen und schüttelte sich mehrmals, während Martin den Arm um ihn legte. Nach einigen Minuten fing er sich wieder, schniefte, rieb sich die wunden Augen und brach die Stille. „Weißt du noch, wie wir geschworen hatten, immer zuerst hierher zu kommen, wenn wir nicht mehr weiter wissen? Warst du seitdem jemals hier?"

Stolz und herausfordernd, sahen diese glasigen Augen Martin von der Seite an, „Nein", während der Befragte seinen Blicke weiterschweifen ließ. Martin entdeckte noch die gleiche Widerspenstigkeit. Leonidas setzte sofort nach. „Was nützen uns Schwüre, wenn wir sie nicht halten? Hat irgendetwas im Leben für dich Bedeutung, wenn du nicht mal deine Eigenen hältst? Was bleibt von dir übrig, wenn du sie selbst nicht befolgst?"

Die letzten Worte fauchte der Grieche böse und heiser hinaus. Schon als Jugendlicher strapazierte er die Nerven der Menschen mit seiner unstillbaren Neugier. Martin kratzte sich am Kinn und freute sich, dass sein Freund noch der Selbe zu sein schien. Sorgfältig legte er seine Worte zurecht.

„Stimmt, ein paar Mal hätte ich wohl herkommen müssen, doch ich tat es nicht. Vermutlich war ich zu weit weg, sonst wär ich bestimmt gekommen." Auf diese Antwort hatte die ausgemergelte Gestalt gewartet.

„Wären die Entscheidungen nicht eine Reise wert gewesen? Vermutlich ist übrigens ein Scheißwort, Marty. Unser Leben sollte immer..." Martin unterbrach den Freund harsch, kannte er doch seine leidenschaftlichen Monologe und wollte sich gar nicht erst auf eine langanhaltende Rangelei einlassen und zwinkerte den griechischen Freund daher herausfordernd und verschmitzt zu.

„Vermutlich" Martin freute sich riesig, dass er unversehrt schien. Leonidas lächelte und kramte in den Taschen seiner weiten Jack herum. „Sag mal, hast du Tabak? Meinen habe ich offensichtlich verloren!" Leonidas raufte sich die Haare und kratzte sich fragend den Bart.

„Klar", erwiderte Martin und gab ihm Packung, samt Blättchen und Filter. Freudig nahm Leonidas das Paket an und setzte nachdenklich hinterher. „Ist schön still hier. Weit und breit niemand hier. Menschen kann ich kaum noch ertragen" gab er ehrlich zu, während sein Blick nachdenklich in die Ferne schweifte.

„Was ist passiert, Leo?" Martin konnte nicht länger warten. „Schau dir mal das Meer an, Marty", doch offensichtlich war er noch nicht so weit. „Es ist noch genauso schön wie früher. Nichts hat sich verändert in all den Jahren." Martin ließ ihn zu Ende erzählen und hakte nach. „Wie lange bist du schon hier oben? Hast du genug Wasser und Essen, bist du gesund?"

Leonidas fuhr ihn barsch von der Seite an. „Verdammt Martin, was bist du, meine Mutter? Aber wenn du es so haben willst, dann nur zu!" Leonidas drehte den Spieß um und fuhr mit seinem eigenen Kreuzverhör fort.

„Und Martin? Was hast DU in letzter Zeit gemacht?" Martin runzelte die Stirn und stellte sich auf ein anstrengendes Gespräch ein „Hab gearbeitet und über die Zukunft gegrübelt", während Leonidas nachlud. „Arbeit nennst du das? Von wegen gearbeitet, Scotch gesoffen hast du und mit Geldsäcken rumgelabert, hol dir selber einen runter! Gearbeitet, du weiß gar nicht was das ist! Du bist längst schon genauso verdorben, wie jene, über die du fluchst." Langsam wurde der Steppenwolf warm. „Schön, dass du immer noch der Alte geblieben bist", bemerkte Martin, „charmant, wie eh und je, habe dich richtig vermisst", schob er treffend hinterher, doch das entfachte lediglich Leonidas Feuer. „Ach was rede ich da, du bist sogar noch schlimmer als die Mächtigen, weil du wie eine Zecke von ihnen lebst und das sogar äußerst gut. Lass dir daher mal das eine sagen..." Martin war gespannt was jetzt kam, hob seinen Kopf, kniff die Augen zusammen „Ja?" und wartete auf die vermutlich krachende Antwort des Griechen.

„Du machst deinen verdammten Job nicht, Martin, weil du wie alle nur rumlaberst. Immer bleibst du in der Deckung und gehst währenddessen teuer und edel essen!" In Martin wuchs Groll, als er antwortete.

„Aus deiner Sicht mag es so aussehen, aber mal was viel Wichtigeres: Wissen deine Eltern das du hier bist?" Doch Leonidas hörte nicht und war stattdessen ganz von seiner Rede vereinnahmt.

„Und genau das ist dein Problem, Martin: Nie wirfst du etwas in die Waagschale! Du gibst Ratschläge, die niemand befolgt, weil du nichts hast, womit du sie..." Martin grätschte hart in Leonidas Rede „Leo!" und schrie den Freund an, dass der erschrocken aufblickte. „Du hörst mir überhaupt nicht zu!" Jetzt schien sein griechischer Bruder ganz da zu sein. Martin setzte nach und wiederholte alles in abgeänderter Form.

„Ich fragte, ob deine Eltern wissen, dass du lebst und hier oben bist! Sorgen machen sie sich, verdammt, so wie das ganze Dorf, was denkst du dir eigentlich?" Doch das war etwas zu viel Vorwurf für den Gestrandeten, der ohne Umschweife den Federstreich parierte.

„Bist du hierhergekommen, um mich mit den Sorgen der Dorfbewohner und meiner Eltern zu zumüllen? Wenn du nicht gleich mit Relevantem kommst, dann kannst du gleich wieder abziehen!" Stille!

Das hatte gesessen. Martin erinnerte, wie anders Leonidas Sichtweisen und Werte waren und wie sehr er damit in seiner griechischen Heimat zu kämpfen hatte. Martin erkannte, dass er ebenfalls schwere Geschütze auffahren musste und holte zu einem kräftigen Schlag aus. „Wann hast du diese Bilder bekommen?"

Erschrocken fuhr Leonidas zusammen. Minutenlange Stille. Hin und wieder stummes zu Boden schauen und Schlucken. Leise, so dass es Martin kaum hörte, antwortete der knöcherne Grieche. „Hast du sie gesehen?" Auch Martin schluckte bei der Erinnerung, vor Allem, weil er sie in der Tasche hatte.

„Hab ich! Hältst du es für möglich, dass...", wurde jedoch vehement vom griechischen Freund unterbrochen. „Marty, du machst einen gewaltigen Fehler" Martin verstand nicht „Was meinst du?" und hoffte von den Göttern Hilfe zu bekommen. Leonidas ließ nicht lange warten. „Weil du die falschen Fragen stellst." Obwohl die Bilder grausam waren, wuchs Martins Neugier.

„Tatsächlich? Welche Fragen sind die Richtigen?" Leonidas lächelte auf eine merkwürdige, schmerzhafte Art, die Martin fremd war. „Natürlich sind die Bilder grauenvoll! Sie sind furchtbar, nächtelang habe ich Albträume gehabt. Genau darauf zielen sie ab. Daher ist nicht das OB entscheidend, sondern das WARUM, verstehst du?" Martin schüttelte den Kopf und runzelte die Stirn, während Leonidas in seinem Element zu sein schien. „Martin, das Warum ist entscheidend!

Warum habe ich sie bekommen. Und WAS sollen sie bewirken?" Martin schwieg und grübelte weiter. „Vielleicht. Aber hast du eine Antwort darauf gefunden?" Martin war beeindruckt von Leonidas Verstand und Vernunft. „Nein, deswegen bin ich hier. Vermutlich sind es die Gleichen, die hinter meiner Pleite standen. Sie wollen mich aus der Deckung holen." Martin begann eine Zigarette zu drehen und fand Leonidas Gedanken plausibel, „Vielleicht hast du Recht" und wurde gleich wieder von Leonidas unterbrochen. „Marty, die gehen über Leichen! Riesige Investmentfonds stecken dahinter. Sie suchen nach Allem, was Rendite bringt. Diese Typen richten den ganzen Planeten zugrunde, auf Kosten unser aller Zukunft!" Martins Eifer und Wut erwachten und vermischten sich, war er doch gleicher Ansicht, weswegen er mächtig zurückfauchte.

„Leonidas! Du weißt, dass ich seit Jahren forsche, um Wachstum und Wertschöpfungen zu regulieren, egal ob es Technologie-Firmen, oder Lebensmittelaktionäre sind, dass es wieder ethischer und moralischer zugeht!" Martin befand sich im vollen Lauf, als Leonidas ihn lächelnd unterbrach.

„Du willst alles kleinhalten und regulieren?" Leonidas Schmunzeln, steigerte sich zum hemmungslosen Lachen, bis ihm ungebremst Tränen herunterliefen. Martin bemerkte seine eigene Hilflosigkeit gegenüber den Argumenten des Freundes und gegenüber der nackten Tatsache, dass seine Werte mit dem Rücken zur Wand standen. „Natürlich! Ich weiß nur nicht wie, deswegen bin ich in einer Sinnkrise. Ich weiß selbst, dass ich unmöglich so weitermachen kann!" Überrascht blickte Leonidas auf und beäugte den Freund aufmerksam.

„Sieh an, das sind gute Neuigkeiten! Jetzt ist jedenfalls klar, warum wir beide hier oben sind." Martin nickte erleichtert und ließ Leonidas weiter an seinen Plänen teilhaben, „Bald treffe ich John Stiffort", die in jene Richtung abzielten, aus der Martin sich vornahm in Zukunft zu agieren. „Wirklich, den John Stiffort?" schob Leonidas überrascht hinterher. „Über was willst du mit ihm reden? Für was hoffst du ihn gewinnen zu können?" Jedoch nicht ohne klar zu zeigen, wie wenig Vertrauen er zu diesem Unterfangen hatte. „Für Antifragiles Investment, also Mehrschichtiges, nicht ökonomisches, sondern intellektuelles Wachstum", antwortete Martin, dafür umso überzeugter, erntete jedoch ein warmherziges Nicken, gepaart mit melancholischem Verständnis.

„Du hast dich auch wenig verändert und bist der gleiche Träumer geblieben. Auch du bist dir treu geblieben!" Martin fühlte sich wohl bei den Worten, gestand sich jedoch ein, dass sein Vorhaben Grenzen hatte, alleine schon beim Gedanken an menschliche Gier, weswegen er Bedenken zum eigenen Idealismus äußerte. „Findest du das völlig utopisch?" Sofort griff Leonidas Martins eigene Zweifel an. „Wirklich, DU hast Zweifel? Wow, dann bist du wirklich ein großes Stück weiter, ich ziehe den Hut vor dir!" Martin fühlte sich veralbert.

„Du machst dich über mich lustig" und ließ seinem Groll freien Lauf, doch überraschte ihn Leonidas noch einmal. „Nein, tue ich nicht, im Gegenteil, ich freue mich und bin gleichzeitig betrübt: Nichts wird sich ändern, Marty! Kapital verdirbt den Menschen. Nur in der Not reduzieren Menschen ihren Komfort. Ohne gewaltsame Regulierung passiert absolut gar nichts, weil niemand sich freiwillig reduziert, geschweige freiwillig Konzerne zerschlägt...."

Martin unterbrach seinen Freund. „Wir müssen weg vom monetären Wachstum. Es muss reguliert werden, ohne Wenn und Aber und wenn nicht anders möglich, dann mit ganz harten Eingriffen!" Leonidas blickte überrascht auf. „Ich verstehe nicht: In welcher Form? Durch Übernahmen, oder Beteiligungen, gar Eingriffe der Gesetzgeber?" Zum ersten Mal hörte der Kreter etwas Dunkles und Gefährliches in Martins Stimme. Doch der ließ dem Griechen keine Zeit zum Ausruhen.

„Konzerne, ganze Nationen führen Wirtschaftskriege. Politik kann zwar regulieren, aber schlussendlich ist auch sie von der Einsicht der Kapitaleigner und der Konzern-Lenker abhängig. Nein, wenn die Vernunft nicht groß genug ist..." Leonidas wollte seinen Freund unterbrechen, doch Martin packte mit solch schraubstockartiger Entschlossenheit seinen Unterarm, dass dessen Stimme abrupt erstarb. Mit glasklaren Worten sprach

Martin weiter „Sowas geht nur mit gezieltem Wirtschafts-Terrorismus", während seine Worte in langen Echos über Kretas Berge hallten, deren rostrote Erde der Wind kämmte.

Weit entfernt hörten sie Meeresrauschen. Martin nahm sich ein Herz und sprach das schwere Thema an „Was ist mit Filia?" Leonidas atmete schwer aus. „Keine Ahnung. Ich hab zwei Varianten, vielleicht gibt es eine Dritte. All ihre Streiterei, die sie vom Zaun brach, als hätte sie eine böse Zwillingsschwester, dann ihre Distanzierung, sicher hat man sie bedroht."

Martin berührte die Fotos in seiner Tasche. „Glaubst du an die Bilder?" Vehement sprang Leonidas auf. „Nein! Sie ist es nicht, aber genau diese verdammte Unsicherheit sollen die Fotos schüren! Zu verschwommen sind die Bilder, als dass ich ihr Muttermal erkennen könnte und genau das ist es ja: Wenn sie es wäre, hätte man es dann nicht scharf gemacht?

Aber weil sie es nicht ist, blieb ihnen nur die Unschärfe! Wie auch immer, ihre Rechnung wird nicht aufgehen." Martin war überwältigt von Leonidas Abgeklärtheit und bohrte nach. „Berührt es dich nicht?" Ernst drehte sich ihm das ausgezehrte Gesicht des Steppenwolfs zu. „Marty! Filia ist meine große Liebe, aber ich habe auch zu viele furchtbare Tage gehabt und zu viel Nachts wach gelegen, als dass ich bereit bin, meinen Verstand deswegen zu verlieren! Ich muss nach vorne schauen, es ist das Einzige was mir bleibt, nur deswegen bin ich hier oben. Hier habe ich Frieden mit mir und meinem Leben. Berge strahlen eine besondere Gelassenheit aus; sie sind ganz anders, als unser gehetztes Leben." Martin sorgte sich immer noch. „Brauchst du wirklich keine medizinische oder psychologische Hilfe? Wie lange bist du schon hier?" Doch außer fauchender Abwehr bekam er nichts aus Leonidas heraus. „Komm mir nicht mit deiner Psychokacke! Es geht mir gut."

Doch Martin ließ sich so leicht nicht abwimmeln. „Leo, wie lange, verdammt noch mal!" Ein wenig reumütig blickte der ausgezehrte Freund zu Boden. „Zwei Monate. Manchmal kommt es mir wie ein Jahr, wie mein ganzes Leben vor. Unten im Tal denkt man, dass hier oben die Zeit still steht, und es stimmt: Wer hier oben ist, braucht nirgendwo mehr hin, verstehst du, Marty?"

Martin fühlte sich etwas erleichtert, wollte aber noch mal auf die Bilder zu sprechen kommen. „Was ist mit den Fotos, Leo? Wer profitiert davon, wenn du entwurzelt bist und deine Aufmerksamkeit darauf richtest, wer?" Obwohl sie ganz sicher alleine auf der Spitze des Berges standen, sah Leonidas sich wie ein Verschwörer um, und kam mit seinem Kopf dicht an Martins Ohr.

„Hier ist etwas im Gange, Marty, soviel ist sicher! Ich habe keine Ahnung wer oder was es ist" Martin fuhr unruhig dazwischen. „Hast du wirklich keine Ahnung, wer dahinter steckt?" Leonidas sah ihn offen an und schüttelte verbittert den Kopf.

„Nein, Marty! Noch nicht, aber es sind ganz sicher keine Zufälle. Ich bekomme lediglich die Fäden noch nicht zusammen. Wie gesagt, noch nicht. Ganz sicher stecken hinter dem Verschwinden von Filia die Gleichen, die meine Konzern-Gruppe systematisch untergruben und durch Strohmänner Aktien kauften und die meine besten Leute mit völlig überzogenen Gehälter abwarben. Von Anfang an ging es denen um systematische Zerstörung meiner Unternehmen und nicht um den üblichen Wettbewerb, verstehst du? Wenn wir herausbekämen, wer dahinter steckt und die Drahtzieher finden, hätten wir die Antwort. Ein paar Asse habe ich noch im Ärmel, vielleicht funktionieren sie, wir werden sehen!" Martin sah überrascht und skeptisch zugleich auf.

„Von was sprichst du, Leo?" Doch der lächelte nur schelmisch. „Kann ich dir noch nicht sagen, Marty. Gib mir bitte noch etwas Zeit!" Wie konnte Marty ihm da widersprechen.

„Okay, Leo! Lass uns noch einmal zu den Bildern zurückkommen; ich denke hier liegt der Schlüssel zu Vielem." Leo nickte schwermütig, „Das denke ich auch!" und Martin setzte fort. „Also, wer profitiert davon, wenn er dir Bilder einer Frauenleiche schickt, die deiner Frau Filia ähneln? Wer? Was waren deine ersten Reaktionen? Um was hast du dich zuerst gekümmert, und was plantest du, bevor die Fotos eintrafen, was?"

Leonidas kratzte sich abwechselnd an Bart und Hinterkopf. „Vermutlich die Gleichen! Sie halten mich unter Dampf, sorgen dafür, dass ich beschäftigt bin." Doch Martin war das bei Weitem nicht genug.

„Was hattest du geplant, kurz bevor die Bilder kamen? Versuch dich zu erinnern, auch wenn es schmerzhaft ist!" Überrascht über dessen ungewohnte Hartnäckigkeit sah Leonidas den Freund an. „So kenne ich dich gar nicht; lass mich überlegen, ich wollte nach Athen, Familie und Freunde besuchen." Martin sah nachdenklich den Himmel und dann entschlossen den Freund an. „Mehr nicht? Keine Aktivitäten, die deinen Konzern angingen?" Irritiert schaute Leonidas ihn an und zog an der kalten Zigarette, die schon vor langer Zeit erloschen schien. „Nein, wieso? Warum?" Martin fasste seinen Freund an der Schulter und drehte ihn zu sich herum. „Weil jemand dich offensichtlich nicht dort haben wollte, verstehst du nicht?" Leonidas schüttelte nachdenklich den Kopf. „Habe ich auch überlegt, Marty, aber warum sollte ich nicht nach Hause dürfen? Wen könnte es stören und vor Allem, wer konnte davon wissen, wenn wir davon ausgingen, dass es so war?" Martin erblickte in weiter Ferne Heraklion, das wie ein durstiges Tier am Meeresufer niederkniete und wie ein Diamant glitzerte und leuchtete. „Keine Ahnung, wir haben nur zwei Möglichkeiten: Entweder ist alles Zufall, oder nicht! Aber wenn es keiner ist, dann ist die Sache viel größer als wir ahnen, davon bin ich überzeugt." Leonidas lächelte stolz und schnippte den kalten Zigarettenstummel die steilen Berge hinunter.

„Was denkst du? Ich bin Grieche, es wäre als brächte ich Schande über alle Freiheitskämpfer, die im Kampf gegen all unsere Besetzer ihr Leben verloren, nein, aufgeben ist absolut unmöglich!"

Martin drückte verständnisvoll die Schulter seines Freundes, kannte er doch gut die griechische Geschichte und den Patriotismus seiner Landsleute. In keiner Weise war er daher über die Vehemenz seiner Antwort überrascht. „Verstehe ich, Leo!" Martin sah seinem Freund frontal ins Gesicht, um ein wichtiges Kapitel abzuschließen.

„Aber was ist mit den Bildern, Leo?" Still und nachdenklich betrachtete Leonidas ihn von der Seite, dabei schwer atmend und seufzend. „Sie ist es nicht! Davon bin ich überzeugt. Ich will, dass sie es nicht ist, ich glaube fest daran! Und du? Sei ehrlich mit mir Marty!"

Martin grübelte und schnippte seine Zigarette ebenfalls den Berghang hinunter. „Ich bin Zwiegespalten. Auf der einen Seite will man dir vielleicht damit zeigen, dass du der Nächste bist, was bedeuten würde, dass die Sache gewaltig ist – oder aber ein paar Mittelklasse Geschäftsleute wollen dir nur Angst machen und dich ablenken. Beides halte ich für möglich. Fakt ist aber auch, dass man dich und deinen Konzern bereits zerstört hat. Beide Varianten passen zu deiner Pleite, gehen jedoch von unterschiedlichen Szenarien aus." Martin nahm seinen Tabakbeutel heraus. Er begann eine Neue zu drehen und blickte fragend zu Leonidas herüber, der zustimmend nickte, während er antwortete. „Sehe ich ähnlich, Marty. Verdammt, ich hätte fast meinen Verstand verloren, als ich diese verdammten Bilder sah!"

Die letzten Worte brüllte der Grieche wild und ungestüm heraus, jedes Wort ein heiserer Aufschrei, bevor er einfügte, „Vor zwei Jahren verschwand Filia, und vor zwei Monaten bekam ich die Bilder geschickt, aber natürlich, genau, das ist es!" Martin horchte erschrocken auf, „Was ist es, Leo?" während Leonidas verschlagen lächelte und sich an die Stirn schlug.

„Aber natürlich! Ich bekam einen ersten Bericht von zwei Detektiven, die ich angeheuert hatte, um herauszufinden, wer dahinter steckt; das war übrigens die Sache, die ich dir eigentlich später sagen wollte!" Sofort flammte Martins Verstand auf und fasste gezielt nach. „Sehr interessant! Wann war das? Erzähl, was haben sie rausgefunden?"

Leonidas gründete vor zwanzig Jahren einen Thinktank, der zu etwas Großem heranwuchs. Bald spaltete er die wachsenden Sparten in einzelne Konzerne auf und beriet sogar die großen drei Rating-Agenturen in den Vereinigten Staaten. Eines Tages ging er an die Börse. Seine Kurse gingen durch die Decke, was für einen Bilderbuch-Erfolg sorgte, bis eines Tages aus unerklärlichen Gründen, Zweifel hochkamen. Eine Schlamm-schlacht begann. Manche fingen an, seinen Laden für falsche Bewertungen schuldig zu machen. Große Firmen stürzten ab, doch Leonidas machte sich keine Gedanken. Trotzdem bekam man Wind davon. Und plötzlich fielen seine Aktien ins Bodenlose. Ehe Leonidas verstand warum, hatte man über Strohmänner mehr als fünfzig Prozent seines Mutterkonzerns gekauft. In einer Gesellschafter-Versammlung setzte jemand ihn als CEO ab, ein taktisches Meisterwerk. Doch es kam noch schlimmer. Aus unerklärlichen Gründen wies man ihm nach, dass er bestimmten Verpflichtungen als CEO offensichtlich nicht nachgekommen war, weswegen man ihn fristlos ohne Abfindung feuerte!

Doch war auch das noch nicht das Ende, seines Leidenswegs. Menschliche Wut konnte bekanntermaßen gewaltig sein, doch war sie meistens ein Strohfeuer, leuchtendstark und furchteinflößend heiß, aber eben kurz. Vermählte sich jedoch Wut mit Bildung und Intelligenz, entstand Zorn.

Sein Atem war lang, seine Glut ging tief. Zu lang unterdrückter Zorn ließ Dinge passieren, das die kühnsten Träume verblassten. Und dann passierte es, dass wir nach dem Verzehr einer besonderen Speise schrien, die kalt am besten schmeckte – Vergeltung!

Großaktionäre rauften sich in hitzigen Debatten zusammen und beauftragten Bluthunde einer berüchtigten Anwaltskanzlei, den Fahnenflüchtigen in eine „Persona-non-grata" zu verwandeln. Sie klagten auf Schadenersatz. Damit es schnell ging, schlug man einen Vergleich vor, der zu gut war, um ihn abzulehnen und zu wenig teuflisch, um nicht zuzusagen. Leonidas nahm an. Zwar blieb er frei, aber dafür ging seine Holding blitzartig

Pleite. Über Nacht stürzte seine Unternehmens-Gruppe ab und verbrannte, bis zur Unkenntlichkeit, wie einst der stolze Ikarus. Leonidas verschwand genauso lautlos, wie sein Imperium. Niemand sprach mehr darüber. Scham spielte immer schon eine Rolle gegenüber Stolz, der sich von der unersättlichen Hure Kapitalismus nicht unterkriegen ließ. Ergoss man Zorn noch dazu in ein fremdes Gefäß, erweckte man einen noch stärkeren, da verschiedene Zornes-Charaktere gemeinsam noch gewaltiger, wie jeder einzelne wurde. Eines Tages musste es eine Eruption geben, dem Ausbruch des Santorini gleich, mit gewaltigen Erdbeben, Tsunamis und monatelangen Aschenregen, das Ernten ausfielen, mit darauf folgenden Hungersnöten, ein Armageddon, von gierigen Menschen herbeigerufen.

Ob Leonidas irgendwo noch Vermögen besaß, wusste nicht mal Martin. Er verschwand von der Bildfläche. Nur zwei Monate später verschwand seine Frau unter mysteriösen Umständen. Zwei Jahre später bekam Leonidas jene furchtbaren Bilder geschickt, die Martin in der Hosentasche trug.

„Sie fanden heraus, dass Filia Kontakt mit Unbekannten hatte. Einmal die Woche trafen sie sich. Es begann zwei Monate vor ihrem Verschwinden!" Lange hallte die Zahl durch Täler und Berge, brach sich, und wurde zurückgeworfen, bis der Himmel voller Zweien hing. Martin hatte in der Zwischenzeit zwei Zigaretten gedreht und eine Leonidas gereicht. Martin nahm einen tiefen Zug und packte Leonidas Arm fest. „Wir vier müssen uns wieder treffen"

Leonidas lächelte ihn hoffnungsvoll an. „Wir beide, Angelo und Francois?" Leonidas positive Stimmung schlug auch auf Martin über. „Ja, genau! Aber lass deine Eltern nicht vor Sorgen grau werden, okay? Wir treffen uns in ein paar Wochen, ich melde mich!" Leonidas nickte.

„Okay, aber ich brauche noch etwas Zeit für mich." Martin verstand Leonidas, dachte aber auch an seine Familie. „Natürlich! Soll ich deinen Eltern etwas ausrichten?" Leonidas schüttelte den Kopf.

„Brauchst du nicht, ich werde selber bei ihnen vorbeischauen, versprochen!" Martin nickte erleichtert, hatte jedoch noch eine kleine kosmetische Ergänzung für den ausgehungerten Steppenwolf. „Gut! Was sag ich, wenn ich Vicky, oder deinen Vater und Mutter treffen sollte?" Leonidas zog knisternd an seiner Zigarette und atmete fauchend aus, einen Kringel mit den Lippen formend. „Sag ihnen, dass du mich gefunden hast, dass ich wohlauf bin und bald zu ihnen komme!"

Ein paar Flaschen Wein

Einige Wochen später in einer Mega-City. Alte Viertel öffneten mit kleinen Straßen ihre Scham, eindrucksvoll verziert von Vergangenheit und Leuchtreklame. Überall flackerten kaputte Röhren. Hier und da erstrahlten letzte alte Laternen, die kalten Dioden Platz machten. Zahllose Straßenkreuzer und wendige Elektromobile. Die Luft war erfüllt von Streetfood, Kurzgebratenem, Zigarettenqualm, kochendem Abwasser und fettiger Luft. Menschen hasteten rastlos herum, auf der Jagd nach dem neuen Deal, dem nächsten großem Ding, oder dem erfolgreichen Durchbruch, der hoffentlich Großartigkeit mit sich brachte.

Gemäßigten Schrittes schlenderte Martin den Boulevard entlang. Hier und da stach bohrender Uringeruch in seine Nase, untermalt von mäandernden Rinnsalen. Schwungvoll bog er in eine schmale Straße. Schlagartig änderte sich Geräusch und Duftensemble.

Hier und da quietschten Eingangstüren und Fensterläden, Autotüren wurden energisch zugeschlagen, wild aussehende Jugendliche rannten schreiend herum, zerzauste Hunde führten Frauchen und Herrchen Gassi, jeden Quadratmeter dabei gründlich markierend.

Wie ein Überbleibsel aus frühen Wohlstandszeiten, prunkte das Restaurant unverrückbar wie ein Fels in der Brandung, in der sich ständig wandelnden Stadt. Selbst die Corona-Krise ließ sie nicht einknicken; sie drehten den Spieß um und lieferten Speisen nachhause.

Klassische Hausfassade aus altem Backstein, mehrmals gebrannt, mit dunkelgrünen Jalousien. Eine hölzerne Drehtür ließ Gäste hindurchhuschen. Große Fenster im ganzen Gebäude, die bis zum Boden gingen.

Blass-rot ausgeblichene Sofas luden zum Verweilen ein. Hier und da hingen Bilder mit Landschaften. Ein paar abstrakte Kunstwerke gesellten sich dazu. Mediterrane Pflanzen machten einen glauben, im Wohnzimmer eines italienischen oder südfranzösischen Landhauses zu sitzen. Martin roch Lilien und Gewürze. Frisch gewaschene Kleidung gut angezogener Gäste war auch dabei. Vereinzelt ragten Inseln von Parfüm raus, süß und schwer, herb und frisch. Dazwischen leises und lautes Gelächter. Gläser klirrten, Gäste prosteten sich zu und wünschten guten Appetit. Andy war Chef des Ladens. Eigentlich hieß er Andrea, entschied jedoch vor vielen Jahren, sich Andy rufen zu lassen, weil ihm die Augenbrauen seiner Gäste zu oft hochschnellten. Mit seinem südeuropäischen Seitenscheitel, dem Sechstagebart und dem Auftritt eines Dandys erinnerte er an eine Mischung aus Humphrey Bogart und Michael Corleone. In vierter Generation führte Andy bereits das Familienkleinod. In all den Jahren war er sich nie zu fein mit anzupacken.

„Martin, schön, dass du wieder da bist, wie geht es dir? Was machst du in dieser zu sauberen und Touristen überfluteten Stadt? Ist es die Arbeit, eine Frau, oder gar unsere Küche?" und zwinkerte Martin schelmisch zu. „Letzteres!", schmeichelte der zurück, er liebte das Restaurant. „Ich freue mich dich zu sehen! Soweit bin ich okay, danke und selbst? Geschäfte laufen gut, Andy? Kein Ärger mit Offiziellen, oder Inoffiziellen?"

Andys Restaurant war fester Bestandteil der Stadt, wie Wolkenkratzer und schlechte Luft. „Läuft ganz gut soweit. In der Corona-Krise mussten wir all unsere Kräfte mobilisieren, um zu überleben; Politikern ist heutzutage wirklich völlig egal, wie es dem Volk geht! Das wir es überlebt haben, verdanken wir uns selbst und einer großen Prise Glück!" Andy lächelte tiefgründig und knetet sein rechtes Ohr. „Du kennst mich, weder will ich ein Vermögen, noch Schwierigkeiten bekommen; unauffällig und unbekannt sein und es vor Allem zu bleiben ist das höchste Gut, sage ich dir. Wir sprechen später. Komm mit, es sind schon alle da. Ich werde heute länger bleiben, darüber hinaus könnt ihr bleiben solange ihr wollt. Geht dann hinten raus und zieht die Tür ins Schloss." Martin wusste nicht, was er sagen sollte, „Tausend Dank, Andy!" und spürte, wie Nervosität in ihm aufstieg. Lautlos näherte er sich einem Séparée, blieb kurz davor stehen und blickte um die Ecke, um den Moment der Überraschung zu genießen.

Am Tisch herrschte tiefes Schweigen. Alle schienen mit ihren Smartphones beschäftigt. Martin fragte sich, ob er wirklich etwas ändern wollte und trat bei diesem Gedanken zu seinen Freunden an den Tisch. „Guten Abend!" Alle schreckten auf.

„Marty!" Angelo aus Venedig sprang auf. Francois und Leonidas kamen langsamen Schrittes hinterher. Umarmungen, ein paar Freudentränen. Irgendwann standen sie im Kreis und hielten sich in den Armen. Martin brach die Stille.

„Schön dass ihr da seid" Dafür erntete er glasige Blicke und glückliche Gesichter, wie auf einer Schwarz-Weiß-Fotografie, während die dunkle Holz-Vertäfelung den gleichen süß-rauchigen Duft verströmte, wie beim ersten Mal. Martin dachte an die magischen zwei Jahre und zwei Monate, die Leonidas zur Strecke brachten.

Etwas braute sich zusammen. Martin hoffte, dass Küchenchef Pier-Paolo, die Karte unverändert gelassen hatte. Die vier Freunde genossen die Stimmung, die etwas Feierliches hatte und gingen schweigend an ihren

Tisch. Andy tauchte aus dem Nichts auf, „Möchten die Herren einen Aperitif?" und ahnte die Antwort.

„Gerne", antworten ihm vier durstige Kehlen, wie aus der Pistole geschossen. Martin dachte an seinen Weinkonsum; heute würde er ihn wohl nicht reduzieren, „Bring uns Champagner, Andy.", und lächelte bei dem Gedanken, während seine drei Freunde wie angewurzelt auf den Stühlen saßen und Martin beobachteten. Normalerweise redeten sie wild durcheinander, heute jedoch schien alles anders zu sein; mit gefalteten Händen saßen sie gespannt am Tisch.

Francois trug Anzug, mit Einstecktuch und einer Brosche am Revers, die wie ein Skarabäus aussah. Schon sein ganzes Leben kannte Martin den Franzosen, all seine Rituale und Freundinnen, bis er Monique, seine große Liebe traf. Sie verstanden sich blind vom ersten Tag an und heirateten Hals über Kopf. Martin freute sich für beide und fand schön, dass ihre Hochzeit kein aus den Fugen geratenes Eliten-Fest, sondern eine stille, bescheidene Feier blieb, die durch Warmherzigkeit bestach und nicht durch Staatskarossen.

Er dachte darüber nach, dass die Hochzeit erst vier Jahre her war und das sie sich offensichtlich seitdem nicht mehr gesehen hatten. Francois war seit der Jugend ein Gentleman alter Schule. Ständig fuhr er alte Autos und trug elegante Kleidung, aber nie versnobt und überteuert. Bescheidenheit blieb seine Tugend.

Um jeden Preis vermied er, nach Einkommen und Vermögen bewertet zu werden und blieb der gleiche feinsinnige Romantiker, dessen schütteres Haar, mit dem feingliedrigen Körper, dem intelligenten Scheitel, seine zurückhaltende Art unterstrich und dessen Klavierfinger, mit Siegelring, Manschettenknöpfen und blasser

Haut sein Aristokraten-Gesicht unterstrich. Ein nervös hervorstechender Adamsapfel, der an einen adligen Storch erinnerte, unterstrich seine keramische Zerbrechlichkeit, und blieb Zeichen einer aktiven Libido, die er, dank großbürgerlicher Erziehung erfolgreich zu unterdrücken gelernt hatte. Sein Glück fand er im späten Austoben während des Studiums. Scharenweise nahmen Bekanntschaften und Freundinnen reiß-aus. Zu sehr glich seine kaninchenartige Libido körperlicher Ertüchtigung. Nur wenige seiner damaligen Partnerinnen schienen neugierig genug, es auf eine Chance gemeinsamer Gefühle ankommen zu lassen. Zu widersprüchlich wirkte sein Trieb, der so gar nicht zu seinem verträumten Gesicht mit den slawischen Wangenknochen, jenen tiefliegenden melancholischen Bernsteinkugeln, hängenden Mund, Briefträgerschultern und seine an chinesisches Porzellan erinnernde durchsichtig schimmernden Haut passte, dass er in Andys Restaurant, wie ein milchiges Leuchtfeuer der bretonischen Atlantikküste schimmerte.

Sehr gut erinnerte Martin sich an die Weinkrämpfe von Francois einsamer, trauriger Mutter, als wäre es gestern. Noch heute, in golden-schimmernder Herbstblüte blieb sie die gleiche schöne wehleidige Frau, die mit langen Beinen und schlanken Fesseln Männer wie Frauen verrückt machte und sich nur mit allergrößter Mühe durch den Pariser Alltag balancierte, reichlich unterstützt durch die Früchte pharmazeutischer Forschungs-Erfolge und einem ihrer Reife angemessenen Weinkonsum.

Von wenigen aufsehenerregenden Schreianfällen abgesehen, konnte sie Temperament und gesellschaftlich-gedeihende Neurosen im Zaume halten, was ihre depressiven Gedanken meist davon abhielt, eine freiwillige Einlieferung in eine psychiatrische Anstalt in Betracht zu ziehen und stattdessen in jenem kleinen Geheimfach ihres Geistes jenen verbotenen Gedanken weiter reifen zu lassen, auf dass der ersehnte Achte Tag nie zu kommen vermochte. Als Tochter aus bestem Haus, glänzte sie mit salonfähigen Manieren und fühlte sich als unentdeckte Künstlerin missverstanden, wo sie doch immerhin schon jahrzehntelang malte, weswegen sie Anerkennung und Aufmerksamkeit hinterherschmachtete, wie nach der versteckten Warmherzigkeit ihres Gatten. Francois Vater blieb bis zum Schluss ein netter Kerl, fleißig, gebildet, charmant und zuverlässig, ein tapferer Absolvent einer Pariser Eliteuniversität, auf der fast alle Präsidenten der französischen Republik die Schulbank drückten. Francois Vater hatte ein photographisches Gedächtnis und liebte Zahlen, sowie Vernunft, welch brisante Kombination.

Durch Fleiß brachte er es zum reichen Bankier und wurde später hochdekorierter Diplomat. Er sammelte tote Insekten, deren Körper er mit chirurgischer Akribie auf Nadeln spießte, um sie in kleinen Glasgefängnissen aufzubewahren und sich an ihnen zu ergötzen, zu welch perfekten Geometrien, Formen und Farben die Schöpfung fähig war.

Francois war der Meinung, dass sein Vater sich von der Millionen Jahre überdauernden Leidens und Anpassungsfähigkeit der Insekten angezogen fühlte und sich selbst auch als ein solches sah, seit er als Diplomat noch mehr unterwegs sein musste.

Früh erkannte der Vater die eigene morbide Ader und die Gefahr einer frühen seelischen Versteinerung, wenn er nicht irgendwann Lebensfreude in sich zündete, weswegen er den Göttern dankte, als er die grazile Malerin traf und ihn der krachend-verkohlende Blitz der Liebe verbrannte. Sie war es, die seinem staubigen Verwaltungs-Herz das Lachen zurückbrachte und ihm flott einen gesunden Buben schenkte.

Nicht unüblich in der Pariser Bourgeoise steckten sie den kleinen Francois früh ins Internat, da sie genug mit sich selbst beschäftigt waren, wo er zu einem Ordnungs- und Sauberkeitsfanatiker aufblühte, der selbst neu gekaufte Unterhosen bügelte, da übliche Verpackungen nicht seinen Normen genügten. Daher fand er seine Bestimmung im Studieren, Lernen und später im Forschen und Unterrichten. Zwei Professuren, inklusive Lehrstuhl für Wirtschaftswissenschaften schmückten seinen Lebenslauf, sowie die Ahnengalerie berühmter Pariser Universitäten. Wie der Vater, mochte auch Francois konsultiert zu werden, lediglich vom Wartungsbedarf übertroffen, der dem eines Mädchenchors glich.

Ständig lechzte er dem brennenden Gefühl hinterher gebraucht zu werden. Nie bekam er genug davon, schier unersättlich gierte er danach, weswegen ein paar hochdotierte Beraterverträge, seine Freizeit noch weiter verdrängten. Als Intellektueller von Natur aus unglücklich und unzufrieden hielt Francois beharrlich an seiner Meinung fest, dass ausschließlich einfache Gemüter glücklich sein konnten.

Bedingt durch Charme und herausragender Eloquenz, machte er oft einen extrovertierten Eindruck, sorgfältig antrainiert durch diverse Schichten Kinderstube, umsichtig auf aristokratisch-großbürgerlicher Flamme gegart und jahrelang ziehen gelassen, um ihn mit neuer DNA zu veredeln und ihn in ein Qualitätsprodukt der fünften Französischen Republik zu verwandeln,

durch den die Glorien der Vorigen seidenmatt hindurch-
schimmerten. Mit großer Erleichterung beobachtete
Martin, dass Francois sich, im Großen und Ganzen, vor
allzu schlimmer elterlicher Depression bewahrte, was
ihn nicht davon abhielt, vor der nie ausreichenden Begeisterung seiner Studenten zu verzweifeln, weswegen
er den meisten Politikern und erfolgreichen Unterneh-
mern Leidenschaftslosigkeit und egozentrische Borniert-
heit vorwarf. Von ganzem Herzen, hoffte Francois, beim
Untergang der Menschheit dabei sein zu dürfen, nahm
sich jedoch vor, bis dahin das Leben zu genießen, weshalb ihn seine Freunde als fabelhaften Koch und Wein-
kenner schätzten. Scheinbar alle Weine der Welt kannte
er und liebte es dabei über Leben, Wissenschaften und
die Philosophie im Besonderen zu dozieren, dass Zuhö-
rer andächtig schwiegen und staunten.

Wenn jemand der vier Freunde das wissen-
schaftliche Mastermind war, dann der Franzose, der es in
zehn Minuten schaffte, globale Zusammenhänge zwischen produzierten Waren und Geldströmen zu erklären,
inklusive Abhandlung, warum beide nicht schneller flossen und warum wer welche Verantwortung und Kontrolle abgeben musste, wenn alle wahren Wertschöpfer
gerechter beteiligt werden sollten.

Leonidas bildete den Gegenpol zum elitär groß
gewordenen Francois. Aufgewachsen auf Kreta, inmitten
eines bunt sprießenden Paradieses und umarmt von
rauen mythologischen Bergen, die nicht nur Zeus geba-
ren, sondern auch seinen erdig-leidenschaftlichen kanti-
gen Charakter. Ikarus-gleich hob er mit seiner stürmisch
wachsenden Konzerngruppe ab und füllte für einige
Jahre internationale Managermagazine. Bis aus unerklärlichen Gründen sein Stern zu sinken begann. Es mündete

in einer völligen Zerstörung seiner Firmen-Gruppe, inklusive Privat-Insolvenz und dem mysteriösen Verschwinden seiner schwangeren Frau. Dann verschwand auch Leonidas und ward nie wieder gesehen. Über Nacht entschied er sich für das Schafhirtenleben, um einsam in Bergen zu leben.

Bald roch er beißend nach feuchtem Tier, Tabak, Stall und Kräutern und galt selbst bei seinen drei engsten Freunden als verschollen, bis er jene grausamen Bilder nachhause geschickt bekam, die alte Wunden aufrissen. Es zeigte ihm auch, dass seine ganze Geschichte erst am Anfang, statt am Ende stand.

In Jeans und Grobgestricktem Pullover saß er am Tisch und schob sein unrasiertes, stolzes Griechen-Gesicht in die wilden Brandungen des Lebens, dass er an jenem schicksalhaften Abend mit seinen Freunden in Andys Restaurant teilte. Ur-Ur-Enkel des großen Konstantinos Kavafis, größter aller griechischen Poeten der Neuzeit und Sohn eines stillen Bergbauern, der eigentlich Mathematik studieren wollte und einer quirligen Gemüsehändlerin, die ihn stattdessen mit viel Herzensgüte und Weisheit aufzogen.

Mit achtzehn Jahren verließ Leonidas die Berge Kretas, um in die große weite Welt zu gehen. Dort fand er alles und noch mehr, bis er dreißig Jahre später in seine Heimat zurückkam. Mit den anthrazitfarbenen Drahtlocken, der unrasierten Gesichts-Landschaft, gespickt mit glühenden Kohlen, die wie faltige Lava-Seen leuchteten und einer kantigen-knöchernen Erscheinung, erinnerte er an Homers Odysseus, oder an Gestalten aus den Verließen des Tartaros.

Schockierend die Wirkung seines lakonischen Antlitz, das ihn mit einer derartigen dramatisch-ernsten

Aura umgab, dass Außenstehende spürten, welch ungewöhnliche Willensstärke in ihm ruhte, die stärker als Leben und Tot zu sein schien, weswegen er überall verbrannte Erde hinterließ.

Sein attischer Charakter und seine antike Leidenschaft blieben ein wirksamer Schutzpanzer für sein wahres hochsensibles Wesen. Eines Tages trafen er und Martin aufeinander. Drei Tage und zwei Nächte soffen, stritten und schrien sie, bis sie sich am Ende schluchzend in die Arme fielen und beschlossen, gemeinsam verrückt zu werden. Noch spiritueller als Martin, kannte Leonidas scheinbar die Psyche aller Lebewesen, besonders der Schafe, Ziegen und Menschen und hatte unbeschreibliche intuitive Kenntnisse über Pflanzen, Sterne und menschlichen Seelen und handelte nebenbei mit Kräutern, wenn er nicht gerade Schafe hütete.

Angelo, Vierter im Bunde, war bekannt für seine Vielseitigkeit, den man am ehesten als Chamäleon, Netzwerker, Moderator, Gangster und Brückenbauer beschrieb. Wenngleich auch das nur Fragmente einer multidimensionalen Persönlichkeit blieben, die wie Strom und reißendes Wasser in jede Ritze fuhren, bis er sie ausgehöhlt hatte, um sie für die Nächste zu verlassen.

Welch ein großartiger Händler, Schwindler, Betrüger und Lügenbaron, noch dazu Lebenskünstler, mit Verbindungen zur Mafia, zu der er jedoch reichlich Sicherheitsabstand hielt. Viele dunkle Kapitel überstand der Mann aus Venedig. Nur selten sprach er darüber, wie er einem Anschlag entkam und sich angeblich freikaufte.

Ungezählte Male flog er von Schulen und versuchte sich später an Universitäten, erst beim Recht und dann bei der Wirtschaft. Auch in seiner Kindheit gab es

reichliche Umwege, nicht nur wegen seinem leiden-
schaftlich trinkenden und gewalttätigen Vater, der zur
See fuhr und früh starb.

Seine Neugierde verlangsamte sein gesamtes Leben, was er aber hervorragend auszugleichen vermochte, indem er gewaltige Wissensmengen eklektisch
an sich riss, um eigene Firmen zu gründen. Zuerst spezi-
alisierte er sich auf Kunst, Antiquitäten und archäologi-
sche Artefakte.

Bald schon pflegte er außergewöhnlich gute Verbindungen zu Auktionshäusern und wissenschaftlichen
Instituten, die sich auf Altertum und Kunstgeschichte
spezialisiert hatten. Sein Stern stieg, bis er wegen Steuer-
hinterziehung für zwei Jahre im Gefängnis saß, jedoch
auf merkwürdige Weise schneller als erwartet freikam.

Typisch mediterraner Mann in den Vierzigern,
mit indianisch-blauem dichten Haarschopf, markanten
Gesichtszügen und charmantem Lächeln. Wie alle
Norditaliener schlank und groß, rannte er meist mo-
disch-lässig gekleidet herum. Hatte fünf Brüder, zwei auf
der Flucht erschossen und zwei Schwestern, eine verhei-
ratet mit fünf Kindern, die andere lesbisch, mit Freundin
in Südfrankreich lebend.

Angelo vermutete Toulouse, die rosa Stadt. Wie
kein Zweiter konnte Angelo Welten verbinden, ohne sich
aufzudrängen. Freiräume konnte er nutzen und füllen
und drehte angeblich mit Leonidas ein paar schräge Sachen an der Börse, von denen Martin und Francois nichts
wussten.

Angelo sah das Leben als liebevolle Hure, die
man hin und wieder betrügen musste, aber dafür auch
Opfer bringen musste. Seit Jahren wartete er auf die
große Liebe und entzündete des Nachts dicke Kerzen,

um sie herbeizulocken und trank schweren Wein, bis ihn Selbstgespräche in tiefen Schlaf entließen. Nicht selten bescherten ihm diese Nächte unbeschreibliche Träume, in denen er wie in glühender Lava versank, um am nächsten Tag wie neugeboren aufzuerstehen, als gäbe es kein Leid auf der Welt.

Martin schwieg, während Andy wie ein Chirurg, das Aluminiumpapier vom Korken entfernte und vom Drahtkorsett befreite, bis die Flasche leise zu Zischen begann. Langsam füllte er vier Flöten; Martin erhob sein Glas, um „Santé!" auszurufen. Fröhlich stimmten seine Freunde mit „Santé! Salute! Giamas!" ein.

Grabesstille füllte das kleine Séparé, in das sich stummes Schlucken und zurückhaltendes Räuspern ergoss. Alle sahen Martin an. Niemand sprach. Fast schien es gespenstisch, als spielte Martin den Gesandten des Leibhaftigen. „Schön dass ihr gekommen seid.", begann Martin die Neugier zu brechen, doch mehr konnte er nicht bringen, da Angelo es nicht mehr aushielt.

„Was ist los, willst du heiraten?" Diese kleine Spitze konnte sich der Mann aus Venedig nicht verkneifen. Sogar dem Franzosen schien es unmöglich zu schweigen. „Exactement! Seit Jahren hören wir nichts und jetzt, das!" Francois schloss sich Angelos Meinung an, während Leonidas weiterhin still sitzen blieb und Martin neugierig von der Seite ansah. Angelo ließ nicht viel Zeit verstreichen, setzte nach, „Hat die Welt dein Interesse verloren?" und rannte mit aufgepflanzter Lanze auf Martin los, während Francois lächelte und abwartete.

„Ihr kennt mich, niemals lasse ich die Welt los!", gab Martin erklärend ab, während Angelo einen Bogen vom Rücken nahm, um einen neuen Pfeil auf Martin abschoss. „Wohl wahr, davon können wir ein Lied singen, vermutlich haben wir dich deswegen die letzten Jahre nicht gesehen." Martin lächelte, ihm war klar, dass dieser Punkt Aufklärung brauchte, weswegen er die Flucht nach vorne antrat. „Daher möchte ich mich bei euch entschuldigen, weil ich mich zu sehr zurückzog!" Martin erntete beeindrucktes Staunen. „Angenommen!", gab Francois zurück, während er zu den anderen blickte, die mit stillem Kopfnicken ebenfalls annahmen. Mit öffnenden Armbewegungen luden sie Martin ein weiterzumachen.

„Ich danke euch, allerdings könnt ihr euch denken, dass wir nicht deswegen hier sind." Geisterhafte Stille blieb stehen, kaum unterbrochen durch schweigendes Nicken der Freunde.

„Grundsätzlich wisst ihr was ich mache, nicht wahr?" Gerade wollte Martin fortfahren, als Angelo dazwischenfuhr. „Nein, mein Freund. In Wahrheit weiß ich gar nichts. Also, was machst du?" Sechs fragende Augen sahen Martin an, der nachdachte, wie er sich herauswinden konnte, ohne den Freunden erneut vor den Kopf zu stoßen.

Er hoffte, ein wenig Unterstützung zu bekommen, „Leo, Francois, ihr erinnert es schon noch, nicht wahr?" jedoch mit überschaubarem Erfolg. „Schon irgendwie, aber ein Update würde auch uns allen gut tun, oder, Leo?" Francois stieß dem Schafhirten in die Rippen und lächelte schadenfroh. Offenkundig wünschte er schon länger, dass Martin Klartext redete.

„Okay, ich versuche es mal in einem Schnelldurchlauf: Ich mache noch das Gleiche, wie vor vier Jahren. Was ist das: Ich coache Konzernchefs und Großinvestoren, um nachhaltigeres Investment anzuregen. Dabei kann es sich um intellektuelles Wachstum, bis hin zur persönlichen Weiterentwicklung einzelner Vorstände, sowie sozialverträgliches Downsizing von Konzernen und deren Gewinne handeln. Ich versuche Einfluss zu nehmen, um ganz konkret eine gerechtere Verteilung von Gewinnen zu ermöglichen. Für manche von euch mag das genauso utopisch romantisch und naiv klingen wie damals.

Mir ist es jedoch todernst!

Wenn wir so weitermachen wie bisher, wenn wir keine Zurückhaltung bei der Zerstörung unseres Planeten und unserer Mitmenschen lernen, wird die ganze Menschheit untergehen. Zum Glück bin ich mit dieser idealistischen Ansicht nicht alleine, mein Auftraggeber glaubt auch daran."

Stille. Alle nippten nachdenklich an Gläsern. Wieder sprang Angelo als Erster auf den Zug, „Und der wäre?" und bekam prompt die Antwort. „Die Vereinten Nationen." Angelo war beeindruckt, blieb aber skeptisch. „Wow! Klingt nach Feigenblatt und political Correctness. Bist du abhängig vom Wohlwollen der Konzernchefs, oder hast du einen wirksamen Hebel, für Überzeugung und Vernunft?"

Lächelnd legte der Italiener den Finger in die Wunde, während Martin zufrieden nickte, hatte er diese Offenlegung in Kürze erwartet. „Hab ich, Angelo. Er ist aber nicht groß und robust genug. Erinnern sich wieder alle, was ich mache?" Stummes Nicken. Martin nutzte die Gunst der Stunde.

„Gut! Vor ein paar Wochen habe ich erste Ergebnisse einer Analyse eingesehen. Monatelang haben unsere Data-Analytiker zusammengesessen und sich die Köpfe zerbrochen. Wir wollten ein auf künstlicher Intelligenz basiertes System entwickeln, um eine TOP10 oder

TOP100 Liste von Personen zu bekommen, die zuerst gecoacht werden müssen. Irgendwann hatten sie es geschafft und sie begannen das System mit abertausenden Parametern zu füttern.

Wir veränderten Eingangsgrößen, spielten mit Prioritäten und Kennzahlen rum, integrierten alle möglichen Risiko-Analysen und ließen Quantenrechner Millionenfach rechnen, doch zu unserer aller Überraschung immer mit dem gleichen Ergebnis! Ständig kam die selbe Nummer eins dieser Liste heraus - John Stiffort!"

Alle drei Freunde pfiffen im Chor. Angelo steckte voll im Thema. „Wow! Stiffort? Na, da habt ihr aber auch wirklich den fettesten Fisch am Haken und jetzt? Was wollt ihr machen?" Doch blieb er nicht lange alleine und bekam Unterstützung von Francois.

„Warum er? Und was bedeutet es, wenn du sagst, eure Experten haben ihn ausgespuckt? Mit welchen Prämissen habt ihr eure Rechner gefüttert?" Leo nippte schweigend am Champagner. Francois sah Martin fragend an, während Angelo einen neuen Pfeil aus dem Köcher zog.

„Meines Wissens zählt er gar nicht zu den Reichsten zehn, oder vierzig, auch ist er kein politischer Aktivist, oder Förderer einer speziellen Vision", setzte Angelo fort. Martin nickte „Ist alles, richtig" und bestätige Angelos Feststellung, als plötzlich Andy neben ihnen stand und Vorspeisen brachte. „So, meine Herren, wer bekam noch das Carpaccio?"

Angelo lachte laut auf, „Ist keine wirkliche Frage, oder?" zwinkerte Andy vergnügt zu und nahm seinen Teller entgegen. „Und dann habe ich hier zweimal Gaspacchio", Leonidas und Martin hoben die Hände, während Francois Foie-Gras entgegen nahm, jedoch nicht ohne einen provokanten Seitenhieb aus Venedig zu bekommen, „Que stronzo, das ist wieder typisch!" aus Solidarität mit den Enten, kam aber nicht weit.

„Schweig, du venezianischer Blutsauger!", hatte Champagner doch Francois Zunge gelockert, weswegen er und dem Italiener mit Freude mit dem Fehdehandschuh über den Mund fuhr. Martin lachte laut auf, während er die kleine Auseinandersetzung zwischen den zwei gegensätzlichen Freunden verfolgte.

„Lasst gut sein, ihr werdet noch genug Möglichkeiten haben, um eure Leidenschaften zu pflegen! Ich wünsche einen guten Appetit." schob Martin wohlwissend hinterher, um ihre Debatte zu verschieben.

„Bonne appêtit", lächelte Francois.

„Bon pranzo", schmatzte Angelo, während Leo schweigend kalte Gemüsesuppe nippte. Gerade setzte Martin an, als Andy sich zwischen die Stille schob. „Alora, euer Wein, wer kostet?" Alle zeigten auf Martin. Geschwind schenke Andy vom Weißwein ein. Martin nahm die Sache ernst, nicht nur weil er Francois' kritische Augen und Gaumen kannte.

„Hervorragend, Sauterne - einfach wunderbar!", gab er anerkennend zum Besten und setzte seine früh unterbrochene Erzählung fort. „Wo war ich stehengeblieben? Ach-ja! Ich frage euch, hat sich seit der Lehman-Brothers Katastrophe, September 2008 und der Corona-Pandemie 2020 irgendetwas geändert?"

Francois und Angelo runzelten die Stirn, als Angelo schon ansetzte, jedoch vehement von Francois unterbrochen wurde, als der ihm hart in die begonnene Parade fuhr. „Wir kennen alle die Antwort. Wenn wir ehrlich sind, hat sich in Wahrheit..." Plötzlich brach es aus Leonidas heraus, der lange zugesehen hatte, wie sich die

Freunde umkreisten. „Hört mit diesem Scheiß auf! Da werde ich ja krank von, wenn ich euch weiter zuhöre!" Totenstille, dezent garniert vom überlauten Ticken einer großen Standuhr. Niemand wagte zu atmen, nachdem Leonidas die Unterhaltung mit stumpfer Klinge abhackte. Wie lose Fäden hingen die Enden der Unterhaltung in der Luft. Martin wartete ab, ob Leo die richtigen Dominosteinchen andockte. „Wir kennen uns zu lange und zu gut! Wir wissen, dass nichts passiert ist, dass sich nichts verändert hat. Lasst uns daher nicht drum herum reden!

Wenn wir ehrlich sind, müssen wir zugeben, dass niemand von uns geglaubt hat, dass sich etwas ändert. Banken und globales Kapital zu beaufsichtigen ist de-facto nicht möglich. Jedenfalls nicht so, wie man sich das vorstellt, auch wenn manch einer was anderes denkt!" Leonidas drehte seinen Kopf zu Martin, lächelte verständnisvoll, wie Eltern über ungezogenen Kinder und schoss eine Breitseite hinterher. „Und das sich Märkte selbst regulieren, ist ebenfalls Bullshit! Auch das wissen wir in Wahrheit schon lange. Es ist vielmehr genau umgekehrt: Kapitalismus, in Gestalt des Konsums, kontrolliert die Märkte.

Schaut doch nur mal, wie schnell er Besitz von Menschen ergreift. All das wissen wir. Es ist das Gleiche wie bei Strom und Wasser: Du kannst sie lenken, kurzfristig speichern in Talsperren oder Batterien, aber du kannst sie nicht kontrollieren! Wasser, Strom und Geld kannst du nicht bitten, sich selbst zu regulieren, diese Medien sind keine Wesenheiten, geschweige haben sie Geist oder Seele – es sind rohe Naturgewalten! Unsere Regularien beziehen sich auf Institutionen, aber genau die wiederum werden von den gleichen Menschen gelenkt, die ihnen erliegen. Deswegen werden alle Institute, Behörden und Gesetze nichts daran ändern. Wir müssen an die Menschen und ihre Werte ran!" Totenstille. Francois füllte sie als Erster mit Leben.

„Ich gebe dir Recht, Leo! Doch wie willst du an sie rankommen?" Angelo runzelte die Stirn und formulierte eine Selbstächtung. „Alle wollen mehr! Die paar, auf die das nicht zutrifft, können wir vernachlässigen. Nicht mal hinter der ersten Komma-Stelle findest du sie, noch dazu lieben alle Menschen Helden.

Doch bei Geld und Macht verschwimmen die Grenzen. Zu allen Zeiten, von König Gilgamesch bis heute, gab und gibt es keine Lernkurve der Menschen. Traurig, aber wahr!" Damit schlug er in die gleiche Kerbe wie Leonidas „Ganz genau! Unsere Jahrhunderte wechseln wie Mode. Auch Sprachen, Länder und Kulturen. Heute heißt die Weltmacht Ägypten, morgen Makedonien, übermorgen Persien, dann Rom und irgendwann später Ludwig Quatorze.

Zu übermorgen, mit Russland, USA und China ist es nur ein kleiner Sprung: Wie man es dreht, die Sache bleibt die Gleiche. Macht zieht Geld an und umgekehrt. Alles nicht neu, sondern uralt. Worauf willst du also hinaus, Martin?" Wie in Trance hörte Martin Horus seinen Namen und spürte, dass sein großer Moment kam. Endlich hatte das Warten ein Ende!

„Seht euch um, was denkt, was fühlt ihr, wenn ihr die Welt seht?" Gerade setzte Leonidas an „Geld zieht Macht an, ebenso Rohstoffe", als Angelo plötzlich wie ein Vulkan explodierte und wutentbrannt aufsprang.

„STOP! Hört mit diesem intellektuellen Gewinsel auf! Ihr habt keine Ahnung was Hunger ist, weil ihr privilegierte Spießbürger seid. Ich sag es noch mal, wir alle haben keine Ahnung. Wir alle schwingen tiefgründige Reden. DU Martin, bist darin Weltmeister, den ethisch-moralischen Zeigefinger zu heben und anderen ins Gewissen zu reden. Nachhaltigkeit, Umweltschutz, sorgsam mit Ressourcen umgehen und so, wir reden von Kultur und Bildung: Wir sind nur eine Bande eingebildeter Nihilisten, die sich mit ihrer geistigen Masturbation in den Schlaf wichst, um ohne schwere Gedanken in den Schlaf zu finden! Sprecht mal mit einer Mutter, die vorm Krieg flüchtet und die ihre fünf Kinder im Bombenhagel durchbringen muss, weil ihr bescheuerter Herrscher Krieg gegen die eigenen Leute führt, noch dazu mit Unterstützung von außen, zum Kotzen!"

Seine letzten Worte schrie Angelo heraus. Feiner Sprühnebel legte sich sanft wie ein feuchtes Tuch über die Tafel, seine Hände zitterten. Hätte er eine Waffe wären alle in Gefahr. Grabesstille, minutenlang. Martin plante sie zu durchbrechen, doch Francois kam ihm zuvor, „Ist es hoffnungslos, Angelo? Gibst du die Menschheit auf?" Auch er bekam etwas von Angelo zu kauen. „Nein! Ich will lediglich sagen, dass wir uns unbewusst, über die anderen erheben und das auf eine unangenehme Art!" Martin witterte Morgenluft,

„Wartet" und schob ohne Ankündigung ein Ass aus dem Ärmel, auf das ihn sofort sechs Augen anstarrten. „Wir müssen mehr Verantwortung auf die UN übertragen!" Alle dachten sich verhört zu haben. „Ist das dein Ernst, was du hier von dir gibst?" Martin lächelte breit, als er dem Franzosen antwortete.

„Natürlich! Ich bin Europäer, ich glaube daran." Doch der ließ Martin nicht länger weiterträumen. „Du glaubst, dass jeder Staat einen Schritt zurück macht, zum Wohl der Gemeinschaft?" Martin kratzte sich am Kinn, blickte zu Boden und dann in die Runde und wollte gerade ansetzten, als ihm Angelo zuvorkam. „Wir haben es mit drei verschiedenen politischen Ebenen zu tun" Andy trat in geduckter Haltung an den Tisch.

„Möchten die Herren Wein für den Hauptgang auswählen?" und verteilte den Rest des Bordeaux. Alle nickten, Angelo fuhr fort. „Da haben wir die Ebene der Staaten, dann EU, Nato und UN. Wir haben Länder, Regionen, Kontinente und Mutter Erde auf einsamen Posten. Wir haben staatenloses Kapital, dass sich mehr oder weniger gut lenken lässt. Natürlich nehmen Kapital-Eigentümer und deren Verwalter massiv Einfluss.

Alle eint die Gier nach wirtschaftlichem Wachstum und alle tragen den gleichen Defekt in sich. Ihre Gesinnung eint sie und macht sie im gleichen Atemzug zu Gegnern, was sie alle verdrängen, solange das Business läuft. Funktioniert es nicht mehr, werden aus Freunden Feinde! Es ist alles nur eine Frage von Erfolg, Interesse und Timing."

Martin unternahm einen weiteren Versuch. „Das kann zwangsläufig nur zulange dauern! Unser Planet hat weder Zeit noch Verständnis dafür." Alle nickten stumm, Martin setzte nach. „Natur hat weder Verbündete, noch Gegner. Ständig lebt sie in der Gegenwart, ganz anders als wir Menschen. Längst haben wir verlernt ihr zuzuhören, bescheiden zu sein und im Jetzt zu leben.

Schaut euch um: Niemand will zurückstecken. Sagt den Ländern der zweiten und dritten Welt, dass sie zum Wohle des Planeten und der Ersten, langsamer wachsen und zurückstecken müssen!" Überlaut tickte die Standuhr. Martin nutzte diese Pause, um rhetorisch nachzuschenken.

„Lokale Politik versucht sich durch Bündnisse

besser zu positionieren, um stärker und größer zu werden. Menschen haben die Tendenz aus Allem Vorteile herauszuziehen und wenn es um Eigenverantwortung geht, genauso schnell davor wegzurennen." Ernst blickten die Freunde, sie ahnten, dass Martin zum letzten Akt kam. „Das bedeutet, dass wir zu Verzicht aufrufen müssen, um unseren Lebensstandard zu reduzieren, damit andere den ihrigen anheben können. Korrigier mich, Francois, wenn ich falsch liege!" Alle sahen, wie er grübelte und sein Plädoyer zurechtlegte.

„Nun, es ist alles eine Bilanzierungsfrage: Wenn wir reichen Industrie-Mächte, von Gewinn ablassen, um jenen mehr Anteile zu überlassen, die ihn erwirtschaften, um ihren Lebens-Standard anheben, ist es grundsätzlich eine Alternative, zur kompromisslosen singulären Gewinnmaximierung und Ausbeuterei. Schwierig hierbei ist, dass ein solcher Wandel schwer zu verkaufen ist. Denn erwartungsgemäß will niemand vom Kuchen was abgeben. Es braucht eine schwere Weltwirtschaftskrise, viel schwerer als 2008, mindestens wie durch Corona in 2020, damit es eine Kettenreaktion auslöst.

Wir brauchen Erschütterungen von biblischem Ausmaß, um schwere Verkrustungen aufzubrechen, mit dem Risiko, dass die Welt in eine schwere Krise stürzt, mit offenen oder verdeckten Wirtschaftskriegen. Wollen wir das?" Langes Schweigen. Martin nickte gedankenschwer. Leonidas beugte sich langsam vor.

„Niemand kann das wollen! Wir müssen andere Wege finden. Marty, wir sind davon abgekommen, euer Superrechner spuckte John Stiffort aus, was hat es damit auf sich? Wie willst du erreichen dass er Prinzipien ändert? Er ist dafür bekannt zu bekommen, was er will." Martin blickte in weit entfernte Welten und träumte von ferner Zukunft, wo alles gerecht und fair zuging. Trotz all seinem Optimismus blieb er skeptisch. Er wusste, dass sie jetzt handeln mussten. Die Zeit war gekommen. Angelo wurde unruhig und mischte sich wieder ein. „Sag Marty, haben wir Menschen eine Chance?" Martin mochte seine pathetischen Fragen nicht, verstand aber, dass es Angelos Art war, sich auszudrücken. Oft empfand Martin sich selbst als zu nüchtern. „Es hängt von jedem Einzelnen ab. Du hast es schon gesagt Francois: Wir müssen schnell und viel ändern, sonst kommt für die Menschheit jede Hilfe zu spät." Francois hob die Augenbrauen, „Was willst du wirklich sagen?" und gab Martin eine Steilvorlage.

„Wir Menschen sind schizophren, niemand wird dagegen sein, den Planeten zu schützen. Fragst du jedoch, was Menschen persönlich beitragen wollen, wird es still! Wir Menschen sind gespalten. Auf der einen Seite wollen wir alles in bio, umweltfreundlich, fair und nachhaltig, sind aber auf der anderen Seite nicht dazu bereit, uns freiwillig zu reduzieren!" Angelo hielt es nicht mehr aus und zeichnete eine apokalyptische Vorhersage. „Dann wird die Menschheit in 200 Jahren verschwunden sein, so einfach ist das! Prost, war schön mit euch!" Ernst hob der Italiener sein Glas zu einem letzten Toast. Doch Martin wollte Licht und Hoffnung vor der Weinauswahl spenden. „Vielleicht! Doch vielleicht aber auch nicht" Allen wuchsen Fragezeichen im Gesicht.

„Wir sind verloren, wenn wir so weitermachen! Seit die Freitagsbewegungen den Machthabern Spiegel vor die Alphatiergesichter halten, beginnen die ersten, vor Scham zu erblassen, was uns aber dennoch nicht abhalten sollte, über Wein zu reden." Martin erntete Grinsen und Kopfschütteln. Andy atmete auf und rückte lächelnd näher.

„Also, ich empfehle diesen kräftigen Minervois, er sollte euch gefallen, wo ihr doch alle kräftige Weine mögt. Alternativ könnt ihr natürlich in unsere Karte schauen." Martin nickte zustimmend. Er mochte Andys Vorschlag. „Einverstanden, für mich passt das...." Doch Francois fuhr pikiert dazwischen.

„Boh-boh-boh, so einfach geht das nicht! Ja, ich möchte die Karte sehen!" Martin lächelte und freute sich, wenn Francois den Wein aussuchte. Mit seinem Erfahrungsschatz hatte er den größten Weinverstand. Andy ging herum und reichte ihm die schwere Karte.

„Bon, dann wollen wir mal" Die Freunde sahen ihn andächtig an. „Crescendo, heißt das Zauberwort. Wenn wir mit einem zu Starken beginnen, wird es hinterher schwer. Irgendwelche Wünsche? Ja, nein, die Klasse? Wollt ihr gar meiner Empfehlung folgen?" Alle nickten und klopften ihm zustimmend auf die Schulter.

„Letzteres ist super für mich, Francois!" Angelo motivierte seinen französischen Freund. Leonidas und Martin lächelten unterdessen geduldig, während Francois sich die Hände rieb. „Beginnen wir mit dem ersten Filter: Weine aus den USA fallen aus vielerlei Gründen raus, désolé! Deren Weine sind zu stark geschminkte Mode-Weine. Es mag eine böse Unterstellung sein, aber als Franzose bin ich gewohnt damit zu leben. Was ist mit Australien? Manchmal sind die ganz brauchbar, hauen mich aber selten um, was also stattdessen? Europa macht die besten Weine, nicht nur weil Griechen ihn erfanden, denn fairerweise müssen wir zugeben, dass es auch hervorragende Chilenen gibt. Haben wir vielleicht einen feudalen Carmenère?

Doch, schaut euch das an!" Es ging noch eine Weile hin und her, Francois ließ keinen Gedanken aus. Angelo kaute an seinen Fingernägeln, während Leonidas Blättchen, Filter und Lederbeutel zückte, um auf eine Zigarette vor die Tür zu gehen. „Oder vielleicht einen ehrlichen Cahors? Sieh an, was ist denn hier? Italienischer Primitivo..."

Leonidas schaute Martin fragend an, der erleichtert nickte und begann eine Zweite zu bauen, als Angelo die Unruhe bemerkte. „Wollt ihr Rauchen? Nicht ohne mich!" Leonidas wunderte sich, „Seit wann rauchst du?"

„Schon immer! Nur nicht oft und in solchen Ausmaßen, wie du", und erntete einen Seitenhieb vom Griechen, während Francois geradezu wissenschaftlich in seine Weinwahl vertieft war. „Oder wie wäre es mit diesen Griechen?" Die Standuhr schlug volle Stunde.

Längst hatten sie jegliches Zeitgefühl verloren; niemand wusste wie spät es war. Andy wuselte im Restaurant umher, brachte hier einem Paar die Rechnung und dort einer Gesellschaft Kaffee. Martin dachte darüber nach, ob jetzt ein guter Zeitpunkt war, um seine Freunde, über seine Pläne einzuweihen. Wann sonst, wenn nicht jetzt, fragte er sich wieder und wieder. Vielleicht kamen sie nie mehr zusammen.

Er dachte an Eduardo und fragte sich, ob es für ihn offensichtlich schien, was er vorhatte. Martin dachte an die neuen Parameter, die ihre Analysten gebetsmühlenartig verstoffwechselten und wiederkäuten. Hatte Eduardo den Braten gerochen? War ihm klar, woran die Menschheit krankte? Schon lange war Martin der Meinung, dass sie nur noch redeten. Aber was tun, wenn alle einer Meinung waren und niemand handelte?

Martin tauchte gerade in die tiefsten Winkel seines Gedächtnispalasts ab, als Leonidas ihn in die Seite stieß. „Komm schon!" Er zeigte zwei fertige Zigaretten. Zu dritt standen sie auf. Francois schaute überrascht auf. „Was ist hier los, Revolution?" Leonidas lächelte freundlich, „Zigarettenpause, bis du fertig bist" was den Franzosen ermutigte, seinen Auswahlprozess zu beschleunigen.

„Ich bin gleich soweit." Schweigend gingen die drei Freunde raus, Leonidas vorne weg. Vorsichtig schob er den schweren Vorhang beiseite. Andächtig gingen sie durch die massive Drehtür. Sofort umflorte sie Lärm, grelles Licht, zuckende Neonröhren und stickige Luft.

Wind blies Dreck, Zigarettenkippen und alte Zeitungen vorüber. Sie folgten Leonidas in eine windgeschützte Abseite und drängten sich um sein schnippendes Feuerzeug. Angelo brannte es unter den Nägeln. „Marty, was ist los?" Auch Leonidas konnte nicht mehr an sich halten. „Willst du, dass wir selbst drauf kommen? Hab ich Recht, oder nicht? Los sag schon, mach es nicht so kompliziert. Wir sehen uns so selten, Marty!" Leonidas spürte, dass etwas in der Luft lag. „Heute schenke ich euch reinen Wein ein, versprochen!" Erleichtert atmete Leonidas auf.

„Okay. Danke!"

Still zogen sie an den Zigaretten. Angelo konnte schlecht warten. „Na los, gib uns einen Hinweis, ist es ein Abkommen mit der Finanzwelt? Und wenn ja, wie wollt ihr sie bewegen? Euer Mandat ist weich, oder soll ich nachhelfen?" Verschmitzt zwinkerte der Italiener Martin an. Doch der winkte ab, „Vielleicht später" was Angelo, zusammenfahren ließ und Leonidas nachbohrte. „Marty, was hast du vor?" Durch zusammengekniffene Augen beobachtete der Grieche Martin. „Wie willst du Politiker und ihre Nationen davon überzeugen sich zurückzunehmen, zum Wohle des Planeten und der Menschheit? Du kennst die Menschen, du weißt wie sie betrügen. Heute sagen sie ja und morgen machen sie alles genau anders herum, du kennst das!" Doch Martin blieb vorerst diplomatisch.

„Es gibt Möglichkeiten! Ich gebe zu, manche erfordern Geduld und Geschick, aber es gibt sie." Damit gab er beiden Freunden viel zu Grübeln. Angelo wechselte das Thema, „Wo lebst du eigentlich zurzeit, Leo?" um nicht nur schwere Themen zu kauen. „Seit einiger Zeit bin ich wieder in der Heimat, Kreta, Damasta. Droben in den Bergen von Heraklion." Angelos Gesicht hellte sich auf. „Wie groß ist die Stadt?" Leonidas begann laut zu lachen, was den Italiener irritierte.

„Angelo! Es ist ein Dorf, ein Kaff, vielleicht sind wir sechzig Einwohner, wenn alle da sind. Übers Jahr leben dort Alteingesessene und Rentner. Es ist ein kleiner Klecks in der Landschaft, nicht viel mehr als ein größerer Bauernhof, verstehst du?" Angelos Mund öffnete sich überrascht. „Krass, ist das nicht zu einsam?" Es zeigte, dass er nicht alle Veränderungen des Freundes mitbekommen hatte, als Leonidas schluckte und zu Martin herübersah, als er vorsichtig antwortete. „Nein, ganz im Gegenteil" und sich wieder fing. „Was hast du, Leo?" Angelo ahnte nichts „Nichts, ich musste nur kurz an etwas denken" Doch der Venezianer ließ nicht locker „An was, Leo? Du siehst bedrückt aus", bekam dennoch fürs Erste keinen weiteren Hinweis.

„Vielleicht später Angelo, nicht jetzt" Angelo ließ es sich nicht nehmen, beim Griechen zu insistieren. „Einverstanden, aber erzähl es dann auch später, okay?"

Kurze bedrückende Stille. Leo setzte erneut an. „Jedenfalls lässt dich dort jeder in Ruhe; ich liebe mein kleines Dörfchen; ihr müsst mal vorbeikommen. Und du, Angelo?" Leonidas lenkte vom schweren Thema ab, um etwas mehr über seinen venezianischen Freund zu erfahren. „Als die Corona-Krise Mallorca heimsuchte kaufte ich mir eine kleine Finca an der Westküste. Über die Jahre bin ich meine Landsleute überdrüssig geworden, kommt euch wahrscheinlich bekannt vor; kennt ihr die Serra Tramuntana?" Schweigend nickten Angelo und Martin, während jeder seinen Gedanken nachhing und einer nach dem Anderen seine Zigarette austrat, um anschließend im Gänsemarsch durch die rotierende Drehtür zu gehen.

Angelo durchstieß als erster den schweren Vorhang und hielt ihn auf. Martin schlüpfte als Letzter hindurch. Als sie ihr Séparée erreichten wartete Francois mit trommelnden Fingern vor ein paar gefüllten Rotweingläsern. Martin spürte die Ungeduld des Franzosen und hatte ein schlechtes Gewissen.

„Und? Was ist es geworden?" Süffisant lächelnd, gleich einer Opern-Diva öffnete er seine Arme und zeigte auf den Tisch. „Aussuchen kann ich wohl, probieren müsst ihr schon selber!" So etwas in der Art war zu erwarten. Synchronschwimmern gleich, rochen sie am Wein. Martin begann mit seiner Analyse. „Ich würde sagen, es ist ein Europäer, was meint ihr?"

Grummelnd tauchten sie ihre Gesichter in Weingläser, dass man Sorge bekam, dass sie hineinstürzten. Gründlich schlürfend schloss Leonidas seine Augen. Angelo roch mit verklärtem Blick, erst am oberen, dann am unteren Rand, während Francois großväterlich lächelte.

„Ich würde behaupten, es ist kein Italiener," gab

Martin zum Besten. „Nicht schlecht" lächelte der französische Freund anerkennend über sein Glas hinweg und schob, wie so oft, einige einladende Provokationen hinterher.

„Und die Anderen? Irgendetwas Konstruktives, auch von euch? Ja, nein? Die Klasse?" Ergebnislos erntete Francois schüttelnde Köpfe, doch Angelo ließ auch hier nicht locker. „Mit Bestimmtheit kann ich es nicht sagen, vielleicht ein Franzose aus dem Südosten, Côte de Provence?" Francois genoss den Moment, „Nicht schlecht, Angelo. Und du, Leo? Was meinst du?" Erwartungsvoll lag Stille im Raum. „Schwer zu sagen, vielleicht ein Chilene?" Längst hatte Francois sein Pokergesicht aufgesetzt. „Wollt ihr, dass ich das Rätsel löse?" alle nickten. „Okay!" Gebannt hingen die Freunde an seinen Lippen; er liebte es, Antworten hinauszuzögern.

„Es ist ein Grieche, Neméa Reserva von 2012" Erstaunt blickte Leonidas auf „Wow, solch tollen Rotweine haben wir?" und bekam eine kleine Ausführung vom Professor geboten. „Du solltest es besser wissen, Leonidas! Ihr könntet viel Bessere machen, aber das lasst uns an einem anderen Tag besprechen, santé"

Francois hob sein Glas, „Santé!" riefen alle im Chor. Stilles Schlucken, Schlürfen und Genießen. Mit ihrem Séparée bildeten die verschworenen vier Freunde eine Treibinsel des Genusses. Andy hatte feine Antennen dafür, was Gäste brauchten und machte sich rar. Plötzlich schoss Angelo einen sorgfältig abgezielten Pfeil aus dem Hinterhalt. „Wie auch immer! Wir können sagen, dass wir den Faden verloren haben, nicht wahr? Wenn ich mal zusammenfassen darf, ihr erlaubt?" Gespenstische Stille breitete sich aus. Angelo war gut darin Menschen sorgfältig ans Kreuz zu nageln.

„Wenn sich also staatenloses Kapital, nationale Politiker und internationale CEO's schwertun, zum Wohle der Menschheit ihr rein kapital-orientiertes Wirtschaftswachstum zu bremsen und sich weiterhin weigern neue Schritte zu wagen, was braucht es aus deiner Sicht, Marty, um das konkret zu ändern?" Martin verlor Farbe im Gesicht und fühlte sich auf frischer Tat ertappt. Er spürte, dass in diesem Moment sein neues Leben begann. Leicht drehte er seinen Kopf und blickte in eine weit zurückliegende Zeit.

Er sah sich als Kind durch Felder rennen, zwei Zitronenfaltern hinterherlaufend und erinnerte sich, dass er ein fröhliches Kind war, das Natur und Tiere liebte. Schemenhaft sah er seinen Großvater mütterlicherseits im Garten wühlen, den gedeckten Apfelkuchen der Großmutter; Grundschule mit Klassenprügel und reichlichen Verweisen; erste Freundinnen, erster Kuss und erster Sex; später Militärausbildung, dann Universitäten, mit gerahmten Urkunden; bald erste Jobs und Auslandsaufenthalte; aus irgendeinem Grund keine Kinder, stattdessen Börsenhandel und eine sich langsam anschleichende Erkenntnis, dass Besitz nur belastete und die angeborene Großzügigkeit und Barmherzigkeit der Menschen sterben ließ,

Dann Martins Seitenwechsel, vom Großkapital zum Völkerrecht. Er dachte daran, wie er sich mit Eduardo einigte, wie er ihm keinerlei Fragen stellte und bis heute blind vertraute. Martin dachte an die Jahre mit den machtbesessenen Reptilien, denen nichts heilig zu sein schien, solange es Erfolg, Vermögen und Macht diente.

Was für Erfolg besaß man, wenn Ausbeutung und Leid Grundlagen blieben? Erste Arbeitsgruppen schossen bei den Vereinten Nationen wie Pilze aus der

Erde, jedoch sollten keine umsetzbaren Taten folgen. Oft kam sich Martin wie ein Sektenführer vor, der frohe Botschaften verkündete, um schlussendlich einsam, verlassen und alleine zuzusehen, wie die Menschen ihren Garten Eden immer weiter und weiter zerstörten!

War er nicht Pazifist, ein durch und durch friedlicher Mensch? Was musste er tun, wenn Kapital die Waffe der Neuzeit blieb? Konnte Martin Menschen wachrütteln? Konnte er ruhigen Gewissens, seine Hände in den Schoß legen und wie bisher weitermachen, wenn Wirtschaftskriege die Welt überzogen und Reiche immer reicher und die Armen noch ärmer wurden? Von weit weg hörte er jemanden seinen Namen rufen.

„Marty? Was ist los?" Erschrocken sah Leonidas, wie Martin diskret Tränen fortwischte und seinem bisherigen Leben für immer Lebewohl sagte. Wehmütig blickte Martin der Vergangenheit hinterher und vergewisserte sich, dass es in einer kleiner werdenden Staubwolke am Horizont verschwand.

„Lasst uns Wein trinken" schlug Martin vor und blinzelte in die vertraute Runde, als Leonidas ihn auffordernd ansah und Andy geräuschlos dampfende Teller servierte, „Guten Appetit, die Herrschaften!" und im dezenten Dunkel des Restaurants verschwand. Martin hob sein Glas. „Zum Wohl, auf euch" Francois stand auf.

„Auf UNS!" Gläserklirren.

Alle nahmen einen großen Schluck. Vielleicht jetzt, dachte Martin. „Hattet ihr das Glück euch mit einem Farmer, oder Gärtner zu unterhalten?" Angelo bohrte nach. „Ist Gärtner wieder ein Synonym, eine Metapher für irgendetwas Tiefgründiges?" und machte sich bereit für verbale Großoffensiven, doch es kam ganz anders.

„Ihr habt Recht, wir SIND privilegierte Snobs und Spießbürger! Nur allzu oft fällt es uns schwer zu erkennen,
dass ein Stuhl nur ein Stuhl ist. Es ist keine Metapher o-
der Dergleichen, Angelo. Ich meine genau das, was ich
sage. Und, habt ihr? Konntet ihr jemals mit einem Gärtner, oder Farmer sprechen?" Francois grübelte ehrlich
nach. „Ich erinnere mich nicht." Kopfschütteln auch bei
Angelo, mit Ausnahme von Leonidas, der jetzt selbst einer war. „Solltet ihr unbedingt mal machen. In der Natur
ist Wachstum endlich. Alle Pflanzen und natürlichen Organismen wachsen begrenzt UND haben ein Verfallsdatum, ein biologisch maximal erreichbares Alter.

　　Das Leben jeder Kreatur ist endlich; hat sie das
Verfallsdatum erreicht, stirbt sie, egal ob Pflanze, Tier o-
der Mensch." Angelo blieb hochkonzentriert bei der Sache. „Ja und? Biologisch mag das stimmen, aber Kapitalismus ist nichts Natürliches. Von Konsum und Gier hat
die Natur keine Ahnung, worauf willst du hinaus?" Martin lief sich warm.

　　„Ganz genau, du hast den Nagel auf den Kopf getroffen, Angelo! Zusätzlich müsst ihr bedenken, dass alle
Äcker und Gärten Zwecke haben, sogar Ziergärten, die
zum Beispiel die Sinne erfreuen sollen." Francois stellte
sich auf einen längeren Vortrag ein. „Hört-hört, unser
Philosoph." Martin enttäuschte seinen Freund nicht.
„Nutzgärten hingegen sind anders; wenn ihr vom Ertrag
lebt, müsst ihr euch mit Pflanzen auskennen. Zumindest
mit denen, die Früchte tragen sollen. Habt ihr eine
Pflanze die nicht ins Ecosystem passt, oder einen Parasi-
ten, der rasch wächst, und der den anderen Platz und le-
benswichtiges Sonnenlicht raubt, was ist dann zu machen?" Stille. Leonidas hakte als erster nach. „Man muss

ihn zurückschneiden?" Erfreut richtete Martin den Finger auf ihn. „Sehr gut, ganz genau! Jeder Winzer, Gärtner und Farmer schneidet Pflanzen regelmäßig zurück. Manche lassen zum Wohle aller Pflanzen ganze Jahrgänge ausfallen, damit sie sich ausruhen können. Und falls nötig werden vereinzelte Pflanzen aus dem Garten entfernt, wenn es der Mehrheit dient!"

Neugierig wartete Martin ob der Groschen fiel. Minutenlanges Schweigen und überlautes Ticken der großen Standuhr in der Ecke. Es herrschte gespannte Stimmung. Hin und wieder huschte Andy vorbei. Sie hörten Flaschen gluckern, hier und dort Geschirr klimpern, untermalt von leichtem Gemurmel, dass sich wie ein Teppich über sie legte. Keiner wagte die Stille als Erster zu durchschneiden. Martin blickte in die Runde. Leonidas blinzelte und fingerte an seinem Glas herum. Angelo räusperte sich, nahm einen Schluck Wasser und schlug aus Versehen gegen den Teller, erschrocken fuhren alle zusammen. Erleichterung machte sich auf ihren Gesichtern breit, als Andy mit einer neuen Flasche an den Tisch kam, sie sorgfältig entkorkte, demonstrativ in die Mitte stellt und wieder lautlos verschwand.

Irgendjemand holte zischend Luft. Martin wartete, wer den Anfang machte. „Wie lange kennen wir uns, Marty?" Francois setzte sich aufrecht hin. „Zwanzig Jahre, wahrscheinlich sogar länger", antwortete Martin. Schon setzte der Pariser nach.

„Was ist das für eine Geschichte mit dem Gärtner, der den Stein der Weisen sein Eigen nennt, um Zahlen, Daten und Fakten der globalen Ökonomie Herr zu werden?" Francois fühlte sich nicht mehr wohl in seiner Haut. Er spürte, dass sich was anbahnte. Schon damals prallten Francois und Martin regelmäßig aufeinander.

Der Franzose war Keynesianer und stand für Wirtschaftswachstum. Mit alternativen Wachstumsmöglichkeiten und Feinstofflichem war ihm nur schwer zu kommen. Nur äußerst selten, kam er aus seiner Ecke heraus „Ganz simpel gesprochen, was ist deine Botschaft, Marty? Okay, ist schon klar, die böse globale Weltwirtschaft, die sich nicht erholt, Firmen, Pflanzen, der Garten, okay-okay, und weiter? Natürlich gibt's schadhafte Gewächse, wie überall! Menschen investieren wo sie wollen. Wir sind frei, schon vergessen? Warum führen manche Staaten Krieg? Willst du deine Wirtschaft ankurbeln und hast schon deine nationalen Möglichkeiten ausgeschöpft, dann führst du Krieg!

Natürlich ist das ethisch und moralisch nicht vertretbar, aber so ist es nun einmal, sobald es um Rohstoffe geht. In deinen Worten haben wir es mit vielschichtigen Gärten unterschiedlicher Größen zu tun, die in gewisser Weise, alle unabhängig und gleichzeitig abhängig voneinander sind, solange die Wirtschaft in irgendeiner Art und Weise funktioniert und es ein gewisses Maß an Investment, Wachstum, Konsum und Rendite gibt! Völlig überflüssig zu erwähnen, dass Staaten andere Ziele als Konzerne haben sollten, habe ich etwas vergessen?" Martin bestärkte den Freund, „Nein, ich denke nicht!" und bekam einen vorbereiteten Frontalangriff zu spüren.

„Also, Martin! Was ist deine Botschaft? Es fehlt ein Super-Gärtner für unsere Weltwirtschaft? Gut möglich, wenn gleich ich es für eine schwer durchführbare Utopie halte, aber vielleicht habe ich nicht genug Fantasie und Leidenschaft, um als Ritter für globale Ethik und Moral loszureiten, aber für den Fall, dass mein Wissen

nicht langt, um Maßnahmen zur Rettung der Welt zu erkennen, wer, Martin, soll deiner Meinung nach dieser Su-
per-Marshall-Dillon der Weltwirtschaft sein?

Wer gibt ihm sein Mandat, dass alle Nationen ihn
akzeptieren? Und wenn er es hat, wäre er dann nicht,
verzeih mir meine pessimistische Sicht, nicht ständig in
Lebensgefahr?" Totenstille. Alle hielten die Luft an und
schauten Martin an, der sich vornahm ihre Komplizenschaft zu gewinnen. Sie mussten Mitwisser werden.
„Francois, wie immer kann ich deiner holistischen Analyse nichts hinzufügen, außer Applaus! Grundsätzlich
stimmt ihr mir also zu, korrekt?" Die Freunde nickten
stumm, jetzt musste Martin nachlegen.

„Wir wissen, dass nationale Gesetze Rahmen setzen können, aber nicht müssen. Zusätzlich gibt es verschiedene Ebenen. Wir müssen Nationen, Konzernen
und Banken Daumenschrauben anlegen, weil wir regulieren müssen! Zinsen gehen rauf und runter, überall
wird eingegriffen und mitgemischt und dennoch dringen
wir nicht zum Kern vor. Weiß einer von euch, was unser
Antrieb ist?" Fragend sah Martin in die Runde, „Machthunger, oder vielleicht Gier?" Angelos Lunte brannte.

„Sozusagen. Es ist unsere Natur, die uns ausflip-
pen lässt, weil wir schwach werden, wenn wir Reichsap-
fel und Zepter gereicht bekommen, am besten noch mit
Gottes Gnaden. Wie viele bleiben charakterstark? Wer
kann diesem Angebot widerstehen? Wie ist es mit dir,
Angelo?" Grübelnd wog der Venezianer seine Mähne
„Keine Ahnung, vermutlich dachten viele das sie stark
bleiben könnten." Martin, gab die Frage weiter. „Wie ist
es mit dir Leo? Was hättest du getan, wäre dein Konzern
weitergewachsen und nicht pleitegegangen? Ganz sicher
würdest du weiterhin mit deiner Yacht rumsegeln und

all deinen Luxus genießen" Martin sah die Wut des Freundes weiterwachsen, entschloss sich aber dennoch offen zu sein. „Natürlich würdest du alles weitergenießen, weil du keinen Grund gesehen hättest, etwas zu ändern. Menschen ändern sich ausschließlich in der Not, oder wenn wir für eine neue Vision brennen!"

Minutenlang schwebten Martins Worte wie Wolken im Raum. Martin fühlte sich gut und spürte, wie sich der Kreis schloss, wie sein Leben plötzlich Sinn ergab. Niemand antwortete. Alle sahen Martin an, der tief Luft holte. „Was denkt ihr?"

Martin dachte an die sokratische Mäeutik, Schluss mit dem Versteckspiel. „Na los? Was denkt ihr? Seid ihr einverstanden mit dem, was da draußen passiert?" Angelo widersprach vehement. „Natürlich nicht! Und du weißt das!" Martin forderte noch weiter heraus. „Okay, aber wenn es nicht genügt, was tust du?" Stille. Martin ließ sie nicht zur Ruhe kommen, doch Francois kochte langsam über.

„Jeden Tag lehre ich an der Universität", doch Leonidas unterbrach den Franzosen vehement und schnitt das Wort mit scharfer Klinge ab. „Du bist ein langweiliger Wissenschaftler, Francois! So wie alle Mathematiker und Wirtschaftstheoretiker eingeschlossen, bist du blind gegenüber dem Neuen und Unbekannten geworden, noch dazu hast du deine Neugier verloren. Wir sind eine Bande Versager, die sich mit intellektuellen Masturbationen rühmen, sonst nichts.

Weder Wissen, noch irgendetwas, zum Wohle von Natur und Menschheit haben wir erschaffen, was eine Form von Wertschöpfung brachte, stattdessen lahme Vorschläge hier und Verbesserungen dort; pure

Scheiße ist das! Jeden Morgen aufstehen und mit stumpfem Holzschwert so tun, als würden wir auf Jagd gehen, während sich unsere Kühlschrank von alleine füllen, weil wir zu den Privilegierten zählen. Und? Fühlt ihr euch gut damit? Habt ihr Probleme mit Schlaf und Gewissen? Na los, sagt etwas, das zum Nachdenken einlädt!" Leonidas schoss aus allen Rohren.

Geduckt huschte Andy an ihrem Tisch vorbei und schenkte mit gluckernder Flasche Gläser voll. Leonidas rutschte unruhig auf seinem Stuhl herum, als Martin das Wort an sich riss.

„Man kann nicht alle Menschen erreichen! Ja, du kannst sie per TV und Social-Media berieseln, aber in Wahrheit will niemand etwas ändern, solange es ihm gut geht. Nein, man muss es anders machen, schneller und endgültiger." Martin blickte plötzlich wie ein Feldherr in die Runde, dass es allen kalt den Rücken runter lief. „Wie?" Francois hatte überraschend stillgehalten.

„Wenn es so nicht geht, wie willst du was ändern?" Angelo senkte seinen Blick, während er weit weg war, dort, wo seine Familienvorfahren Dinge taten, die er nur ahnte, dessen Eltern wollten, dass ihr Sohn als Wissenschaftler Karriere machte; doch stattdessen lernte Angelo die Börse kennen; mit eigenen Augen sah er, wie Große die Kleinen fraßen, was seiner zarten Seele damals stark zusetzte; wie gerne wär er Maler geworden.

„Liebe Herrschaften, kommen wir zum Hauptgang und passendem Wein." Andy sah quer über den Tisch zum Franzosen und schenkte allen gluckernd ein. Wenn die vier Freunde sonst unterschiedlich blieben, bei Weinen schienen sie sich einig; fett und mächtig mussten sie sein, wie Konfitüre, der den Rachen mit Wildschweinblut, Pfeffer und Höllenkraut austapezierte.

„Wunderbar, was für ein großartiger Wein!" rief Martin und bekam feuchte Augen, endlich seiner Bestimmung zu folgen. Angelo stand auf, holte Luft und sprach aus, was er seit Minuten zerkaute.

„Mafia!" hauchte er über den Tisch. Obwohl leise gesprochen, hatten es alle gehört. Aquarium-Stille, neben ihren Atmungen und Geraschel von Servietten und Tischdecke. Francois nippte am Wein und räusperte sich. Endlich brach Martin das Schweigen. „Wie meinst du, Mafia?" Martin wollte es von Angelo selber hören.

„Nur Bünde die im Verborgenen agieren, lösen Veränderungen aus." Francois und Leonidas sahen Angelo überrascht an, als Andy an den Tisch herantrat.

„Meine Herren, ich habe zwei Entrecôte medium-rare?" Gierig wurden Hände gehoben. „Für mich", riefen Martin und Leonidas.

„Magrêt de Canard bin ich", meldete sich Francois „Und Lamm-Karree für Angelo!" Hungrig machten sie sich über die Teller her. „Guten Appetit und Prost!", rief Martin. „Oui, Santé!", wiederholte Francois, während Leonidas und Angelo mit vollem Mund nickten und die vier Freunde ihre Gläser klirren ließen. Jeder aß und brütete über seine Gedanken.

Martin ließ sie weiterschmoren. Minutenlang kauten sie sich durch ihre Genuss-Trance und tranken vom schweren Wein. Martin hasste hektisches Geschlinge, aber ihm steckte seine Ungeduld in den Knochen. Er wollte es endlich loswerden.

„Also, wie muss ein Bund vorgehen?" Still kauten sie vor sich hin, als hätten sie nichts gehört. Martin spürte, wie ihre Köpfe rauchten. Jetzt hieß es warten, irgendjemand würde anfangen. Angelo preschte vor. „Man muss zuerst Störgrößen identifizieren und vernünftig mit ihnen reden." Beim Wort vernünftig hielten alle inne, und blicken sich ernst an. Gerade wollte Angelo nachsetzen, als Leonidas ihm zuvorkam.

„Man kann sich nicht mit Störgrößen aufhalten, wenn klar ist, welchen Schaden sie anrichten, muss man sie umstimmen, oder unschädlich machen, wie hast du es vorhin genannt? Gärten kultivieren, Pflanzen beschneiden?" Keiner wagte weiter zu kauen. Martin dämmerte, dass seine Freunde richtig lagen.

„Ich habe viel nachgedacht." Ein wenig schimmerte der Feldherr über Martins Haupt. „Es geht im Leben darum einen Sinn zu haben; nehmt Francois, er hat zwei Kinder, ist Professor an einer Uni, für ihn hat das Leben einen Sinn." Angelo schlug als erster in die Kerbe.

„Hast du eine Midlifecrisis, Marty?" und traf unbemerkt Martins innerste Zweifel. „Keine Ahnung, Angelo, darüber mache ich mir keine Gedanken. Die einzige Frage, die mich interessiert ist: Welchen Sinn hat das Leben? Mir ist klar, dass ich etwas bewirken und nicht mehr tatenlos zusehen will."

Alle spürten die Ernsthaftigkeit des Moments. Francois füllte als erster das Vakuum. „Willst du Super-Marshall spielen, Marty? Und wenn, welche Waffen wirst du nutzen, wenn dein UN-Ausweis nicht ausreicht?" Zufrieden blickte Martin in die Gesichter seiner Freunde. „Genau das ist die Kernfrage, Francois, um die sich alles dreht!" Martins Antwort gab dem Franzosen eine Vorlage, die er dankend annahm.

„Okay, lasst uns mal sortieren: Wir haben globale Geldbewegungen, Rohstoffe, Investitionen, Nationen und Krisen, aber Besitzer des gesamten Kapitals sind ein paar hundert Privatpersonen; habt ihr vor, das zu ändern?" Alle spürten Martins Aufbegehren.

„Wir haben drei Milliarden Jahresbudget, können aber in Wahrheit nur wenig bewegen!" Angelo wollte Martin etwas milde stimmen, „Bist du nicht etwas hart?" jedoch mit wenig Erfolg, „Nein, bin ich nicht! Ich bin es leid dabei zuzusehen, wie wir Ressourcen ausbeuten, Volkswirtschaften abwirtschaften und unseren Planeten verpesten, für ein System, das uns Armut, Hunger, Leid, Abfälle und vergiftetes Trinkwasser beschert!" Wieder sahen die drei Freunde das Gesicht des entschlossenen Feldherrn.

„Wow, so kennen wir dich gar nicht!" Angelo staunte beeindruckt. Martin hatte beschlossen sich nicht mehr zu verstecken. „Wir müssen handeln! Das stumpfe Höher und Weiter muss aufhören!"

Francois lauschte konzentriert, während Angelo alles versuchte, damit Martin endlich auspackte. „Indem wir mit den Waffen des Marktes eingreifen! Ich frage euch: Wie können wir ein System verändern, ohne das es kollabiert, bei gleichzeitigem Einverständnis der großen fünf Nationen?" Francois breitete seine Arme aus.

„Das willst du nach reichlich Wein, Essen und Zigaretten beantwortet haben?" Angelo spürte Martins Wut und Ernsthaftigkeit. „Dir ist es ernst, nicht wahr?"

„Ja, todernst!" Gab dieser zurück und Francois schaltete sich wieder ein.

„Zuerst musst du Mindestlöhne und Obergewinne festlegen; die USA schreien sofort Kommunismus, du weißt, dass dann alle Jalousien runtergehen und die Wirtschaft Scheuklappen trägt; angenommen, du kannst allen klarmachen, dass alle profitieren, wenn die Armen mehr vom Gewinn abkriegen, angenommen das klappt, dann müsstest du als Nächstes das Bankmonopol beenden." Angelo fuhr dazwischen. „Das klappt mit Kryptowährung und Blockchain" und Francois ergänzte. „Und du musst eine Überwachung einbauen, die neutral agiert; ihr von der UN könnt das machen, wenn die Mehrheit zustimmt, ihr wäret dann eine indirekte Art Welt-Regierung!"

Martin nickte. „Weiter, weiter!" Francois setzte seine Auflistung fort. „Fachleute braucht ihr, denn wenn ihr steuern wollt, müsst ihr Kompetenzen haben." Alle spürten, wie sie sich einer Antwort näherten und vergaßen Wein und Essen.

„Bleibt noch die Gewalten-Übertragung; das wird am Schwierigsten ein, unabhängig vom steuerlichen Regelwerk, in jedem Fall dauert es Jahrzehnte." Martin bohrte weiter nach.

„Wie lange dauert es?" Francois rollte mit den Augen. „Du drückst aber auf die Tube, Martin! Wollten wir nicht einen netten Abend haben?" Martin unterbrach ihn harsch. „Haben wir, los, schätz das mal aus dem Bauch heraus, was denkst du?" Francois hatte keine Lust sich festnageln zu lassen.

„Keine Ahnung Martin" Bekam aber kein Pardon.

„Es gibt sonst keinen Nachtisch, los, vorwärts, du kannst das; wir machen dann auch noch einen anderen leckeren Rotwein auf." Wieder kratzte der Franzose sich nachdenklich am Kinn.

„Äußerst komplexe Thematik, Mandatserweiterung der UN, bei gleichzeitiger nationaler Reduzierung, eine Aufgabe von Generationen, wenn nicht mehr; Technologien sind nur eine Sache; wie gehst du mit Banken um? Wickelst du sie einfach ab?" Martin fuhr wie ein Feldherr dazwischen. „Nein, die bekommen neue Aufgaben und werden Teil des Systems, ohne es zu besitzen;

ich schätze, so eine Transformation dauert zwanzig bis fünfzig Jahre!" Martin sah die Augen seiner Freunde immer größer werden. Francois nannte den Elefanten beim Namen.

„Das dauert dir zu lange, nicht wahr? Was hast du vor, Martin? Wie willst du mit Allem beginnen, ohne Zeit zu verlieren?" Wieder sah ihnen Martin fest in die Augen und atmete lange aus.

„So lange kann die Erde nicht warten; schön reden und aussitzen war gestern." Leonidas mischte sich ein, „Aber wie, Martin? Wie?" um den Freund anzutreiben. Angelo war der gleichen Ansicht, bekam aber dennoch Bedenken. „Was hast du im Sinn, Martin? Du machst mir Angst, weil das, was du zu tun bereit bist, mit Sicherheit gefährlich ist! Mensch Martin, Konzerne systematisch ausbluten lassen und gezielt Geld aus deren Unternehmen abziehen, kannst du nur, wenn du Konzerne in eine Krise bringst und dann auf fallende Kurse setzt!" Martin unterbrach Angelo abrupt.

„Ganz genau, du hast es!" Angelo sah ihn schockiert an, doch Francois fuhr wieder dazwischen. „Martin, wie willst du das machen? Meinst du nicht, dass du Hilfe brauchst?" Martin zwinkerte die Freunde an, hob sein Glas, „Prost, auf die Zukunft" und lächelte immer breiter. Doch die Freunde bremsten seine Euphorie einer nach dem Anderen aus.

„Wir haben nichts zugesagt!" Doch Martins Optimismus war nicht mehr zu bremsen. „Schon klar, Salute!" Leonidas brachte es auf den Punkt. „Zum Wohl! Du bist auf dem Kriegspfad, lieber Freund!

Alles muss sich ändern

Ein paar Wochen später, eine andere Megacity. Auch sie stank nach Verzweiflung und machte Menschen einsam, zu Trinkern und schlussendlich verrückt. Jeder kämpfte ums Überleben. Überall machte sich Angst und Wahnsinn breit. Es dauerte, bis Martin verstand, dass auch er im Hamsterrad steckte.

Hin und wieder ahnte er, dass etwas falsch lief, aber nur Bruchteile von Sekunden, so, als wenn er auf eine Leinwand starrte, auf der er seinem Leben zusah. Doch bevor er den magischen Moment erfasste, war er schon wieder vorbei.

Martin musste handeln. Schon lange beobachtete er, mit welchen ungleichen Waffen Kapitalismus und Politik arbeiteten. Längst saß das Großkapital in Regierungen und korrumpierte alle Systeme. Nur wenige erkannten den wahren Krieg - Reich gegen Arm!

Doch wie konnte er einen globalen Markt regulieren? Martin sah nur einen Ausweg: Die Riesen mussten schrumpfen oder sterben! Letzteres war für alle am Besten. So konnte man dem Markt die großen Kadaver zum Fressen vorwerfen. Zum Kreislauf des Lebens gehörte auch der Tot. Alles hatte Anfang und Ende.

Wild wie ein Schweineschwanz zuckte die City, wie ein wahnsinniges Ding, das den Verstand verlor und das in den letzten Zügen lag. Drückend, wie eine gusseiserne Glocke hing die Sommerhitze über der Stadt. Angst und Schmerzen sprossen wie Pilze und hinterließen Narben, bis alles sein Ende fand. Feucht wie ein tropisches Dampfbad stand die Luft in den Straßen. Es erinnerte Martin an den Hühnerstall der Großeltern. Unvergleichlich Staub und Gestank, die tägliche Tretmühle der Tiere. Eier formen und legen, schnell fressen und kacken. Stolze Hähne, die uhrwerkgleich den ewig-jungen Morgen anschrien und mechanisch-stolze Runden in zu engen Käfigen drehten. Allmorgendliches Festkrallen im Nacken geduldiger Hühner, bis ihre Bedürfnisse an Druck verloren, um als stolze Soldaten ihre Runde fortsetzten. Tödliche Routinen überall. Ausreißen aus gesellschaftlichen Normen, das Perpetuum-Mobile des Wahnsinns blieb nichts für zarte Seelen.

Eingebrannt in Martins Erinnerungen, die raschelnden Hühner, wie sie im Stroh nach Körner suchten, hin und wieder was vom Boden pickten, gleich einem gefiederten Uhrwerk; das Rumgeflattere, die ruckartigen Bewegungen und Kopfdrehungen, an Soldaten und kleine Maschinen erinnernd; kleine Spielzeuguhren, täglich von der Natur neu aufgezogen, um zu produzieren, inmitten riesiger Berge voller Federn, Unrat, herumkrabbelndem Ungeziefer und Getier, ein ewiger Kreislauf.

Lange hatte Martin Panik vor Hühnern, nachdem er eines Tages seinen Großvater beobachtete, wie er die Tiere brutal an Beinen packte, als sein sie hölzerne Marionetten eines wahnsinnigen Kasperletheater, die er mühelos jederzeit zerbrechen konnte; wie Martins Großvater die Vogel schleuderte und schleuderte; noch eine Umdrehung und noch eine; wie das Federvieh andächtig schwieg; wie der kleine Martin tief drin hoffte, dass der Großvater hoffentlich nie aufhörte; wie sein Herz immer lauter schlug und er die rotierenden Vögel beobachtete; husch-husch-husch; wie gern wär Martin woanders gewesen; wie sich der Wind plötzlich legte und mit Rosenfingern über die Felder strich; wie die ganze Welt die Luft anhielt und die Wolken ermahnend zusahen, als in Zeitlupe, zwei Schmetterlinge hinter des Großvaters Rücken vorüberflogen und besorgt zu Martin herübersahen und ebenso versuchten, den schweren Holzklotz zu übersehen, dessen Untergrund feucht glänzte, von dem eine dunkle Ahnung ausging; husch-husch-husch; wie Martin aus den Augenwinkeln etwas aufblitzen sah, dass die Schmetterlinge erschraken und fluchtartig wegflogen, hinfort vom Großvater, dessen Schatten immer länger wurde, dessen Arme immer weiter ausholten; Karussell des Unheils, das mitten in der Drehung zum Stehen kam und Martin ein markerschütterndes Krachen und verzweifeltes Trompeten hörte, als sein Ur-Großvater ein Lebewesen tötete.

Noch Jahre später hegte Martin Hoffnung, dass es Hirngespinste seiner Kindheit waren und dass es Zufall blieb, dass es nach Eisenglut roch, die sich über den Holzklotz goss, während Martin den Schmetterlingen hinterherlief, um der brutalen Welt zu entfliehen.

Noch heute erschrak er, wenn er Federn, oder die

Heerscharen asiatischer Imbissbuden sah, die mit hektisch-militärischen Großstadt-Symphonien an Federvieh erinnerten und geheimnisvoll-schimmernde Glasnudeln kochten, die an Quallen und Planktonsperma erinnerten.

Alles alterte im Zeitraffer.

Überall blätterte Glanz, geborstener Krokant verrottender Schiffswracks, zu Grabe getragen bei sengender Hitze. Überall Abfall und Müll. Unbarmherzig fraß sich Gestank von vergorenem Lebensmitteln und abgestandenem Urin in Hirn und Nase und verseuchten Martins Hirn mit unbarmherzigen Bildern, die ihm klatschend vor die Füße fielen.

Schon immer liebte Martin Patina mehr als jeden Glanz. Überall hingen Klimaanlagen wie lieblos an die glühenden Mauern geschraubte Rucksäcke, die fleißig um die Wette summten. Hier und da senkten manche ihre erschöpften Köpfe. Hupen, Quietschen, Krach und Lärm, Qualm, dichter Nebel und Smog, vollgesogen vom Gekreische heulender Motoren, der totale Overkill!

Ungezählte Scooter rasten Wege in den Großstadtkörper. Fahrräder klingelten um die Wette, Rollstuhlfahrer flohen um ihr Leben und schaukelten um rettende Ecken, bevor Busse sie überrollten. Autos hetzten mit Lieferwagen um die Wette, die wie festgezurrte Schiffe träge an Bordsteinen schaukelten und hin und wieder verzweifelt an ihren Leinen zogen.

Staus, die zu ungeahnten Ausmaßen reiften. Hupkonzerte, das sich die Augen vor Schmerzen schlossen. Abgase, Lärm und Müllgeruch krochen durch die Ritzen und verstopften Geister und Seelen. Martins flackerndes Smartphone machte seine App nahezu unbrauchbar. Jeder schien austauschbar zu sein, hatten doch alle schon vor Jahren ihre letzten Reste an Persönlichkeit verloren.

Beim zehnten Versuch hatte Martin Erfolg. Er buchte einen abgerittenen Chevrolet, der nur ein paar Kurven weiter in einer Seitenstraße stand. Schnell fand er sie und öffnete die schwergängige Fahrertür. Kalter Rauch, Feuchtigkeit und ein Hauch asiatischen Essens empfangen ihn mit tropischer Umarmung. Nachdem er einen sechsstelligen Code in das gesplitterte Display eingab leuchtete eine grüne Lampe auf.

Wieder so eine Navigation, die einen mit blecherner Frauen-Stimme durch das verstopfte Stadtzentrum hetzen ließ, dachte Martin. Minütlich drohte es wie ein geblähter Darm zu platzen; auch das Atmen fiel zwischen Krach, Gestank und der Hektik schwer, weswegen Martins Gesichtszüge regelmäßig einfroren.

Langsam bohrte er einen labyrinthartigen Weg durch die Stadt, Ampeln, Kreisverkehre und Hupen im ständigen Wechsel. Monsunartiger Regen prasselte nieder. Martin ließ seine Gedanken baumeln. Blind den Navigationsanweisungen vertrauend, fand er Weg und Parkplatz, den er schwerlich am verdreckten Straßenrand, zwischen ungezählten Zeitungsschichten glattgebügelter Bordstein-Übergänge erspähte, die an überdimensionale Bäder erinnerten. Dabei glichen sie mit der Garnierung aus Dreck, Glas, Zigaretten und Schmutz stacheligen

Mondlandschaften. Beim Aussteigen sah Martin herunter-gekommene Wohnblöcke. An den milchigen Scheiben lief Feuchtigkeit herunter. Er streifte durch ein paar Straßen und fand sein Hotel.

Es war eines dieser Runtergekommenen, vor denen Taxifahrer nur ungern hielten. Schon vor langer Zeit gehörten gute Tage zur Vergangenheit. Genau Martins Geschmack: Kein Glamour und Glanz, stattdessen billig und verwohnt, nach Linoleum, Essen und Urin riechend, verströmte es dabei einen letztem Hauch alter Eleganz.

Martin erinnerte sich an den Abend mit seinen Freunden. Er dachte an die Vergangenheit mit all den Luxushotels, in denen er mit den Reichen und Mächtigen residierte. Auch er fing nach einer Weile an zu glauben, die Erdachse verbiegen zu können. Denn die edlen Hotels verhinderten nicht, dass Martin spürte, wie er immer mehr verkümmerte. Millionenspesen verzögerten zwar die Erkenntnis, aber verhinderten sie nicht.

Ungezählte Einladungen flatterten ins Haus. Gratis-Urlaube auf Yachten und mondänen Chateaus, in Saus und Braus lebte er und bewirkte am Ende, nichts. Höflich und diskret gab er Empfehlungen, jeder wahrte sein Gesicht. Am Ende hieß es, Business as usual, alles blieb wie immer.

Irgendwann begriff Martin, dass niemand der Reichen und Mächtigen Veränderungen wollte. Wie eh und je hielten sie im Hintergrund die Fäden zusammen. Zu verlockend blieb Geld und Macht. Schöne Frauen, tolles Essen, großartige Weine und neue Kontakte mit

Gleichgesinnten. Bald stießen ihn Luxus und Glamour ab. Martin zog Kubanisierung vor, der langsame Verfall von Mensch, Architektur und Natur.

Verkommene Gärten, mit langsam sterbender Umgebung liebte Martin, wenn erster Hauch des Todes, Bescheidenheit und Gelassenheit ausstrahlte und daran erinnerte, dass alles Teil des großen Niederganges blieb.

Nichts fand Martin anmutiger, als die Stille Pracht untergegangener Zivilisationen, die mit versteinerten Ruinen-Anlagen Zukunft erspüren ließ und mit verständnisvollem Lächeln schweigend Erfahrung anbot, die man schon seit tausenden Jahren in den Wind schlug, obwohl alle spürten, dass mit jedem Tag ungenutzte Weisheit starb. Mit letzter Kraft bäumte sich die Menschheit gegen das Unabwendbare auf, dass unser Ende hoffentlich noch in weiter Ferne lag.

Martin schlenderte den Trottoir entlang. Mit hohlem Geräusch zog er seinen Trolley hinterher, der wie ein Straßenköter jede Bordsteinkante nutzte, um ihn umzustimmen. Nach wenigen Minuten stand er vorm Hotelportal. Matte Neonröhren tauchten es in schummrige Pastellfarben. Langsam erklomm er Treppe und gläserne Drehtür, die sich wie eine alte Windmühle drehte und ging zielstrebig zur Rezeption, um einzuchecken.

Martin sah sich um. Palmen standen gelangweilt herum. Braune Blätter zeigten, dass sie zu wenig Wasser bekamen. Alte Holzdielen knarrten unter den Füßen. Ein paar Bilder hingen eingezwängt in schweren Goldrahmen an den Wänden. Zu schwer für sein Geschmack, aber hübsch und stilvoll kombiniert, mit ein paar moderneren Exemplaren. Zwei Sofaecken luden mit flachen Glastischen, Magazinen und Zeitungen zum Ausruhen ein. Martin ging zum Empfang und wurde freundlich willkommen geheißen. „Guten Abend, hatten Sie eine angenehme Anreise? Und eventuell noch weiteres Gepäck?"

Ein höflicher leicht ergrauter Mittfünfziger begrüßte ihn. Einen Meter und achtzig war er vielleicht, ungewöhnlich fein und aufmerksam im Auftreten. Bestimmt diente er schon in glanzvolleren Häusern, vielleicht bei einer Lordschaft, mit Ländereien, Pferden, Jagdhunden und eigener Küche. Hatte er eventuell etwas mit einem Hausmädchen, oder der Köchin und musste deswegen gehen? Vielleicht aber verstarb sein Lord auch oder ging pleite, dass er sich umorientieren musste. Sein akkurater Seitenscheitel versuchte schüttere Stellen zu verdecken, was nicht gut gelang und ihn älter wirken ließ. Schmale zusammengepresste Lippen schienen gewohnt zu erdulden und zu schweigen. Blassblaue Augen mit Rändern und faltigen Ufern ließen erahnen, dass sein Pflichtbewusstsein immer noch nicht erloschen war.

Er trug keine Ringe an den Händen. Nicht mal ein verblasster Schatten erinnerte an gemeinsames Aufwachen. Einziger Schmuck blieb eine schlichte flache Uhr am Handgelenk. Martin antwortete „Guten Abend, ich habe ein Zimmer reserviert.", und vergaß doch tatsächlich seinen Namen zu sagen.

Doch auf das Pflichtbewusstsein des Bediensteten konnte Martin sich verlassen. „Auf welchen Namen, bitte?" Martin hatte schlecht geschlafen, versuchte aber dennoch sein Möglichstes, respektvoll mit ihm zu sein. Er hasste Menschen, die mit anderen redeten, als seien sie Menschen zweiter Klasse.

„Horus, wie der Vogel", gab Martin zurück, sein üblicher Wortwitz. „Kleinen Moment, das haben wir gleich", gab der Mann von der Rezeption höflich zurück. Er wirkte erfüllt, dienen zu dürfen. „Wo habe ich die Reservierung, kleinen Moment noch bitte. Ah ja, hier ist sie, und da haben wir auch die Schlüssel, bitte sehr." Martin mochte den Mann. „Vielen Dank!" Einen solch angenehmen Menschen hatte er schon lange nicht mehr getroffen. „Frühstück gibt es von sieben bis elf." Leider traf man sie selten in Führungspositionen. „Sehr angenehm! Ja, ganz furchtbar diese morgendliche Hektik, finden Sie nicht auch?" Martin machte Konversation. „Schon vor Jahren änderten wir die Zeiten, als immer mehr Gäste spätes Frühstücken bevorzugten. Auch unsere Kunden haben sich verändert" Er freute sich über die angenehmen Umgangsformen, „Wem sagen Sie das, wir sind alle nicht mehr die Gleichen", und fand, dass er sehr untertrieb. Offenkundig musste er schon länger hier arbeiten, wenn er sich daran erinnerte.

„Da haben Sie wohl Recht, geschätzter Herr Horus. Genießen Sie ihren Aufenthalt und sollten Sie etwas brauchen, lassen Sie es mich wissen."

„Vielen Dank." Martin nahm seinen verbeulten Koffer und nahm statt des Aufzugs die knarzende Holztreppe. Je höher er die ausgetretene Wendeltreppe empor ging, verstand er, dass Menschen Fehlentscheidungen brauchten, um sich weiterzuentwickeln. Er wusste, dass die Menschheit in einer Sackgasse war. Ihr Untergang schien nur noch eine Frage der Zeit. Wohin Martin auch sah, überall nur Bürokraten und leere Anzüge.

Leidenschaftslos verwalteten sie wachsenden Nationalismus und zackig gebrüllte Lieder, während sie Interessen und Vergangenheit behüteten, die verhinderten, die eigene Zukunft zu gestalten.

Martin ahnte, dass die Zeit der höflichen Rederei zu Ende war. Vergeblich suchte er Moral, doch was half sie gegen den Sturm globaler Gier? Eines Tages dann sah er glasklar. Während eines kurzen Moments, verstand er, dass Gier ständig nachwuchs. Gerechte und faire Geschäfte, noch dazu ökologische? Alles Marketing-Scheiß, nichts als heiße Luft. Wer Gutes im Sinn hatte, tat es einfach und redete nicht groß davon.

Martin erinnerte sich an die letzte Vollversammlung der Vereinten Nationen. Drohend wie Zeus donnerte er von der Kanzel. Er referierte über Arroganz und Wirkungslosigkeit ihres Elfenbeinturms, der ergebnislos blieb. Er griff ein paar schillernde Persönlichkeiten an, die anwesend waren und bezichtigte sie des Versagens. Vor aller Augen ohrfeigte er ihre Heuchelei und den Luxus, den sie überall genossen und dafür sorgten, dass alles wie immer blieb.

Er hielt ihnen destruktive Beeinflussung und Gier vor und wie zerstörerisch beides in Kombination mit scheinheiliger Zurückhaltung blieb, unabhängig davon, dass es eine Lüge blieb, wo sie doch selber aus goldenen Bechern tranken! Martin ereiferte sich so sehr, dass er fast gekotzt hätte. Langes Schweigen herrschte nach seinem außergewöhnlichen Vulkanausbruch. Still verließen alle den Saal. Ein paar wütende Gesichter blickten drohend zu Martin. Nur wenige nickten anerkennend. Nach und nach beruhigte sich die Lage.

Martin fühlte sich erleichtert. Sollten sie ihn feuern, ihm war alles egal. Es wurde still um ihn. Doch plötzlich durfte er sein Team vergrößern. Viele neue Leute stellte er ein. Doch die tägliche Bürokratie half, dass sie all ihre Ideale vergaßen. Noch dazu hatten sie keine Ahnung, worauf sie sich einließen, wenn sie im Terrarium der gefräßigen Echse standen.

Martin erkannte, dass sie ahnungslose Wärter im Finanz-Zoo blieben, dessen Käfige immer offen standen. Interessante Leute waren dabei: Ein paar Politiker und feinsinnige Intellektuelle. Einige Analysten, für den todsicheren Super-Deal und Top-Manager mit Netzwerk, bereit für die nächsten Elefantenhochzeiten. Ein paar kannte Martin von früher, doch sie gaben schnell auf und wechselten wieder zur dunklen Seite des Geldes. Christine, Ian und Antoine verzockten sich gründlich während der Corona-Krise 2020.

Es hagelte Milliardenverluste.

Eines Abends traf er Christine, gezeichnet vom jahrelangen höher und höher fliegen, von einem Deal zum Nächsten. Doch eines Tages kam ihr erster schwarzer Schwan. Es hagelte Milliardenverluste. Hunderte Firmen gingen Pleite. Bald hagelte es Droh-Mails. Schnell folgten Plattfüße und eingeschlagene Scheiben.

Dann Polizeischutz.

Seitdem schlief sie nur noch mit Medikamenten. Immer mehr verlor sie Gewicht. Bald übernahm ihr Gewissen die Kontrolle: Sie dachte an all die Menschen, deren Geld sie vernichtet hatte. Am darauffolgenden Tag nahm sie ein Abschleppseil, band es um die Treppe im ersten Stock und erhängte sich.

Kein Abschiedsbrief. Kein letzter Wille. Nichts, blieb von ihr übrig, was an sie erinnerte. Martin verstand sie. Dafür war Ians Weg steiniger und schmerzlicher. Er lief weg, versteckte sich in Schottland und trank sich zu Tode. Es dauerte zehn Jahre.

Bei Antoine ging der Pariser Geldadel ein und aus. Alle vertrautem ihm. Sie mochten seine Eloquenz, seinen Charme. Besonders die Damen der feinen Gesellschaft. Dann sein Absturz in 2020! Renommierte Familien bluteten und verloren fast alles.

Und plötzlich war Antoine weg! Martin holte Erkundigungen ein, doch niemand wollte reden. Offensichtlich wollte irgendjemand mehr als nur eine Entschuldigung. Das Gleiche bei Tom und Ismael. Sie wechselten die Seiten, doch später besuchte niemand ihre Gräber. Die Feinsinnigen spürten, wenn sie sich zurückziehen mussten. Alle anderen endeten an Flasche oder Strang.

Martin saß auf dem durchgelegenen Bett und sah auf die Betonfassade gegenüber, die mit dem Regen um die Wette glänzte, während er den dunkel schimmernden

Wolkenkratzer betrachtete. „Poliertes Image, die einzig wertvolle Ware", murmelte er halblaut vor sich hin, während eine Bahn auf dem hochbeinigen Stahlgerüst vorbei schaukelte. Schief verbaute Schienen ließen sie holpern und schreien, wie eine Katze, der man auf den Schwanz trat. Funken stoben wie Leuchtraketen auseinander, wenn Strom aufs heiße Eisen drückte und mit Fett verbrannte.

Ein paar dicke Tropfen kündigten den nächsten Wolkenbruch an. Seufzend atmete die Stadt erleichtert auf, konnte sie sich endlich Schmutz und Dreck herunter waschen. Pflanzen hoben ihre verschmorten und staubigen Köpfe. Sterbende Straßenlampen flackerten psychedelisch, ihr letztes Aufflammen in Demut erwartend. Hunde kläfften um die Wette, bis sie heiser aufgaben und auf den nächsten Morgen warteten, der mit vollen Näpfen lockte. Hier und da hörte man Glas zerspringen und Flaschen klirren, Frauengekeife und wund geschriene Männerkehlen. Manche aus Verzweiflung, Angst und Panik, einige aus Wut und Zorn. Ein paar Türen wurden donnernd zugeschlagen und zu Kleinholz verarbeitet.

Irgendwo hörte Martin leises Schluchzen. Struppige Katzen streunten herum und balgten sich vor Mülltonnen. Ihr Fauchen und Schreien ließ erahnen, nirgendwo waren Sieger in Sicht.

Martin zog sich aus und nahm eine Dusche, um Schmutz und Verdorbenheit abzuwaschen. Wie Pech und Schwefel klebten sie an ihm und nagten an den Knochen. Er wusch und rasiere sich. Martin liebte es, wenn seine

Haut unter dem heißen Wasser errötete. Heißer Dampf ließ die Scheiben seines Hotelzimmers beschlagen, während die nächste ratternde Bahn mit leuchtenden Fenstern vorbeiflog. Martin stieg aus der Dusche, ging zum Fenster, schob den Vorhang beiseite und blickte nach draußen. Ein weiterer Zug kam vorbei gerumpelt, diesmal aus entgegengesetzter Richtung.

Verstohlen grüßte er mit müde blinzelnden Lampen. Leere Gesichter starrten leblos aus der anonymen Unendlichkeit des Waggons. Martin bildete sich ein, dass ihn glanzlose Augen fragend ansahen und begann seine Fußnägel zu schneiden.

Lange Fußnägel fand er widerlich. Martin ekelte sich davor. Ungepflegte Fußnägel erinnerten ihn an alt und gleichgültig werden. Als er fertig war, legte er die Schere in die Kulturtasche, blickte seufzend nach draußen und begann sich einzucremen. „Männer müssen Acht auf sich geben", ermahnte er sich, steckte eine Zigarette an, schüttete Scotch ins Glas und fischte Eiswürfel aus dem Chromkübel. Der brüchige Glasrand erinnerte Martin an Zahnausfall. Er stellte unterdessen große Taschen aufs Bett, griff in die erste, zog eine schwarze Pistole heraus und überprüfte ihre Funktionsfähigkeit.

Vor Jahren schon hatte er heimlich begonnen, wie ein Besessener zu trainieren. Zu anfangs war es reine Neugierde. Niemand wusste davon, doch bald begann er mit Munition herum zu experimentieren und ließ sich von einem Ex-Militär beraten, der sein Trainer und heimlicher

Vertrauter wurde. Der pensionierte Major eines Sonderkommandos mochte den stillen Intellektuellen. Schnell spürte er, welch Vulkan unter der Oberfläche brodelte. Bald trafen sie sich täglich. Erst stand Waffenkunde und Training auf dem Programm, dann Techniken für Nahkampf. Martin war fasziniert, wie konsequent Antiterroreinheiten vorgingen.

Zufrieden legte Martin die schwarze Pistole in die Tasche zurück und griff in die Große. Behutsam packte er Schalldämpfer und Zielfernrohr aus, die wie Juwelen eingepackt waren. Martin nahm einen Schluck Whisky und zog an der Zigarette, bevor er sie entschlossen ausdrückte und gedankenversunken seinen Blick in die Ferne schweifen ließ. Er hatte gute Laune und zog Hemd, Jackett und Hose an. Nachdem er sich ausreichend Geld in die Tasche steckte, sah er in den Spiegel und schmunzelte. „Heute machst du dir einen netten Abend!", murmelte er und schritt leichtfüßig die Treppe herab, ein Lied dabei pfeifend - The show must go-on! Freddie hatte Recht, grübelte Martin. Vermutlich hatte in diesem etwas heruntergekommenen Hotel seit Jahren keiner mehr gepfiffen. Wer hier wohnte liebte Melancholie, sowie den Untergang. Martin konnte sehen, dass die Hoteleigentümer Lebenserfahrung hatten. Sie wussten was Menschen schätzten. Man konnte ihnen abgewohnte Wände, durchgefurzte Sofas, durchgelegene Betten und Stühle mit krummen Dackel-Beinen geben, sogar Plastikblumen und erdige Klobürsten mit und ohne Spinnweben schienen keine Probleme zu machen, solange sie gefüllte Bars mit sauberen

Gläsern fanden. „Irgendwelche Nachrichten?", fragte Martin den sympathischen Mann an der Rezeption, „Nein, Herr Horus, nichts", der freundlich lächelte und den Kopf schüttelte. „Haben sie vielen Dank, bis später", antwortete Martin, ging hinaus in die Dunkelheit und schlenderte die Straße entlang.

Mild und kühl war die Nacht, die Hitze des Tages längst zu den Sternen aufgestiegen. Nach einer halben Stunde fand Martin eine Bar. Keine schicke Location, eher was für Stammgäste.

„Passender Name, Bacchus! Gefällt mir", summte Martin, als er die Holztür aufdrückte und einen schweren purpurroten Vorhang beiseiteschob. Völlig unerwartet berührte seine Nase den dicken Stoff, als ein gewaltiges Kaleidoskop voller Gerüche und Bilder durch seinen Kopf ratterte. Da war Zigarren-Qualm, der mehrere Jahrzehnte alt sein musste, als hätten Indianer-Generationen Friedenspfeifen herumgereicht. Essen in allen denkbaren Variationen hatten sie hier schon serviert. Dunst von Millionen Flaschen Wein, Schnaps und Bier, der sich als Erntehelfer, bei der Aufzucht beeindruckender Erdbeernasen bewehrte. Doch all das wurde vom beißenden Geruch ungezählter Männerhände übertroffen, die dem Vorhang durch fehlendes Händewaschen eine markerschütternde Würze schenkten. Ein Schwall Musik ergoss sich über Martin, als er den schweren Vorhangstoff durchschritt. „Gute Musik, Lee Hazlewood, Look at that Woman!", rief er ausgelassen. Überall weinselige Unterhaltungen. Hier und da Scheppern, Quietschen und Gläserklirren. Martin hörte lautes Männer- und Frauengelächter. Lächelnd ging er an den Tresen, über den eine Bardame und ein Barkeeper herrschten. Zwei gezeichnete Gesichter. Er um die Sechzig, sie Anfang Fünfzig. Fragend sah sie Martin an.

„Scotch mit Soda und Eis", rief er zurück. Geübt füllte sie Gläser, während sie eine Sodaflasche vor ihn stellte. Martin goss mit dem prickelnden Wasser auf, nahm einen ersten Schluck und sah sich um. Links neben ihm standen zwei Männer, vielleicht Mitte Vierzig, Anfang Fünfzig. Zwischen ihnen ging es hoch her, sie stritten mit einer Menge Wut im Bauch.

Auch die Musik änderte ihre Gangart, Astronomy Domine von Pink Floyd. Auch beim Hundersten Mal haute Martin das Stück um! „Sid Barrett war ein Genie!" raunte er andächtig und sah sich andere Tische an. Rechts standen Paare und Einzelgänger. Langsam schweifte sein Blick in den Spiegel hinterm Tresen und sah Falten und kleiner werdende Augen, die noch immer neugierig und wach in die Welt blickten.

„Schön, dass es noch solche Läden gibt", runzelte Martin die Stirn und ließ seine Seele baumeln und beobachtete die Gäste. Alle hatten in ihrem Leben schon mal was abbekommen. Mit den Jahren wuchs auch unsere Zurückhaltung. Nach und nach nutzte sich die Hysterie unserer jungen Jahre ab. Man war zwar noch voller Leben, aber weniger arrogant. Aber manche merkten nicht, wie viel Glück sie hatten, genau die nervten am Meisten. Sie begriffen das Leben nicht. Ständig suchten sie nach Komfort, Zerstreuung, Konsum und Dekadenz, um sich abzulenken. Immerzu redeten sie den Bescheidenen rein und erklärten wortgewaltig, was zu tun und zu lassen war. Typen wie Stiffort, die zu lange an den Hebeln der Macht saßen. „Geld und Macht blieben toxisch, längst glaubten sie Gott, oder Ähnliches zu sein", schwelgte Martin in seinen Gedanken.

Plötzlich riss ihn lautes Klirren aus seinen Gedanken. Irgendwo ging Glas zu Bruch, dem Klang nach eine Flasche. Stühle wurden beiseite gestoßen, Martins Alarmglocken klingelten. Suchend blickte er sich um. Dann Entwarnung: Zwei Frauen schrien und kreischten sich an. Doch alle blieben entspannt, während der Barkeeper die Musik lauter drehte.

Die Stones liefen – Satisfaction. Martin freute sich immer mehr. Mittlerweile hatten die Typen links von Martin ihre Wut rausgebrüllt und ein paar weitere Gläser getrunken. Plötzlich sprang der Untersetzte auf, schrie seinen Kumpel an und schlug ihm unerwartet mitten ins Gesicht. Schwer fiel der Getroffene vom Hocker, kam aber wie eine Katze auf die Beine.

Für Sekunden stierten sie sich an. Martin meinte ein Lächeln auf ihren Gesichtern zu sehen, vermutlich konnten sie ein paar alte Rechnungen begleichen. Schon stießen sie sich gegenseitig weg; der eine griff einen Barhocker und holte weit aus; gerade noch rechtzeitig konnte Martin sich ducken und spürte den Luftzug, als der Hocker an seinem Kopf vorbeipfiff. Nervös sah die Bardame zu ihm rüber. Martin lächelte und schüttelte den Kopf:

Schon entspannte sie sich. Krachend ging der Holzstuhl über dem strauchelnden Kerl zu Bruch; der andere Kater setzte nach, verpasste ihm einen üblen Haken und rammte ihm das Knie in die Körpermitte. Wie ein Taschenmesser klappte der Getroffene stöhnend zusammen. Alles ging blitzschnell und zeitlupenhaft zugleich. Wie mit einer Sense trat der am Boden liegende dem Stehenden die Beine weg, der krachend in den Holztrümmern landete. Zwar schlugen sich die zwei Streithähne noch am Boden weiter, doch ihr Gerangel zeigte bereits erste Ermüdungserscheinungen. Auch die Bardame witterte Morgenluft und kramte hektisch in einer Schublade unterm Tresen herum, während der Barkeeper dem Gerangel selig zulächelte. Neugierig sah Martin dem Ganzen zu, gab aber zugleich Acht, dass man ihn nicht mit reinzog. Plötzlich bellte ein krachender Schuss!

Totenstille. Alles erstarrte zur Salzsäule und blickte sich um. Niemand lag am Boden, keiner hatte ein Loch im Bauch. Martins Ohren piepten nach diesem blitzartigen Knalltrauma. Aus den Augenwinkeln sah er den schweren Revolver, den die Bardame immer noch mit zitternden Händen über ihren Kopf hielt.

Dem heimlichen Drill mit dem Ex-Militär Tribut zahlend, war Martins rechte Hand beim Schuss in die Jacke geschossen und hatte seine Pistole im Holster entschlossen gegriffen, was der Bardame nicht entgangen war. Vorsichtig musterte sie ihn von oben bis unten, bevor sie sich den zwei Raufbolden widmete. „Ihr verdammten Penner! Räumt euren Kram zusammen, trinkt aus, zahlt und verschwindet! Lokalverbot für vier Wochen, kapiert?", fuhr sie die beiden Kater an und erntete stummes Nicken und beschämtes zu Bodenblicken. Wie ungezogene Jungs räumten sie ihr Kleinholz zusammen, gaben sich die Hände und tranken ihre Gläser brav leer. Gerade lief Yello, „The Rythm Divine" mit Shirley Bassey, als Martin von der Bardame rau von der Seite angesprochen wurde.

„Noch'n Scotch mit Soda?" Leise nickte er ihr zu, „Ja, bitte" und öffnete den Anhang einer E-Mail auf seinem Smartphone. Martin blickte auf das neueste Ranking-Update. Wieder blieb Stiffort Nummer eins.

„Merkwürdig", murmelte Martin.

„Egal wie wir die Parameter drehen, immer steht Stiffort ganz oben!" Zum ersten Mal fragte er sich, wie es wäre, ihn durch ein Zielfernrohr zu beobachten. Wie fühlte es sich an, wenn das ganze Leben für Bruchteile einer Sekunde vorbeizog? Vergab man sich selbst und der Welt, im magischen Moment? Oder ging man störrisch, gar zornig, weil unerfüllt, mit der Erkenntnis vergeblich gelebt zu haben? Verzweifelte man, wenn man begriff, dass der Vorhang gerade dabei war für immer zu fallen?

Ein Mann der Macht

Martin saß im obersten Stock eines gewaltigen Wolkenkratzers. Er hatte mehrere Sicherheits-Checks über sich ergehen lassen und ärgerte sich über die zunehmende digitale Transparenz, alles unterm Vorwand von Gesundheit und Sicherheit.

Jeder legte Profile von jedem an.

Kaufte man Biomilch, vegane Wurst und Nahrungsergänzungsmittel, musste sich niemand wundern, wenn er am nächsten Tag Werbung vom WWF im Postfach hatte. Transparenz schien alles zu sein. Doch niemand hatte die entscheidende Frage nach dem Warum? beantwortet.

Gesundheit und Sicherheit verkamen zum Totschlagargument Nummer eins. Alles legitimierte es, egal ob Ausnahmezustände oder das Verschwinden freier Journalisten, während das Volk zuschaute, wie Machthaber Freiheit und Demokratie langsam töteten!

An ihre übriggebliebenen toten Hüllen dachten wir nur, wenn wir uns wieder menschenverachtenden Sicherheits-Checks an Flughäfen unterzogen.

Martin saß umgeben von chinesischen Bodenvasen und daumendicken Teppichen in dezentes Licht getaucht und observierte seine Umgebung. Fotos mit berühmten Politikern hingen an den Wänden, die gesamte Weltelite schien hier ein und aus zu gehen.

Martin hatte ein Interview mit dem mächtigen CEO John Stiffort. Seine Freunde nannten ihn Stiff.

Ein Typ mit Narrenfreiheit bei Aufsichtsräten, Staaten, Politikern, Medien oder Börsen. Sein Vertrauenskredit, der die gesamte Weltwirtschaft umspannte, beruhte auf seinem Charisma und seine Tendenz, immer Klartext zu sprechen und klare Kante zu zeigen. Ein stromlinienförmiger Wirtschaftspolitiker, dessen Abgang niemand bemerkte, schien er auf keinen Fall zu sein.

Auf beeindruckende Weise baute er einen weltweit operierenden Mischkonzern, der mittlerweile Schwerindustrie, digitale Technologien, Banken, Rohstoffe und Mediengruppen gekauft hatte, um nur Jahre später den weltweit wertvollsten börsennotierten Konzern der Welt erschafft zu haben.

Martin hatte weder Agenda, noch vorgekaute Fragen, stattdessen nur eine Überschrift als roten Faden vorgeschlagen. Unvorbereitet klang für viele unprofessionell, aber für Martin war es das Gegenteil. Es bedeutete, dem anderen Respekt erweisen und sich auf ihn einlassen. Nur wenige sahen es wie er.

Professionell sein, bedeutete für Martin, dass man Erfahrungen öde herunternudelte, während andere der Selbstbeweihräucherung zusahen. Martin hatte wenig Verständnis dafür, stattdessen hatten Phantasie, Improvisation und Inspiration immer Vorfahrt bei ihm.

Neugieriges Laientum blieb für ihn das Beste auf der Welt, nicht zu verwechseln mit Unwissenheit. Es bedeutete, jeden Tag wie den Letzten zu entdecken. Wahrhaftiger konnte man nicht sein. Neugierige Laien veränderten die Welt! Losfahren, ohne das Ziel zu kennen, aus diesem raren Holz blieben Pioniere und Eroberer gemacht. Man musste sich was trauen und bereit sein, Scheitern zu ertragen. Sich vorbereiten blieb etwas für Anfänger! Man beherrschte sein Metier, oder eben nicht. Stiffort hatte vierzig Minuten Verspätung. Seine Assistentin bat um Entschuldigung, der Luftraum wäre überraschend voller als sonst. Außerdem gab es nach den vielen Viren-Krisen immer noch limitierte Slots, weswegen Stiffort später als geplant landete.

In der Zwischenzeit gab es Café und Gebäck von ganz ausgezeichneter Qualität, wie Martin fand. Stiffort kam Martin dafür entgegen, da er sich für ihn den Rest des Tages freihielt.

Ungezählte Male fragte sich Martin, wie er am besten vorging. Stiffort glich einer Katze mit vielen Leben. Immer war er top informiert und vernetzt. Verlieren, zweiter werden, sich einer fremden Strategie unterordnen, schien für ihn ausgeschlossen. So etwas entsprach nicht seinem Charakter.

Warten konnte er scheinbar nur, wenn Stiffort sicher war, dass er bekam, was er wollte. Einzige Ausnahme bildete sein Desinteresse, was man schnell am Rückzug erkannte. Martin entschied sich daher zu improvisieren. Antifragiles Wachstum als Thema gab dem Ganzen zwar einen seriösen Anstrich, doch war Martin sich weder sicher, ob Stiffort wusste was das bedeutete, noch welchen Job er bei den Vereinten Nationen hatte. Vermutlich klang Martins Anliegen utopisch in Stifforts Ohren, voller Ideologie, Gerechtigkeit und barockem Humanismus. Bekanntermaßen nicht gerade Spezialitäten der Vorstandsvorsitzenden. Martins Vorschlag konnte vermutlich nur zwei Dinge auslösen: Entweder Stiffort sprang auf Martins Zug auf, was schwer vorstellbar blieb, weil es eine Kehrtwendung seiner Ambitionen voraussetzte, oder nicht!

Gut möglich, dass es eine dritte oder vierte Lösung gab, vorerst jedoch erschien es Martin offensichtlich, dass Stiffort auf Wirtschafts-Immunität aus war.

Gerade schlenderte Martin mit der dritten Tasse Kaffee vor den Bildern herum, als sich leise eine Tür öffnete und Stifforts Assistentin erschien. „Sie dürfen eintreten", flüsterte sie, ging langsam voran und schloss die Tür hinter Martin genauso leise.

Stiffort saß hinter einem großen Tisch und studierte Dokumente. Martin beobachtete den Anflug von Dreitagebart, den grauen militärischen Bürstenschnitt und seine Hochseebräune.

Ein dunkles Jackett lag lässig auf einen Sessel; er trug weißes Hemd, keine Krawatte und hochgekrempelte Ärmel. Plötzlich durchfuhr ihn ein kräftiger Ruck. Langsam stand er auf, ging um den großen Tisch herum und kam lächelnd auf Martin zu.

„Mein lieber Horus, endlich lernen wir uns kennen! Entschuldigen Sie bitte meine Verspätung; der Luftraum war zwar nicht voll, aber seit den vielen Corona-Krisen fehlt es an Allem, sogar an Fluglotsen. Wie geht es Ihnen? Hatten Sie eine angenehme Fahrt?" Stiffort reichte

Martin die rechte Hand, während er die Linke in der Hosentasche ließ. Martin beobachtete Stiffort, der völlig relaxed zu sein schien und lächelte schweigend. Händeschütteln, ohne Dominanzgehabe, empfand Martin als sehr angenehm. „Nehmen Sie Platz." Sie sahen sich in die Augen und schossen erste prüfende Blicke ab. Keiner wich dem andern aus. Beide kämpften mit offenem Visier. Stiffort wies auf den Sessel vor einem beeindruckenden Glastisch, der trotz Größe leicht und offen wirkte. „Sie haben sich hier in der Zwischenzeit gut aufgehoben gefühlt?" Die Partie war eröffnet. „Vielen Dank, es geht mir ausgezeichnet."

Martin blieb unverändert neugierig.

„Horus, helfen Sie mir kurz auf die Sprünge: Weswegen beehren Sie mich noch einmal? Als Hüter der Weltwirtschaft, oder wegen des Themas, dass Sie meiner Assistentin gaben, oder gar beides?"

Stiffort kam gleich zur Sache und überrumpelte Martin zwar ein wenig, fühlte sich dennoch geschmeichelt. „Interessanter Start! Korrigieren Sie mich Stiffort, wenn ich mich recht erinnere, hatten Sie um das Gespräch gebeten, war es nicht so?

Doch Sie stimmen mir bestimmt zu, dass wir uns damit nicht lange aufzuhalten brauchen; so oder so, wäre ich zu Ihnen gekommen: Sie sind Erster auf meiner Liste" Schmeicheleien zogen immer, dachte Martin, egal ob Männer oder Frauen.

„Ich stehe auf einer Liste, noch dazu ganz oben? Darf ich fragen, um was für eine Liste es sich handelt?"

Stiffort schien neugierig zu werden. „Nennen wir sie, die Liste der wirtschaftlich einflussreichsten Menschen." Martin hasste Beweihräucherung und die intellektuelle Masturbation von Spitzenkräften und hörte seinem inneren Monolog zu. - Mensch Leute, Hofhalten ist nicht mehr angemessen; du bist meine Nummer eins. Oberster trifft Obersten; welch langweilige Ödnis!

Erst bist du Stärkster im Kindergarten, dann bester in der Schule und natürlich beim Sport. Immerzu gewinnen, stärkster, erster und Sieger sein - Helden braucht die Welt!

„Wir wissen beide, dass Sie sich diesen herausragenden Platz erarbeitet haben", schlug Martin den ersten Pflock in die Erde. Plötzlich blickte Stiffort ernst drein und runzelte die Stirn. „Sie sind einer der Wenigen, der das erkennt, Marty." So schnell duzte man sich also, dachte Martin. Stiffort lief warm. Martin breitete seine Arme aus und versuchte eine großen Bogen spannen.

„Ich bitte Sie! Das ist nicht gerade weltbewegend, dass zu erkennen. Solch außergewöhnlicher Erfolg kommt nie von allein, Stiff", duzte Martin zurück. Offener Schlagabtausch, nur Degen und Hemden mit Puffärmeln fehlten.

„Wissen Sie, Marty, ich mag Ihr Thema, das Sie vorgeschlagen haben, obwohl ich es utopisch finde." Stiffort wechselte das Thema. War es vielleicht eine Retourkutsche, auf Martins erhobenen Zeigefinger? Martin wartete ab und blieb gespannt wo das hinführte.

„Finden Sie?" Gab er neutral zurück.

„Ja, weil es mir weltfremd und abgehoben vorkommt. Ehrlicherweise muss ich Ihnen gestehen, dass ich eines der üblichen langweiligen Gespräche erwartet hatte, wo beide im Vorwege wissen, wie es ausgeht. Wie hieß dieser Ausdruck noch gleich?" Martin ergänzte mit Vergnügen, „Antifragil!" und lächelte süffisant. „Den habe ich vorher nur einmal gehört. Wie hieß der Autor gleich?" Martin amüsierte sich, dass Stiffort vorgab, den Autor nicht zu kennen, „Nassim Nicholas Taleb!" und ergänzte den Namen mit unterdrücktem Schmunzeln. „Genau, den meine ich! Ist ein interessantes Buch, allerdings muss ich gestehen, dass ich an manchen Stellen widerspreche, aber dazu vielleicht später mehr. Also, was verschafft mir die Ehre, den obersten Finanzwächter der Vereinten Nationen als Gast zu haben? Möchten Sie mit mir über globale Wertschöpfungen diskutieren? Oder gar um zukunftsweisende Strategien, um Zweit- und Drittweltländer stärker an den Gewinnen teilhaben zu lassen?" Martin staunte, wie Stiffort das Tempo anzog und auf den Punkt kam. Nur allzu gern folgte er dem Beispiel.

„Vorstände von Aktiengesellschaften eint alle das gleiche Interesse: Gewinnmaximierung!" Martin klärte ohne Umwege die Fronten. Stiffort nickte zustimmend. „Liegt nahe, finden sie nicht?" Martin passte auf, um ihn nicht ausbrechen zu lassen.

„Natürlich, Sie haben auch keine Wahl, denn Sie handeln im Auftrag ihrer Aktionäre, nicht im Auftrag der Mitarbeiter. Sie sind Angestellter, so wie alle anderen."

Martin wartete ab, normalerweise konnte keines der Alphatiere sowas stehen lassen.

„Eine Wahl hat man immer, aber ich muss gestehen, dass ich Ihnen, in sehr vereinfachtem Sinne, zustimme. Natürlich mit dem Anspruch kombiniert, einen Beitrag für eine bessere Welt zu leisten." Martin musste sich bei der Heuchelei zusammenreißen, um seine Wut nicht unkontrolliert ausbrechen zu lassen. Richtig unangenehm berührt war er, wie schnell der Kerl seine Propagandamaschine anwarf und schwere Geschütze auffuhr. „Lassen Sie es mich anders formulieren, Stiffort: Was hindert sie daran, das Medium des Wachstums zu ändern?" Konnte Stiffort die indirekte Aufforderung verstehen? Hatte er sich genügend Fantasie bewahrt, oder starb sie schon vor langer Zeit?

Stiffort antwortete prompt „Was meinen Sie konkret?" und öffnete die Schatulle der Kampfrhetorik, um Argumente wie Munition zu sortieren. Unterdessen probierte Martin die Lehrerrolle und wartete Stifforts Reaktionen ab. „Haben Sie Kinder?" Würde er sich belehren lassen? „Wie bitte?" Konnte Stiffort das? Martin fasste nach. „Haben sie Kinder?" Stiffort wich Martins Blick aus, blickte zu Boden, lächelte liebevoll und legte für Sekunden seine Verkleidung ab.

„Eine Tochter", gab er leise zurück. Offensichtlich war sie Stifforts wunder Punkt. Sorgfältig wie ein erfahrener Chirurg breitete Martin seine blitzenden Werkzeuge aus. „Wie alt ist sie?" Vorsichtig hielt er jedes vor Benutzung ans Licht. „Dreizehn und mitten in der Pubertät."

Martin freute sich über seine menschliche Reaktion. Stiffort liebte seine Prinzessin.

„Kann ich mir gut vorstellen. Hat sie eine Ahnung, was Sie beruflich machen?" Stiffort runzelte die Stirn und befand sich im Geiste offensichtlich in einem vergangenen Dialog mit ihr.

„Sie weiß, dass ich von irgendetwas der Chef bin. Doch eine genauere Vorstellung, hat sie wahrscheinlich noch nicht." Jetzt kam der erste Schlüsselmoment, Martin schnappte ohne Vorankündigung zu.

„Ein Jammer, wenn Sie demnächst ihre Tochter verlieren!" Stiffort fuhr zusammen und lächelte angesäuert. Mit Mühe und Not bewahrte er seine Fassung, doch sie war nur Fassade. Wie Eis fror Stifforts Gesicht ein. Martin sah den inneren Druckanstieg an seinen zusammengekniffenen Augen. Sein Kopf musste auf Hochtouren laufen. Vermutlich ging Stiffort im Geiste seine Optionen durch. Gewannen Kinderstube, Education, oder Steinzeit und Vaterschaft? Gespannt wie ein Bogen wartete Martin darauf, dass Stiffort sein Innerstes preisgab. Langsam atmete der CEO ein und aus und krallte sich im Sessel fest. Martin hatte ins Wespennest gestochen und entschied sich, die Temperatur zu erhöhen.

„Vielleicht erkläre ich es im Detail" Oft gab es unerwartete Reaktionen. „Ich wäre Ihnen sehr verbunden." Tatsächlich hatte Martin ihn eingefangen und holte noch weiter aus. „Neugierige Kinder und Jugendliche lernen schneller als wir denken! Sie können im größten Luxus leben, was sie nicht davor zurückschrecken lässt, von jeglichem Komfort abzulassen, sollten sie Dreck oder irgendeine furchtbare Sache unterm Teppich finden. Kinder finden alles heraus!" Stiffort verschränkte seine Arme, begann zu taktieren.

„Seien Sie konkret, Horus! Wie lautet Ihre Botschaft?" Offenkundig entschied Stiffort sich für Verteidigung. Martin erkannte den perfekten Moment, um ihm böse Gedanken einzupflanzen. Nie wieder würde Stiffort ruhig schlafen.

„Schauen Sie: Gewöhnliche CEOs haben monetäres Wachstum als alleiniges Ziel. Nur das haben sie gelernt und Erfahrungen darin gesammelt. Und natürlich drückt sich das in übliche Strategien, wie Outsourcen und Lohndumping aus. Doch das hat natürliche Grenzen, wie jeder Gärtner weiß; können Sie mir folgen, Stiffort?"

Schwergewichtiges Nicken vom Gegenüber, unterstrichen durch das Kratzen des Kinns. Martin setzte seine Beschreibung fort. „Stößt man auf sie, machen alle das Gleiche: Sie involvieren, wie eben erwähnt, Niedriglohnländer, optimieren Prozesse und Methoden und fertigen dadurch billiger, meistens mit günstigeren Materialien. Doch auch diese Stellschrauben sind schnell am Limit, was also tun?" Stiffort lauschte, ein guter Moment, ihm noch einen weiteren Hieb von Vorne zu verpassen.

„Gewöhnliche CEOs gehen irgendwann sogar an die Qualität und zwar solange, bis Kunden schreien oder Unfälle passieren. Manche treiben es soweit, dass Menschen zu Tode kommen. Skrupel sucht man meistens vergebens. Verantwortungen werden immer weit weggeschoben, doch was erzählt man zuhause?

Lügt man? Können wir unsere Kinder offen anlügen? Meist dauert es zu lange, bis gewöhnliche CEOs realisieren, dass es zu quietschen beginnt!" Martin legte eine Pause ein und ließ seine Worte wirken.

Wenn Stiffort halbwegs bei Sinnen war, musste er als Inhaber, Vater und Mensch, sein Verhalten ändern, selbst wenn er nur halbherzig die Zukunft seiner Tochter skizzierte. Martin sah, dass die Verdauung des Gehörten einsetzte und führte den Vortrag fort.

„Und so drehen gewöhnliche CEOs an den Schrauben, solange es geht. Wie soll man sonst jährlich zehn Prozent Rendite schaffen, nicht wahr?" Martin baute zwischendurch Inseln von rhetorischer Ruhe ein.

„All das ist banal und bescheinigt gewöhnlichen CEOs und ihren Konzernen geringe Kreativität." Martin sah, wie Stiffort ihm folgte und entschloss sich, noch etwas Pfeffer in seinen Vortrag zu streuen. „Sogar Insekten haben mehr Fantasie, oder zusammenfassend gesprochen: Rein ökonomisches Wachstum ist einfallslos, primitiv und vor Allem, immer endlich! Angeblich wird diese Tatsache von global operierenden UND intelligenten Konzernen verstanden, doch Obacht, ich sage ganz bewusst ANGEBLICH!"

Martin sah Stiffort aus der Deckung kommen, „Ist mir nicht entgangen, Horus!" und ließ ihn dazwischen fahren. Wievielt Vernunft und Nachhaltigkeit war wirtschaftlich vertretbar? Martin war sich darüber unsicher und wählte einen geschickten Schachzug.

„Jeder versteht, dass Firmen ein Mindestmaß wirtschaftlichen Wachstums brauchen. Alle, außer mir." Er stellte sich offen als unwissend zur Schau, was Stiffort zum nächsten Zug einlud.

„Erzählen sie, Horus! Warum verstehen Sie es nicht?" Es klappte ganz prächtig. „Zwei Gründe, einer davon ist Ihre Tochter", Stiffort blickte irritiert auf.

„Meine Tochter?" Martin lächelte zufrieden „Natürlich, an dem Tag, an dem Sie sie verlieren, werden Sie an mich denken, weil der Tag kommt, an dem sie versteht, was Sie tun UND was Sie getan haben!"

Jetzt kam der Moment, „Sie meinen, dass Kinder unser Gewissen sind, Horus?", wo Stiffort womöglich die Unterhaltung änderte. Martin setzte noch einmal nach. „Natürlich, sie sind die härtesten Gerichte der Wirtschaftsethik!" und ließ die Worte wirken. Stiffort schwieg, blickte in die Ferne und warf seine Stirn in nachdenkliche Falten. Vielleicht spielte er, um Martin ein sicheres Gefühl zu geben. Nach einer Weile löste sich sein ernster Gesichtsausdruck. Langsam drehte er Martin seinen Kopf zu und nahm ihn fest in den Blick. Gespannt wartete Martin.

„Beinahe haben Sie mir einen Schrecken eingejagt, lieber Horus" Stiffort schien wieder beim Siezen zu sein und fuhr genüsslich fort. „Erzählen Sie mir von Grund Nummer zwei." Martin nickte anerkennend, weil Stiffort sein Argument wie Morgentau wegwischte. „Grund Nummer zwei hat etwas mit Ihnen und Ihrer Sippe zu tun." Genüsslich bereitete Martin die Ausgestaltung des Zweitens vor.

„Sippe klingt nicht sonderlich freundlich, Horus!" Offensichtlich liebte Stiffort Anfeindungen. Es ging ihm prächtig. Martin spürte, wie seine höfliche Fassade bröckelte und setzte den Vorwurf fort.

„Wenn Konzerne wie Ihrer die niedrigen Lohnkosten der Entwicklungsländer ausnutzen! Natürlich ist das gängiger Standard global agierender Konzerne, obwohl es ethisch und moralisch völlig verwerflich ist.

Ganz abgesehen davon, dass es sich mittel und langfristig nicht auszahlt; wir werden später noch dazu kommen. Außerdem kommen Kompensations-Geschäfte dazu, die mit Knebelverträgen eine Art Retourkutsche darstellen. Denn was passiert, wenn ein Land viel Ware kauft? Es fordert Arbeitsplätze, so dass Sie dort ein Werk bauen; und selbstverständlich ist man einverstanden." Martins Worte hallten noch lange nach. Offensichtlich wartete Stiffort ab, bevor er sein Ass aus dem Ärmel zog. Gerade setzte Martin erneut an, als Stiffort ihn scharf unterbrach. „Was meinen Sie mit antifragilem Wachstum?" Plötzlich schien Stiffort hellwach zu sein.

Vielleicht näherten sie sich dem Kern seines Wesens. Martin entschloss sich, fortzufahren und sich nicht aus dem Konzept bringen zu lassen. „Antifragiles Wachstum ist das einzig wahre Investment, weil es einzig und allein Chancen auf multidimensionales Wachstum ermöglicht." Stiffort sah Martin mit großen Fragezeichen an. Vielleicht wollte er wirklich verstehen. Martin witterte einen günstigen Moment und holte weiter aus. „Wenn Sie Ihr rein wirtschaftlich getriebenes Businessmodell wie einen Muskel stressen, indem Sie den Profit bewusst reduzieren, ihn zeitlich strecken und stattdessen Partnern und deren Arbeitnehmern helfen, Anteil an intellektuellem Wachstum zu nehmen, indem Sie Menschen beim Wachsen und sich Weiterentwickeln helfen, dann verändern Sie die Welt in einem derartigen Ausmaß, dass Ihr Businessmodell daraus gestärkt hervorgeht, wie eben ein Muskel, den man trainiert.

Ich sage Ihnen warum: Während Sie heute lediglich ökonomischen Gewinn vorweisen, der, wie wir wissen natürliche Grenzen hat, lassen Sie stattdessen Ethik, Moral und Menschen wachsen, was den Wert Ihres Konzerns vollständig verändert!"

Stiffort unterbrach Martin und sah ihn mit großen Augen an. „Sie meinen das ernst, nicht wahr?" Martin meinte einen Hauch Bewunderung zu spüren, so wie man ihn romantischen Helden, zum Beispiel Robin Hood, entgegenbrachte, wenn er am Ende gegen die herrschende Klasse zwar verlor, aber zumindest für Moral und die gute Sache starb.

„Sie beeindrucken mich, Marty! Ich hätte wirklich nicht gedacht, dass die Vereinten Nationen solch einen Idealisten zur obersten Wirtschaftsaufsicht benennen!" Stiffort lächelte freundlich und kalt. Martin merkte, wie tief sein Stachel saß und wie seine Fassade weiter bröckelte und wie seine Wut Wege nach draußen suchte. „Marty, seien sie konkret: Wen meinen Sie mit WIR? Meinen Sie sich selbst? Oder uns beide, oder Ihre Organisation? Wen?" Martin rang mit sich selbst und musste alles an Disziplin aufbringen, um nicht wie bei der Vollversammlung loszudonnern. Daher entschloss er sich für einen Kunstgriff. Vielleicht hatte er Erfolg.

„Kennen sie den Unterschied zwischen Idealismus und Naivität?" Vielleicht verstand Stiffort nur Direktheit. „Sagen Sie es mir Horus!" Er hielt Martin auf Distanz und wechselte von privat zu professionell und wieder zurück. Schlussendlich konnte niemand zwei Menschen gleichzeitig sein. Stiffort wurde ungeduldig und entschied, die Antwort nicht mehr abzuwarten.

„Ich danke Ihnen für den schönen Ausflug, Martin, in eine Welt, voller Ideale. Ich wünschte, ich könnte Ihnen so konsequent folgen. Vielleicht gibt es einen Weg, den ich nicht kenne: Helfen Sie mir, ihn zu finden, vielleicht kann ich helfen, was meinen Sie?"

Martin erkannte das gerissene Spiel, ihn auf der einen Seite um Hilfe zu bitten und auf der anderen ihm die Hand mit einem eigenen Vorschlag zu reichen, den er natürlich schon mit Martins Chef besprochen hatte. Stiffort schien fertig mit Martin und seinen Ideen zu sein und machte gute Miene zum Bösem Spiel, während er innerlich tobte. Martin erkannte, dass Stiffort sich nicht reinreden ließ und stattdessen auf seiner Sicht beharrte. Er würde unbeirrt seinen Weg weitergehen.

Mit großer Mühe verbarg Martin Trauer und Enttäuschung. Er wusste, dass es jetzt Zeit war, seine jungenhafte Naivität abzulegen. Stiffort verstand nur die archaische Sprache des Stärkeren. Wörter wie Vernunft, Weisheit und Solidarität hatten keinen Platz, geschweige schienen diese Werte für Stiffort attraktiv zu sein, weswegen Martin sich nichts anmerken ließ und weiterhin ausgesucht höflich und diplomatisch blieb.

Hochseriös ging er auf Stifforts Vorschlag ein. „Sehr gerne, lieber Stiffort", jedoch nicht, ohne einen fetten Köder auszuwerfen und ihm den Spiegel vorzuhalten. „Doch überzeugen sie mich zuerst: Welches Interesse könnten wir von den Vereinten Nationen haben? Auf dem ersten Blick sieht es doch in Wahrheit so aus, als wenn alle Vorteile bei ihnen lägen, nicht wahr?

Vielleicht ist es so, vielleicht nicht: Sagen Sie mir, warum Sie es nur mit uns und nicht einfach alleine tun können?" Volltreffer! Martin hatte Stifforts Achillesferse erwischt. Unruhig rutschte der CEO auf dem Sofa herum. Seine Hände begannen vor seiner Stimme zu sprechen und machten mehrere verwundene Bewegungen. Kurzfristig sah es aus, als würden sie etwas würgen.

„Lieber Horus, ich bitte sie! Ist das nicht offensichtlich?" Martin ließ sich nicht aus der Ruhe bringen. Nicht im Traum dachte er daran Stiffort und andere Heuschrecken unter UN-Schutz zu stellen, welch Irrsinn, alleine der Gedanke daran! Stattdessen fasste Martin fester zu, kannte er doch allzu gut den menschlichen Makel.

„Sie sind plötzlich bereit vom Gewinn abzugeben? Warum dieser Sinneswandel? Sie sind nicht gerade als karitativer Charakter bekannt!" Martin lachte herzhaft auf und dehnte es abfällig werdend in die Länge, um Stiffort zu provozieren. Und tatsächlich, es gelang!

Schon zogen sich dunkle Wolken über Stiffort zusammen, doch Martin ließ ihnen keine Zeit zum Abregnen und setzte noch einmal nach.

„Wollen Sie das wirklich? Machen Sie es doch einfach ohne uns! Sie wären ein Held. Wozu brauchen Sie die Vereinten Nationen? Sind Sie nicht schon groß genug?" Martin sparte nicht an Schärfe, abgesehen davon glaubte er Stiffort kein Wort. Aus seiner Sicht blieb es nur Marketing. Überraschenderweise sollte Martin eines Besseren belehrt werden.

„Ich brauche die UN für alle neuen Partnerschaften und Vertragsverhandlungen. Sie müssen dort das Eis brechen, wo es Zweifel an meinen Intentionen gibt!" Stifforts Eingeständnis überraschte Martin.

Damit hatte er nicht gerechnet. Stiffort stellte sich zwar nicht offen als Ausbeuter hin, machte aber aus seinem schlechten Ruf keinen Hehl. Martin spürte ersten Rückenwind und wagte einen Ausblick auf die mögliche gemeinsame Zukunft.

„Wissen Sie was das bedeutet? Wir müssten alle Verträge, jede Verabredung prüfen; es würde eine deutliche Verlangsamung aller Verhandlungsprozesse nach sich ziehen. Sind sie wirklich dazu bereit?" Martin ließ

Stiffort strampeln, damit er seinen immer noch unbekannten Joker zog. Kopfschüttelnd zeigte Stiffort weitere Anzeichen von wachsender Ungeduld.

„Ehrlich gesagt, kann ich mir nicht vorstellen, dass es Verzögerungen geben dürfte, wo sie von Anfang an involviert wären. Eine derart bürokratische sequentielle Vorgehensweise erscheint mir völlig unnötig. Meinen Sie nicht auch, Horus?" Martin spürte, wie Stiffort das Interesse an ihm verlor und unternahm einen weiteren Versuch, ihm seinen Joker zu entlocken.

„Ich lasse es mir durch den Kopf gehen, Stiff! Sicherlich werde ich weitere Fragen haben, was grundsätzlich gute Vorzeichen sind. Ich werde daher Eduardo offiziell über die Entgegennahme ihres Vorschlags informieren."

Stifforts sofortiges Siegerlächeln hatte seinen Joker verraten. Ganz kurz, es war höchstens eine Sekunde, zeigten sich kleine Grübchen vergnügten Schmunzelns in Stifforts Mundwinkeln. Doch sie blieben nicht lange stehen. Seine Körperbeherrschung kontrollierte sofort wieder die professionelle Fassade und strich jegliche Freude zur Neutralität glatt.

Es war offensichtlich, wie sehr Stiffort den Deal wollte. Martins Wut steigerte sich sprunghaft, bei derart viel feudaler Arroganz und elitärer Hierarchie! Was dachte sich dieser Stiffort eigentlich? Martin blieb gespannt, wie gut der Vorstandsvorsitzende den zweiten, weniger angenehmen Teil seiner formellen Aussage verdaute. „Ich werde empfehlen, dass wir Ihren Vorschlag zur Prüfung entgegennehmen. Er ist es in der Tat wert, genauestens untersucht zu werden, um weiter über ihn zu befinden!" Das hatte gesessen! Schwer von diesem unerwarteten administrativem Schachzug getroffen, fror Stifforts Gesicht binnen weniger Sekundenbruchteile ein. Offensichtlich hatte er geglaubt, dass Martin ihn nicht nur annahm, sondern ihm schon während des Gesprächs sofort zustimmte. Immerhin hatte Stiffort schon mit Chef Eduardo darüber gesprochen. Was gab es da noch zu prüfen, wo sich die beiden Männer an der Spitze einig waren? Martin merkte, wie sein Gegenüber anfing zu Beben.

„Tun Sie das, Horus! Nehmen Sie sich Zeit. Eduardo hat viel über Sie und Ihre sprichwörtliche Genauigkeit gesprochen. Er kann sich glücklich schätzen, jemanden wie Sie zu haben."

Endlich! Genau das wollte Martin erreichen, dass der Machtverwöhnte seine Karten auf den Tisch legte. Denn es klang nicht nur so für Martin, wie eine offene Drohung, es war auch genau so gemeint! Stifforts Interesse an diplomatischen Waffen war überschaubar. Steigerte sich seine Ungeduld, setzte er seinen Widersachern schnell die Pistole auf die Brust.

Längst hatte Stiffort entschieden, Eduardo ein weiteres Mal aufzusuchen, um diesem pingeligen Genauigkeitsfanatiker das Handwerk zu legen. Martin blieb weiterhin aufs Äußerste höflich.

„Ich danke Ihnen, lieber Stiffort. Lassen Sie mich abschließend noch ein paar wichtige Botschaften mit Ihnen teilen: Wir alle leben auf dem gleichen Planeten.

Auch wenn Gewinnmaximierung theoretisch neutral ist, darf er nicht unsere alltägliche Grundlage sein, denn genau darin liegt doch die Tragik, Stiffort! Was Sie da reden ist reine Theorie. In Wahrheit erliegen alle Menschen dem Kapital, Sie eingeschlossen! Es verdirbt uns und verändert unsere DNA." Verblüfft sah Stiffort ihn an.

„Sie reden wie Karl Marx, wissen Sie das?" Martin wusste dass dies Totschlagargument irgendwann kommen würde, jedoch ahnte Stiffort nicht, wie sehr er sich damit ins Abseits schoss. Doch Martin ließ nicht locker und bohrte weiter.

„Stiffort, Sie als Lenker eines solch großen Fahrzeugs sollten es besser wissen: Vehikel von Ihrer Größe lassen sich nicht bremsen, sondern nur lenken! Sie sind Kapitän, Steuermann und Lotse zugleich. Sie könnten den Anfang machen, niemand kann Sie davon abhalten, oder es Ihnen verbieten!"

Martin spürte wie seine Wut wieder hochkam, als Stiffort erneut mit seinem Taktieren begann. „Damit haben Sie vermutlich Recht, aber was sollte meine Motivation sein?" Martin musste sich aufs Neue zusammennehmen, um nicht auszurasten. „Das fragen Sie allen Ernstes?" Auf keinen Fall würde er noch einmal wutentbrannt aufzuspringen. Stiffort spürte, dass er Martins Werte zu fassen hatte und biss zu.

„Natürlich, ich will Ihre Meinung hören. Es geht hier nämlich nicht um mich, sondern vielmehr um Sie und Ihr Anliegen: SIE wollen das System humaner machen! Also kommen Sie, lassen Sie alles raus, ich merke doch wie es in Ihnen brodelt." Stiffort schien ein besserer Menschenkenner zu sein als gedacht. Martin holte zum letzten Schlag aus, „Neugier, kombiniert mit Moral als Motivation, weil sie die gesamte Welt damit beeinflussen! Sind Sie nicht neugierig zu erfahren, wie es wohl wäre Erster zu sein? Heute sind Sie nur einer von Vielen." und ließ all seine Argumente ungebremst heraus.

„Wie charmant", gab Stiffort angesäuert zurück, als er von seiner möglichen Gewöhnlichkeit hörte, was Martin innerlich freute, und bohrte nach. „Wollen Sie einfach so weiter machen? Sagten Sie nicht vorhin, dass Sie die Welt besser machen wollen, für Tochter und Enkel? Kommen Sie, Stiffort! Lassen Sie konkrete und greifbare Taten sprechen. Es wäre Ihr Alleinstellungsmerkmal in der Weltwirtschaft!"

Martin hatte seine Karten offen auf den Tisch gelegt. Jetzt war der CEO am Zug. War er wirklich bereit sich zu ändern? War er bereit seine gewaltige Konzern-Gruppe umzukrempeln, zum Wohle von Natur und Mensch?

„Ich gebe zu, dass es Charme hätte, doch aus meiner Sicht KÖNNEN ausschließlich nationale Politiker, mit den Vereinten Nationen als Sprachrohr zu mehr Ethik und Moral aufrufen und die dazu benötigten Regularien ins Leben rufen und sie vorantreiben." Völlig überrascht, wie unbekümmert Stiffort seinen blinden Fleck offenbarte, entschloss Martin, zum Allerletzten Mal mit allen Argumenten zuzuschlagen.

„Merken Sie, dass Sie jegliche Verantwortung von

sich schieben? Wir beide wissen, dass Kapital staatenlos ist und bleibt! Wenn Sie moralische Verantwortung und humane Veränderungen, im Sinne der Menschlichkeit von Politikern erwarten, dann entziehen Sie sich Ihrer Verantwortung als Vorstandsvorsitzender und als Mensch!"

Unverhohlen zeigte Martin seine Enttäuschung und blickte Stiffort erbarmungslos kalt in die Augen. Es war keine Enttäuschung darüber, dass er ihn nicht überzeugt hatte, sondern eine viel tiefersitzende, wenn man erkennt, wessen Geistes Kind der Mann an der Spitze ist! Stiffort ließ seiner Meinung freien Lauf, sehr zur Freude Martins. „Sie sind ein wahrer Philosoph, lieber Horus." Stiffort lächelte den Gesandten der Vereinten Nationen entwaffnend an und verließ die sachliche Ebene. Martin hatte diesen rhetorischen Schachzug schon mehrmals beobachtet und blieb daher absolut ernst.

Stiffort hatte wirklich Nerven! Er spürte es und spielte gerade deswegen damit. Martin machte seinen allerletzten Versuch. „Alle Menschen haben Möglichkeiten, einen Beitrag zu leisten. Sie könnten aufgrund Ihrer Position einen viel größeren bringen, als ich beispielsweise." Martin blieb sein Leben lang der Ansicht, dass alle Menschen es wert waren gerettet zu werden und musste erkennen, dass Stiffort kein Interesse daran hatte.

„Da haben Sie wohl Recht. Dennoch ist an Ihnen ein großartiger Wirtschafts-Ethiker verloren gegangen." Martin spürte, wie der CEO versuchte, ihn vom Weg abzubringen. Stiffort hatte sich entschieden, es dabei zu belassen und das Gespräch friedlich ins Leere laufen zu lassen.

Martin fühlte, wie die Macht sich als undurchdringlicher Schutzpanzer um Stiffort legte, und menschliche Werte wie Barmherzigkeit, Brüderlichkeit und Solidarität verscheuchte. Stiffort hatte sich entschieden, wie Üblich weiterzumachen und bohrte nur zum Spaß nach, weil er Martin für einen idealistischen Träumer hielt.

„Sie glauben wirklich daran, Horus, nicht wahr?" Martin nickte ernst. Nie schien es ihm ernster. „Natürlich! Sie haben eine hervorragende Position, sich etwas zu trauen, was keiner jemals vorher gewagt hat. Ich glaubte, ich hoffte, dass Sie es tun würden!"

Tief im Innersten verbarg Martin, was das stumpfe Weitermachen tatsächlich für Stiffort bedeutete. Unberührt ließ er unterdessen alle Lobeshymnen über seinen Idealismus ergehen, dem es nicht im Geringsten, was keiner bis dato wusste, an Entschlossenheit und Härte fehlte.

„Sie sind mit Abstand, der romantischste Mensch, der mir je begegnet ist!" Stiffort blickte auf seinen teuren Chronograph und hatte eine überraschende Idee.

„Nehmen Sie einen Drink mit mir" Martin senkte den Blick und lächelte verschlagen, „Gerne, Stiffort. Er stand auf und ging zur großen Fensterfront, um währenddessen den beeindruckenden Panoramablick zu genießen. „Whiskey, Soda mit Eis?" Martin nickte, machte seinen Frieden mit dem verloren gegangenen Vorstandsvorsitzenden und machte im Geiste einen großen Haken hinter seinem Namen. Stiffort ging zur gläsernen Bar, öffnete die Glastür, holte zwei Gläser, goss Soda und Whiskey ein und tat Eiswürfel dazu. Martin hörte die Flasche gluckern, während er auf die pulsierende Stadt schaute. Tief drinnen wusste er jetzt, dass Stiffort nie vorhatte, irgendetwas zu ändern, oder seinen gewohnten Weg zu verlassen.

Eduardo hatte Recht!

Es ging Stiffort ausschließlich um Absolution und um globale Narrenfreiheit, damit er die Welt noch mehr ausbeuten und als Selbstbedienungsladen missbrauchen konnte. Während er seinen Gedanken nachhing, stellte sich Stiffort zu ihm ans Fenster. „Cheers, Marty. Nennen Sie mich Stiff!" Der CEO tat so, als hätte Martin ihn nicht schon die ganze Zeit geduzt, was Martin etwas zu glamourös empfand.

Höflich ging er darüber hinweg, ohne auch nur eine Augenbraue zu heben. Schon ging der Vorstandsvorsitzende zum allgemeinen Teil über. „Womit befassen Sie sich derzeit am Meisten?" Stiffort bohrte nach, weil er spürte, dass hinter Martins Besuch mehr stecken musste.

„Mit schwarzen Schwänen." Stiffort wich überrascht zurück „Ach, sie meinen die unwahrscheinlichen und unvorhersehbaren Großereignisse! Sind sie auch so ein chaosliebender Risk-Engineer wie Nassim Taleb?" und zwinkerte Martin an, um ihm zu signalisieren, dass auch er das Buch des Libanesen gelesen hatte.

„Nein, nicht direkt, aber Sie wissen wie ich, dass man in der Vergangenheit viele schwarze Schwäne , wie zum Beispiel schwere Erdbeben, vorhersagte, ohne darauf zu hören; so ähnlich wie bei den zwei Weltwirtschaftskrisen 2008 und 2020; lassen Sie mich ganz offen mit Ihnen sein." Sofort erwachte Stifforts Alarmbereitschaft; blitzartig wurde sein Gesichtsausdruck hart.

Martin beobachtete den CEO und sah, wie sich dessen Körperspannung erhöhte. Er vermutete ganz richtig, dass Stiffort in Wahrheit viel impulsiver war, als er von außen schien.

„Ich habe ein kleines Team; gemeinsam versuchen wir, den Einfluss von Firmen im Verhältnis zum globalen Kapitalfluss zu verstehen und zu bewerten" Stiffort lag jetzt auf der Lauer. Sein Gesicht wurde immer dunkler. Längst hatten sich seine Augen zu Sehschlitzen zusammengekniffen, wie eine Wildkatze vorm Sprung. Langsam fing Stiffort an zu begreifen. „Sie sind hergekommen, um mit mir......" Martin hatte längst zum Todesstoß ausgeholt und ließ seine Guillotine heruntersausen, als er Stiffort tödlich unterbrach und die Ahnung des CEO's ergänzte. „Richtig! Um über eine freiwillige Zerschlagung ihres Unternehmens zu reden." Jetzt passierte es, Martin hatte es geschafft und die große Wildkatze aus ihrer Ecke gescheucht. Der große John Stifford verlor die Fassung! Mit scharfem Zischen atmete er erst ein und dann noch langsamer aus. Er bebte am ganzen Körper.

Wieso unterlief ihm so ein fundamentaler Fehler? Hatte er nicht Eduardo genau deswegen aufgesucht, um ihm diesen Utopisten vom Hals zu halten? Wofür hatte er seinen ehemaligen Kommilitonen?

Hatte Eduardo vergessen, Horus zu Stifforts Gunsten zu instruieren? Oder hatte er es vielleicht bewusst nicht getan? Wenn aber doch, wieso verwandelte sich dann jetzt die Unterhaltung? Hatte Horus womöglich von Anfang an die Wahrheit gesprochen, als er von seiner Liste sprach? Wer war Martin Horus? Ein Träumer, Spinner, oder gar ein edler Ritter? Stifforts Gedanken rasten hin und her.

Martin ging zur Großoffensive über, hatte er doch von Anfang an ein völlig anderes Anliegen, als Eduardo und Stiffort ahnten. Mit zornigem Gesicht versuchte Stiffort verzweifelt die Kontrolle über sich zu behalten. Am liebsten hätte er Martin an der Kehle gepackt und fest zugedrückt, bis kein Leben mehr in ihm übrig blieb. Leider gab es viele Dinge, die das nicht zuließen. Missmutig packten seine Hände die eigenen Handgelenke. Entsetzt sah Martin, wie der CEO seine eigenen Arme erwürgte, als er ihm mit bebender Stimme kalt erwiderte.

„Verdammt, ist das Ihr Ernst? Na Sie trauen sich aber was!" Doch Martin blieb ruhig und besonnen. Pudelwohl fühlte er sich in dieser gefährlichen Situation. „Es ist eine Empfehlung, mehr nicht", gab Martin sich diplomatisch. Natürlich spürte Stiffort, dass es viel mehr als das war. Mit letzter Mühe konnte er sich unter Kontrolle halten. So eine bodenlose Frechheit, rumorte es im wütenden Vorstandsvorsitzenden.

Da kam dieser Horus so mir nichts dir nichts daher und empfahl dem König abzudanken, inklusive Zerschlagung und vollständiger Auflösung seines Imperiums. Mit letzter Kraft gelang es Stiffort eine nüchterne, dafür umso kältere Antwort zu geben.

„Wie Sie wissen, muss ich Ihren Vorschlag von

unserer Rechtsabteilung prüfen lassen." Martin lächelte, während er nickte und fühlte sich in Siegerlaune. Noch einen letzten mutigen Hieb ließ Martin auf den Rücken der angeschlagenen unberechenbaren Großkatze hinuntersausen. „Wie bitte? Sie können das gar nicht sofort entscheiden? Sie sind doch der CEO und auch sonst als scharfer Wachhund bekannt? Wieso brauchen Sie jetzt auf einmal Zeit? Ausgerechnet Sie streichen die Segel und schinden Zeit? Wow! Das ich das erleben darf!" Martin zwinkerte Stiffort gut gelaunt an.

Martin hatte den mächtigen Mann offen persönlich angegriffen, damit er Farbe bekannte und seine Gedanken richtig erahnt. Jetzt galt es abzuwarten, wie er damit umging, weswegen Martin euphorisch ausholte und Stiffort, quasi zum Dessert, noch eine ungeheuerliche Ohrfeige verpasste. Diese Provokation schien niemand mehr zu überbieten.

„Künstliche Zerschlagungen sind in Wirklichkeit ziemlich langweilig; ganz besonders dann, wenn wie in ihrem Fall, lediglich viele klitzekleine Business-Units übrigbleiben." Jetzt wurde es gefährlich. Martin sah, wie Stiffort zu kippen drohte; seine Augen zuckten nervös von links nach rechts; seine Hände zitterten, als der CEO antwortete. „Langweilig? Verdammt, meinen Sie das im Ernst?" Martin beobachtete, wie seine zitternden Arme Fäuste ballten. Stiffort kochte und war stinksauer. Für einen kurzen Moment drohte er über die Schwelle zu kippen und jegliche Kontrolle zu verlieren. Bestimmt dachte er längst darüber nach, Martin verschwinden zu lassen.

Doch anstatt vorsichtiger zu werden, setzte Martin seelenruhig nach. „Ich meine es ernst, selbst eine solch einzigartig gewaltig-große Konzern-Gruppe in kleine Scheiben zu schneiden ist primitiv und einfallslos. Immer leidet die Masse aller Angestellten, während das Topmanagement mit goldenen Handschlägen und hohen Abfindungen ständig auf die Füße fällt, obwohl sie das gesamte Missmanagement verantworten! DAHER bin ich kein Freund davon, sondern im Gegenteil: Großgewordene Organismen anorganisch zu zerlegen, ist totaler Unsinn.

Denken Sie nur mal an die ganze Aufregung mit dem heimlichen Aufkaufen von Aktien durch Strohmänner, was das für Kraft und Zeit kostet und wie lange das dauert, bis der Dinosaurier endlich zerfällt; mit so etwas hat man nur Theater, noch dazu kommt es am Ende immer raus, weil irgendjemand immer etwas bemerkt, und Sie ruckzuck vor Gericht stehen. Noch dazu ändert es nichts. Nein, ich sagte es bereits: Wir können Dinge nur ändern, wenn wir bei uns selbst anfangen! Ein multinationaler Konzern, der sich jedoch Intellektuellem und moralischen Wachstum verschreibt, ist mit Abstand das Attraktivste und Aufregendste, was ein herausragender CEO leisten kann. Mir ist klar, dass Sie vermutlich nicht in Freudentaumel ausbrechen, wo sie jetzt meine Vision kennen, jedoch hoffe ich dennoch inständig, dass sie diese neue Ausrichtung in Betracht ziehen und darüber nachdenken." Stifforts düsteres Gesicht ließ nichts Gutes vermuten. „Sie sind nicht nur ein Romantiker, sondern auch ein mutiger Mann." Auch ohne viel Fantasie waren die

Worte des Vorstandsvorsitzenden als offene Drohung zu verstehen. Martin blieb dennoch ungebrochen entspannt und höflich, was Stiffort zur Weißglut brachte, im Gegenteil, er nahm sich die Frechheit heraus, den Unschuldigen zu geben. „Finden Sie? Wir unterhalten uns doch nur?" Längst hatte Stiffort jegliche Etikette abgelegt und machte keinen Hehl daraus, was er dachte.

„Rückgrat haben Sie, Horus, dass muss ich Ihnen lassen! Da kommen Sie einfach so zu unserem Termin, man meint Sie sind nur mit einem Feigenblatt bekleidet, aber in Wirklichkeit lauern überall gewaltige Geschütze."

Martin ließ sich von den anerkennenden Worten nicht in die Irre führen. „Ganz so dramatisch müssen Sie das nicht sehen, Stiffort." Doch der CEO machte klar, dass er sich ab jetzt nicht mehr täuschen ließ. „Lassen Sie das Horus! Längst habe ich verstanden, dass Sie bei negativem Ausgang unserer Verhandlungen, Ihre Bluthunde losschicken, um den Markt leer zu kaufen! Doch Martin überraschte den CEO schon wieder. „Nein, sowas ordne ich schon lange nicht mehr an. Damit befeuern wir nur falsche Trends. Es ist so, als würden wir Feuer mit Glut löschen können.

Ganz entschieden: Nein!

Ich bin es leid bürokratischem Tauziehen zuzusehen. Sie können ganz beruhigt sein, Stiffort: Es wird keine derartigen Gegenmaßnahmen geben, Sie haben mein Wort darauf!" Überrascht und ergriffen nickte Stiffort, über die Offenheit und Vertrautheit, die zwischen den beiden entstanden war. „Sie sind ein Ehrenmann, Horus." Aber Martin ließ auch in dieser vertraulich gewordenen Situation nicht locker.

„Glauben Sie an schwarze Schwäne, Stiff?" und schoss einen weiteren Pfeil auf Stiffort ab.

„Nein, aber daran, dass es Glück, Zufall und Schicksal gibt! Warum? Sie etwa?" Lauernd beobachtete der CEO Martins Gesichtszüge. Er hoffte, einen Hinweis erspähen zu können, der auf die wirklichen Maßnahmen und Kontroll-Instrumente hinweisen musste.

Martin stellte sein leeres Glas auf den Glastisch und ging langsam Richtung Ausgangstür. Kurz vorher drehte er sich um. Stiffort war Martin hinterher gekommen und stand jetzt direkt vor ihm, ein bisschen dichter als üblich, so als wollte er Martin zum Schluss doch noch aus seiner Komfortzone herausbringen. Für einen Moment schien die Zeit still zu stehen, wie sie so dicht voreinander standen. Beide waren ähnlich groß; vermutlich zählte der CEO zehn Jahre mehr. John Stiffort machte keinen Hehl daraus, wer Chef in seiner Welt war und hatte wieder seinen Thron bestiegen. „Vielen Dank für Ihren Besuch, Marty. Es hat mich sehr gefreut Sie kennenzulernen, ganz besonders deswegen, weil Sie Ihre außergewöhnlichen Ansichten so offen und ehrlich mit mir geteilt haben." Martin erging es ähnlich und signalisierte ihm mit ein paar letzten Botschaften, dass die Hoffnung erst zuletzt starb. „Wissen Sie, Stiffort, seit ich ein Kind war bin ich davon überzeugt, dass es nur zwei Sorten Menschen gibt." Wieder huschte Neugier über Stifforts Gesicht. Noch einmal ließ Martin seine Worte wirken und bekräftigte seine Weltanschauung mit Stille, die er dann mit Bedacht füllte. „Es gibt Menschen, die am Fluss sitzen und beobachten und Jene, die auf ihm fahren. Am Ufer sitzen und dem Leben zuzusehen, ist wunderbar. Es hat etwas Meditatives, geradezu Magisches, allerdings kennt man sein Ufer recht schnell wie seine Westentasche. Diejenigen, die auf ihm fahren, sind ständig von berauschenden Vorstellungen getrieben, neue Ufer zu erobern und verzichten dafür ihr ganzes Leben auf Heimat und Zuhause."

Stiffort nickte ernst. „Schöne Metapher, vielen Dank dafür; machen Sie es gut, Horus." Martin fühlte sich aus tiefliegendem Grund am Ende ihres Gesprächs schuldig. „Sie auch, Stiffort. Passen Sie auf sich auf!" und spürte, wie ihm der CEO hinterher sah, als er den Flur hinunterging, bis er im Fahrstuhl verschwand.

Operation Schwarzer Schwan

„Ist es graublau oder pazifikblau?", fragte sich Martin. Je länger er hinsah glaubte er, dass es sich um nebelgraue pazifikblaue Augen handelte, mit einer leicht melancholischen Note, besonders abends, wenn Hüllen und Masken fielen, wenn die Zeit stillstand und er Energie für bevorstehende Tage sammelte.

Viele merkten nicht mal das. Immerzu blieben sie getrieben von Erfolg, Ego, Höher, Weiter und Mehr, dass sie nie merkten, dass ihr Leben ein Hamsterrad blieb. Sogar seine Bartstoppeln versuchten sich im Wuchs gegenseitig zu übertrumpfen.

Seine Rolex hatte Stiffort auf den Glastisch seines Penthouse gelegt. Seine manikürten Fingernägel, die strahlend weißen Zähne, mit dem sportlichen Bürstenhaarschnitt, ließen Stiffort wie ein Männermodel für Manager-Mode ab fünfzig wirken, der für Anzüge, Sorte Slimfit warb.

Martin erinnerte sich an ihre Unterhaltung, wie sie vor Monaten zusammensaßen und über Wachstum und freiwillige Unternehmens-Auflösung diskutierten. Sogar ein psychologisches Profil hatte Martin anlegen lassen. Weder durchstochene Ohrläppchen, noch sonstige Narben erinnerten Stiffort an eine ausgelassene Jugend.

Wirklich alles hatte Stiffort unter Kontrolle, um seismische Beben auszulösen, damit sich tektonische Platten bewegten und sich jeder an ihn erinnerte. Nachdem ihr Gespräch nicht von Erfolg gekrönt war, übte Stiffort sehr schnell großen Druck auf Eduardo aus; wie zu erwarten war, gab der ihn an Martin weiter. Allzu gut erinnerte Martin sich an das Gespräch, in dem Eduardo feuchte Finger bekam, als er Martins Einschätzungen hörte. Als Martin die Zerschlagung der gesamten Andromeda-Gruppe vorschlug, begann Eduardo am ganzen Körper zu schwitzen. Überraschenderweise willigte er aber dennoch großväterlich ein, den Antrag bei der UN-Versammlung einzubringen.

Martin wusste, dass sein Vorschlag in den Mühlen der Bürokratie untergehen würde. Und so kam es. Am Ende stimmten zwar alle der Zerschlagung der Andromeda-Gruppe zu, kommunizierten sie aber an Stiffort als harmlos klingende Empfehlung, der sich höflich bedankte und nicht anmerken ließ, wie prächtig es ihm mit dem kraftlosen Wunsch ging.

Sollten die Vereinten Nationen empfehlen was sie wollten: Er hatte gewonnen. In seinen Augen blieb die UN eine Bande intellektueller Schöngeister, die mit Steinschleudern versuchten die mörderische Welt zu verbessern.

Damals sah Martin genauso glasklar, wie beim Dinner mit Leonidas, François und Angelo. Deswegen lächelte er bei dem Gedanken, als er durch das gewaltige Zielfernrohr blickte.

Stifford unschädlich zu machen stellte sich schwieriger heraus als gedacht. Wie sollte Martin ihn verschwinden lassen, wo er 24/7 bewacht, noch dazu unkalkulierbar flexibel blieb?

Sollte er sich ein großes Küchenmesser kaufen und auf ihn losrennen, dass seine Jungs von der Security ihn auslachten? Alle trafen ihn mit seinen zwei durchtrainierten Bodyguards. An denen unbemerkt vorbeizukommen blieb unmöglich. Nach einer Weile sah Martin ein, dass er anders vorgehen musste. Stifforts Penthouse lag im obersten Stockwerk des Wolkenkratzers. Drumherum schienen alle Gebäude kleiner zu sein, das machte es noch kniffliger. Auch gab es keine geheimen Zugänge. Martin beschaffte sich Karten vom Viertel und machte mehrere Hubschrauberflüge, doch es blieb aussichtslos. Ein paar Tage brauchte er, um sein Scheitern zu verdauen. Ein paar Abstürze in Kneipen halfen ihm bei der Zerstreuung.

Dann völlig unerwartet hatte er einen Geistesblitz. „Wenn es aus kurzer Distanz nicht klappte, dann vielleicht aus sehr Großer! Ja, so konnte es gehen!" Martin rechnete hin und her. Rechtwinklige Dreiecke mit Katheten und Hypotenusen schlossen mit ihm erneut Freundschaft.

Schlussendlich errechnete Martin eine gewaltige Distanz und ließ ein Spezialzielfernrohr anfertigen. Bald begann er sich gründlich vorzubereiten und dehnte sein Sportprogramm aus. Martin meditierte täglich mehrere Stunden wie ein Shaolin Mönch. Nach einer Weile schien er so bei sich zu sein, dass er stundenlang durch das Fernrohr auf den gleichen Punkt sehen konnte.

Dann erstellte er maßstabsgetreue Karten, Zeichnungen und Skizzen, nahm einen Zirkel und tastete sich vor. Langsam wuchsen die Entfernungen. Irgendwann hatte Martin den idealen Punkt gefunden, frontal von vorne, flache Schussbahn, aus über 1.500 Metern Entfernung! Das engte die Anzahl der Büchsen ein.

Wochenlang diskutierte er mit seinem Freund dem Major und Ex-Söldner, bis der ihm seine Hochleistungsflinte vermachte, eine wundervolle DSR-50 Sonderanfertigung. Die Patronen waren das Übelste was es gab. Dagegen wirkten Elefantenbüchsen wie Wasserpistolen. Diese teuflische 12,7x99mm Munition, war nach 1.500

Metern noch im Stande, dicksten Panzerstahl zu durchschlagen!

Aber solche Waffen zu bedienen war äußerst
heikel, weil sie zu sensibel und gleichzeitig zu mächtig
blieben. Was für eine faustische Kombination. Martin
kaufte fingerdicke Panzerscheiben und geräucherte
Schinken, um monatelang Testreihen aus 1.000, 1.500
und 2.000 Metern in der Wildnis zu schießen. Auch
musste er viel über Wind und Wetter lernen, wie sie Projektil und Flugbahn beeinflussten. Irgendwann ging Martin mit seiner Donnerbüchse so präzise um, wie mit einem Skalpell.

Sein großer Tag nahte.

Martin hatte hervorragend geschlafen, gut gefrühstückt und viel meditiert. Seit Stunden lag er auf seinem Posten und sah durch das Zielfernrohr, um seine
Bewegungen zu minimieren. Er hatte Stifforts Bedürfnisse gründlich studiert und kannte sie in und auswendig. Noch dazu kam ihm eine weitere Pandemie zu Hilfe,
dass Stiffort alle Reisen stornierte. Plötzlich saß er
Abend für Abend in seinem Penthouse, was für ein
Glücksfall!

Durch das Fernrohr sah Stiffort klein und un-
scheinbar aus, wenn er mit Lesebrille Tablet oder Smartphone bearbeitete. Fast machte er einen sympathischen
Eindruck, wie ein hochbezahlter Fernsehmoderator mit
Bodyguards und gepanzerten Limousinen.

Stiffort schenkte sich unterdessen einen exklusiven Bordeaux ein, von einem Chateau, wo man Reben
noch per Hand erntete und sofort verarbeitete, ganz
ohne Eichenholzspäne, sondern richtig im Eichenfass la-
gerte. Gedankenverloren atmete er den Duft des Weines
ein, nahm einen ersten Schluck und drückte den Wein

über Zunge und Gaumen. Selbst nach all den Jahren im Luxus, schien er fähig zu sein, solch kostbaren Wein genießen zu können. Martin war überrascht und stellte fest, dass Teile von Stifforts Lebensstil ihm im Prinzip sympathisch waren, wenngleich allerdings zu sehr auf Kosten anderer. Doch damit war er in guter Gesellschaft. Längst dachten alle mächtigen Menschen, so etwas wie Gott zu sein. Jeder redete ihnen nach dem Mund und lächelte sie höfisch an, als wären sie königliche Hoheiten. In Wahrheit besaßen sie lediglich Geld und Macht, sonst nichts. Martin dachte darüber nach, was man mit Erfolgssüchtigen machte, die nie Rückschläge einstecken mussten.

Wie konnten sie Bodenhaftung behalten? Wollten sie überhaupt, oder sah man die Menschen irgendwann nur noch als Menschenmaterial und „Staff" für Fabriken an? Bekamen Zahlen nicht schon lange mehr Aufmerksamkeit und Wertschätzung, als Menschen und ihre Aufgaben?

Mehrmals zierte Stiffort Titelblätter internationaler Wirtschafts- und Managermagazine. Angemessen behandelt hatte er sich gefühlt, ließ die Berichte aber trotzdem von seinen Juristen auseinandernehmen.

Selbst Dinge des Alltags drangen seit Jahrzehnten nicht mehr zu ihm vor. Müll brachte er schon lange nicht mehr zur Straße. Welche Straße eigentlich und welcher Müll? Glühbirnen wechselte Stiffort genauso wenig, wie Plattfüße. Welche Plattfüße? Er hatte Fahrer für seine gepanzerten Limousinen!

Einkaufen tat er ebenfalls seit vielen Jahren nicht mehr, irgendjemand erledigte das. Erfolgreich drückte er Löhne der Belegschaften, obwohl jedes folgende Geschäftsjahre erfolgreicher als die vorigen schienen. Stifforts Vermögen wuchs immer weiter. Seine Tochter schickte er auf Eliteschulen mit Schuluniformen, damit man sie, zu einem Hochleistungs-Menschen züchtete, unfähig was anderes als Hochleistung zu liefern, so wie er. Wann Stiffort ihr die letzte Gute-Nacht-Geschichte vorgelesen hatte, wusste er nicht mehr. Dafür hatte er Erfolg. Längst glaubte Stiffort, Auserwählter unter Auserwählten zu sein, der seine Beute hetzte und gnadenlos tötete, egal ob auf der Flucht, oder in Dessous, auf dem Opferaltar der Begierde.

Als Martin ihn traf, überkam ihn der magische Moment an dem er über Stifforts Verschwinden nachdachte. Einige Monate später wartete Martin in der Dunkelheit, mit dem Herzen eines Mönches und der Ruhe eines Zen-Meisters.

Immer langsamer atmete Martin ein und aus und sah Stiffort in seine pazifikblauen Augen. Vorsichtig streichelte Martins Finger den Abzug – alles war bereit für Stifforts Reise ans Ende des Lichts.

Nummer Eins

Seit Tagen plagten Stiffort Albträume. Meistens ging es um seine Konzern-Gruppe. Sogar Tochter und Ehefrau Clarice kamen darin um. Es begann seit dieser Horus bei ihm war. Natürlich blies er Eduardo den Marsch. Worauf wartete der? Horus musste aus dem Verkehr gezogen werden, und wenn es noch länger dauerte, dann Eduardo gleich mit!

Stiffort ärgerte, mit welcher Arroganz und Selbstverständlichkeit Martin ihn belehrte. Natürlich wusste er, dass Horus als oberster Wirtschafts-Stratege der Vereinten Nationen tätig war. Stiffort blieb auch klar, wie wichtig die Vereinten Nationen für die Menschenrechte waren. Doch seiner Meinung nach sollten sie es dabei belassen. Woher kam Eduardos plötzlicher Vorstoß, sich in globale Wirtschaft einzumischen?

Stiffort kannte die Antwort nicht und entschied sich, Eduardo anzurufen. Schon griff er nach dem Smartphone und wählte. Leichtes Tuten, dann Knacken in der Leitung, jemand hob ab, Eduardo war dran.

„John, bald telefonieren wir täglich." Ohne Umschweife preschte der CEO vor.

„Eduardo, mir liegt eine Frage auf der Leber! Aus welchem Grund wollt Ihr euch stärker in die globale Wirtschaft einmischen? Du hattest es zwar angerissen, aber die offenen Fäden, wie immer, im Winde verwehen lassen. Klär mich mal auf: Was ist da los!" Überraschenderweise blieb der Generalsekretär gelassen, „Das ist ganz einfach erklärt, Martin hat dir doch bestimmt", wurde jedoch sofort vom Vorstandsvorsitzenden unterbrochen. „Stop-stop-stop! Lass mal diesen Horus raus! Ich frage DICH, als Chef des Ganzen: Was also ist euer Anliegen? Solche Themen stimmt Ihr doch wohl hoffentlich vorher in der UN-Vollversammlung ab; da wird wohl kaum ein Horus von träumen und am nächsten Morgen wie die Gebrüder Grimm einen Plan aushecken: Los, erzähl mal, was läuft da!" Auch jetzt ließ sich Eduardo nicht aus der Ruhe bringen, was Stiffort anfing zu stören.

„Hatte ich dir das nicht erzählt, oder erinnerst du es nicht mehr, John? Wir haben einen gemeinsamen Maßnahmenkatalog entwickelt. Martin arbeitet alle strategischen Themen aus und unterbreitet der Vollversammlung Vorschläge, weswegen er direkt an mich berichtet. Von ihm stammt die Idee, mit dem Gütesiegel, sowie eine Reihe von weiteren Maßnahmen, wie zum Beispiel, zu groß gewordene Konzerne gezielt zu zerschlagen und alternative Wachstums-Formen zu normieren und im Zweifelsfall..." Wieder fuhr ihm Stiffort dazwischen.

„Jetzt erinnere ich mich! Jetzt hör mir mal zu: Es wäre in der Tat begrüßenswert, wenn Ihr mit diesem Gütesiegel vorankommt. Zu den anderen Punkten möchte ich mich lieber nicht äußern, sie sind völlig utopisch! Natürlich sind Gerechtigkeit, Ethik und Moral wichtige Eckpfeiler auch meiner Konzerne, sogar für mich privat. Deswegen ist es von größter Wichtigkeit, dass dieser Katalog von einer breiten Mehrheit mitgetragen wird. Fairness und Gleichbehandlung für alle: Dass muss an oberster

Stelle stehen!" Längst hatte Stiffort seine Marketingplatte aufgelegt und glaubte Eduardo wie üblich darin einwickeln zu können. „Das sehe ich ganz genauso, John! Hab Vertrauen, wir sind von Kapital und Politik unabhängig..." und wurde wieder von John Stiffort unterbrochen, der ihm in die Parade fuhr, weil Eduardo die Angewohnheit hatte, langwierige Monologe zu führen.

„Natürlich habe ich vollstes Vertrauen, mein geschätzter Freund! Grüß schön zuhause, vielen Dank und bis bald!" Stiffort legte einfach auf, Eduardo fand sonst kein Ende. Er fand, dass diese dumm-naiven Idealisten mit Scheuklappen herumrannten!

Zwar fand er auf der einen Seite die Fridays-for-Future-Bewegungen gut, tief drinnen jedoch nahm er sie als verwöhnte und selbstgerechte Kinder der Oberschicht nicht ernst; was für ein weltfremder Trend, genauso wie dieser Horus.

Stiffort dachte an die merkwürdigen Andeutungen von Martin bei der Verabschiedung. Wollte er dem freien Weltmarkt Daumenschrauben anlegen, zum Wohle der Menschheit? Was war das Wohl der Menschen? Faire Arbeitsbedingungen, gar Freiheit und Selbstbestimmung, oder einfach nur bunte Schraubendreher?

Hatte er, Stiffort nicht auch viel Verantwortung, die er nicht einfach so ablegen konnte? Sprach Horus nicht von der Möglichkeit, seinen Konzern zu zerschlagen? Stiffort dachte über Martin und seine Experten nach, wie nannten die es noch gleich? Einfluss und Profit, im

Verhältnis zum Weltmarkt? Und dann die Idee von intellektuellem Wachstum; so etwas hatte er im Leben noch nicht gehört. Von wegen Menschen-Ausbeutung, so ein Quatsch. Seiner Meinung nach, hatten diese selbstgerechten Gutmenschen keine Ahnung. Natürlich musste man ortsübliche Preise ertragen, auch wenn man dabei ethisch-moralische Grenzen erreichte. Man durfte nicht mehr als das Übliche zahlen, weil man sonst den Laden geschlossen bekam.

Stifforts Meinung nach waren Multi-Milliarden-Konzerne nun einmal keine Wohlfahrtsvereine oder Wellness Clubs. Doch das Gütesiegel für fairere Gewinnbeteiligungen unterstützte er. Es würde ihm große Verdienste bei neuen Deals leisten. Bei allem anderen sorgte Stiffort dafür, dass sie die Punkte solange verschleppten, bis sie von den Agenden verschwanden.

Montag vier Uhr morgens.

Stifffort wurde eine Stunde vor dem Wecker wach. Er konnte nicht mehr schlafen und ging eine knappe Stunde laufen. Als er wieder zuhause war, schaltete er das Radio ein und stellte sich unter die Dusche. Während das Wasser über seinen Körper lief, dachte er über seinen Tag nach, und welche Termine für ihn geplant waren

Kurz darauf trocknete er sich ab und schlüpfte in einen dunklen Anzug mit weißem Hemd, und legte eine Rolex an. Um 7:00 Uhr Frühstück mit Espresso und Müsli, gegen 7:30 kamen Pete und Jack, seine Bodyguards, um ihn ins Büro zu fahren. Die Sonne schien, keine Wolken am Himmel. Stiffort griff in die Zeitschriftenablage seiner exklusiven Limousine und las Wirtschaftszeitungen quer. Als sie am Wolkenkratzer ankamen, öffnete Mike die Tür, sah sich um, lächelte seinen Patron an, und ließ ihn raus. In zügigen Schritten ging Stiffort in die große Empfangshalle, vorbei an Billy dem stets freundlich grüßenden Wachmann und nahm den Expressaufzug. Seine Assistentin kam ihm wie immer aufgeregt entgegen.

Stiffort war sehr zufrieden mit ihr, obgleich sie ihn manchmal mit ihrem hyperaktiven Engagement nervte. Anfangs sagte er ihr das durch die Blume. Sie nickte eifrig, wie immer, änderte aber nichts. Sie konnte es nicht, dafür war sie zu strebsam und zu uneigenständig im Denken. Vielleicht kam das mit zunehmender Reife.

„John, um 11 hast du die erste Konferenz. Schuldenschnitt Frankreich, möchtest du dabei sein?" Stiffort zog die Augenbrauen hoch und wurde neugierig.

„Ist Macron dabei?" Er zielte auf etwas Bestimmtes ab, „Nein, aber jemand aus seinem Team", und fasste entschlossen nach.

„Sehr gut! Wer ist dabei, der Wirtschaftsminister vielleicht?" Als sie den Namen hörte hellte sich ihr Gesicht auf, konnte sie doch eine frohe Botschaft mit ihrem Chef teilen. „Ja, der ist dabei!" Stiffort lächelte immer breiter

„Hervorragend! Sag ihm, dass wir seine TOP100 Liste der Konzerne durchgehen, jetzt ist Einkaufszeit!" Er rieb sich die Hände. Die Krise ließ hunderte Konzerne pleitegehen, die man günstig übernehmen und so den Chinesen zuvorkommen konnte. Stiffort bohrte nach. „Was noch?" Seine Assistentin rückte ihre Brille zurecht und strich ihren Rock glatt. „Am späten Nachmittag Meeting mit dem Vorstand für Recht. Charles lässt sich jedoch entschuldigen; er hatte heute Morgen einen Sturz mit dem Fahrrad" Stiffort fluchte ungebremst. Noch so ein naiver Idealist! „Wie geht es ihm?" Erschrocken fuhr sie zusammen und stotterte beim Antworten. „Scheint nicht schlimm zu sein; nur ein paar Hautabschürfungen; er ist gerade beim Arzt; zum Meeting schickt er einen Vertreter." Stiffort kniff die Augen zusammen. „Worum ging es?" und wartete. „Um Rechtsstreitkosten, danach Dinner mit Aufsichtsratsvorsitzenden Restadieu." Eine lange Freundschaft verband Stiffort mit dem Franzosen.

„Es geht um Eduardo und sein Team." Stiffort lächelte und nickte. Seine Assistentin zog die Augenbrauen hoch und hatte ein Fragezeichen in ihrem hübschen Frettchen-Gesicht, schluckte ihren langen Fragesatz jedoch schnell wieder runter und ging aus dem Büro.

Stiffort saß wieder alleine und genoss die Stille. Die Konferenz lief gut. Bundeskanzler Habeck kam überraschend dazu, schien gut gelaunt zu sein und teilte Stifforts Meinung, dass die Franzosen unbedingt gerettet werden mussten.

Um jeden Preis musste die Europäische Gemeinschaft standhalten und der Euro stabil bleiben. Zu groß war sein Einfluss auf die Weltwirtschaft. Kollabierte Europa, ging der ganze Planet in einem Wirtschaftskrieg unter. Nur wenige hatten die Weitsicht, dass zu erkennen. Ein politisch und fiskaltechnisch schweres Thema. Unternehmerisch gesehen jedoch eine fabelhafte Zeit, wo es sich lohnte shoppen zu gehen. Schuldenschnitt von La France war Stifforts Meinung nach unumgänglich. Schon bei Griechenland machte man den Fehler, sie mit drakonischen Zinsen zu belegen. Alte konservative Betonköpfe hatten das damals verzapft.

Eine Schande! Sowas durfte sich niemals mehr wiederholen. Energie und Facility sicherstellen und private Werte oberhalb eines möglichst niedrigen Mindestwerts einfrieren, darum ging es. Und fertig war der Neuanfang für die sechste Französische Republik.

Schneller verdiente man sein Geld nirgends! Am späten Nachmittag dann Konferenz mit der Rechtsabteilung. Leider war die Vertretung unsicher und übereifrig. Unzählige Graphen und Torten, doch die Kern-Botschaft blieb aus. Stiffort war sehr unzufrieden, seine Assistentin merkte das und machte sich Notizen. Dann platzte ihm der Kragen.

„Wie war noch gleich Ihr Name? Jetzt bitte ganz konkret: Wie hoch sind die Kosten der fünf wichtigsten Fälle, bei denen wir Chancen auf Erfolg haben? Ist es möglich mir das jetzt transparent zu erklären?"

Kreidebleich kam der Mann ins Stocken. Besonders beim letzten Satz ruderte er und erzählte eine stotternde unübersichtliche Geschichte. Stiffort zog die Augenbrauen hoch; Falten spannten sich über seine Stirn, kein gutes Zeichen. Noch dazu fing die Vertretung an, immer schneller zu sprechen. Stiffort hatte genug.

„Stop! Wir beenden das jetzt sofort; hören Sie: Ich fordere eine klare Übersicht, zu den eben genannten Punkten, genau heute in einer Woche." Erschöpft und unterwürfig nickte der Mann und zog mit hängendem Kopf von dannen. Mit nachdenklicher Stirn schaute Stiffort seine Assistentin an.

„Maria! Sag Charles, dass ich nächste Woche die Präsentation von ihm haben will. Wir reden hier von Milliardenbeträgen! Da erwarte ich ihn selbst und keinen planlosen Verkäufer!" Maria schluckte schwer und sah ihren Chef mit großen Augen und noch größeren Fragezeichen an. Stiffort hatte keine Lust Erklärungen abzugeben und ließ sie im Raum stehen. Stattdessen machte er sich auf dem Weg zum Abendessen. Als sie raus war, schob er ein Fenster auf, um Luft zu schnappen und schenkte sich einen Whiskey-Soda ein. Nachdenklich sah er in die Ferne und nippte am bernsteinfarbenen Getränk. Plötzlich klingelte sein Smartphone, Maria erinnerte ihn an sein Dinner; Stiffort trank den Rest Whiskey und ging schnurstracks aus dem Office. Nachdenklich fuhr er mit dem Aufzug runter und stieg in seine Limousine. Dreißig Minuten später kamen sie am Restaurant an.

Pete und Jack sicherten die Umgebung, nickten und ließen Stiffort raus. Eine Bedienung kam auf Stiffort zugerannt und geleitete ihn zu einem separat gelegenen Tisch, an dem Jean-Bernard Restadieu bereits wartete. Das war ungewöhnlich, war er doch ein ängstlicher Mann.

Stiffort wollte den Aufsichtsratsvorsitzenden über eine heikle Entscheidung informieren. Lächelnd gingen sie aufeinander zu. „Wie geht es dir?" Stiffort umarmte den Franzosen und lächelte warmherzig, „Jay-Bee, schön dass wir uns treffen" blieb aber in Alarmbereitschaft. Jean-Bernard war ein intelligenter Mann und berühmt für seine raffinierten Eigenarten.

„Freut mich ebenfalls, wie geht es dir, John?"

Stiffort blieb in Lauerstellung. „Es geht mir hervorragend und selbst? Ich hörte, das du deinen kleinen Eingriff gut überstanden hast?" Stiffort legte dem feinsinnigen Mann sofort ein verbales Stachelhalsband an. Erschrocken vom harten Zupacken stotterte der, als er dem CEO antwortete.

„Ja! In der Tat, bin ich noch mal mit dem Schrecken davongekommen! Zum Glück war es im Anfangsstadium, und hat nicht gestreut!" Stiffort wollte den hochgewachsenen schlanken Franzosen in Sicherheit wiegen. „Was für ein Glück, mein Lieber! Komm, lass uns lieber über erfreulicheres wie zum Beispiel Business reden." Erleichterung machte sich auf dem Gesicht des Aufsichtsratsvorsitzenden breit, „Danke, John", der sich sichtlich unwohl an seine Operation erinnerte.

„Selbstverständlich, Jay-Bee. Wir sind Freunde, du bist Teil der Familie; kommen wir zum Geschäft." Stiffort handelte geschickt und legte eine längere Pause ein, um seinen Freund die Stille füllen zu lassen, was dieser dankend annahm, um den Anfang zu machen.

„John, wie zuversichtlich bist du mit den laufenden Verfahren, besonders jene mit den Bestechungsvorwürfen? Aber vor Allem: Wie schätzt du die Ambitionen der Vereinten Nationen ein? Die Botschaften sind positiv, die Statements der verschiedenen Ethik-Kommissionen ebenfalls, ich möchte deine offene Meinung hören."

Das war es also!

Stiffort hatte sofort verstanden. Der Aufsichtsrat bekam Furcht. Sein Vertrauen war erschüttert. Doch war es der ganze Aufsichtsrat, oder nur Jay-Bee? Konnte er alleine dahinter stecken? Stiffort ärgerte sich. Er konnte keine Angsthasen gebrauchen. Schon länger trug er diesen einen Gedanken mit sich rum. Vor wenigen Tagen hatte sich Stiffort entschieden ein Zeichen zu setzen. Jay-Bee musste gehen! Er würde seinen Rücktritt aus gesundheitlichen Gründen umgehend einreichen.

Jeder würde das verstehen und ihn als feinen Kerl in Erinnerung behalten, der dem Team enorm half. Was nützte es, wenn man in Krisenzeiten Nerven zeigte. Stiffort wartete nicht länger ab.

„Wie lange stehst du dem Aufsichtsrat vor, Jay-Bee? Zwei Jahre, oder waren es sogar drei?" Der CEO brachte den Vorstandsvorsitzenden in die Defensive, indem er Vergesslichkeit vortäuschte.

„Seit fünf Jahren John! Warum?" Es klappte hervorragend. „Schau, wir erleben turbulente Zeiten! Von allen Seiten werden wir angegriffen; wir befinden uns im Krieg! In solchen Zeiten brauche ich Generäle, die mir loyal zur Seite stehen, verstehst du? Gesundheit ist auch in

Kriegszeiten das höchste Gut. Die UN gibt hehre Ziele vor, will unsere Konzern-Gruppe in Wahrheit jedoch in tausend Teile zerschlagen. Was unsere Strafzahlungen und Verbindlichkeiten angeht, bin ich völlig entspannt; wir sind völlig transparent und arbeiten mit den länderspezifischen Justizien eng zusammen. Aber ich weiß, dass deine Konstitution nach diesem schweren Eingriff angeschlagen ist, und dass du diese starke Anspannung nur unter großen Entbehrungen erträgst. Daher habe ich vollstes Verständnis, dass du deinen Rücktritt per sofortiger Wirkung einreichst!" Schockiert zuckte der Franzose zusammen und sah Stiffort entsetzt an. Teilnahmslos sah Stiffort ihn an und tat so, als würde ihn der Abgang nicht berühren. Er war lange genug im Geschäft und wusste, dass man Hiobsbotschaften nicht hinauszögern, sondern sofort kommunizieren musste! Man musste geschwind die Guillotine holen und zusehen, wie Köpfe rollten.

„John, wovon redest du? Ich mache mir Sorgen, um dich und um den Konzern; du weißt, wie sehr ich daran hänge..." Stiffort unterbrach ihn barsch und ignorierte seine Einwürfe.

„Jay-Bee! Es ist gar nicht schlimm, zur richtigen Zeit aufzuhören und Platz für andere zu machen; im Gegenteil; nur das ist professionell; du wirst ein umfangreiches Aktienpaket bekommen und alle derzeitigen Bezüge bis ins Renteneintrittsalter; sei unbesorgt, du wirst immer Teil der Familie sein. „Es ist beschlossene Sache?" Stiffort ging auch darauf nicht ein. „Morgen werden wir es auf unserer Pressekonferenz bekanntgeben und dich mit allen Ehren ausscheiden lassen; auch wirst du ein paar Auszeichnungen bekommen, dazu ein paar schnittige Artikeln in einschlägigen Wirtschafts-Magazinen, damit du deine Expertise darlegen kannst. Als hochbezahlter Berater wirst du ein angenehmes Leben haben; und weil du so viel für uns getan hast, wirst du aus Dank und tiefer Verbundenheit unsere Firmen-Immobilie auf Mallorca erwerben." Der Aufsichtsratsvorsitzende war völlig schockiert, hörte auf zu kauen, legte sein Besteck beiseite und nahm einen großen Schluck Wein. Stiffort konnte sehen, wie nach einigen Sekunden ein Ruck durch seinen Freund ging; er hatte das Gehörte angenommen. Jay-Bee fing sich wieder.

„John, dein Angebot kommt überraschend; dennoch muss ich dir von ganzem Herzen sagen, dass wir gute Jahre hatten, auf die es sich wahrhaftig, und das meine ich in aller Deutlichkeit, stolz sein und anstoßen lässt, daher, auf dich! Merci und Santé!"

Warmherzig lächelte der CEO den Franzosen an. Es war erledigt. Was für ein schöner Abschied, einfach wundervoll, typisch Franzose. Stiffort war zufrieden.

„Santé, lieber Jay-Bee, lass dich umarmen", er schmunzelte still in sich hinein, weil ihn sein eigener Auftritt an einem Groschenroman erinnerte. Stiffort spürte, wie der Franzose sich zu einem letzten stilvollen Auftritt aufbäumte. „Ich danke dir, John! Du wirst verstehen, dass ich jetzt ein paar Dinge planen muss." Der CEO ließ ihn gewähren; man musste Totgeweihte mit Respekt behandeln. „Natürlich, lieber Jay-Bee; mach es, wie es für dich passt." Stiffort sah, dass Jay-Bee immer noch benommen war. Natürlich verstand er, dass es Zeit brauchte, so eine Veränderung zu verdauen, doch wollte er den Schock nicht vollständig nur damit erklären, besonders nicht bei jemandem, der jahrzehntelang alles hatte, was er wollte. Wieso konnten Menschen unzufrieden sein, obwohl sie reich und vermögend waren und lange an der Spitze waren? War es das Gefühl von Verlust, oder das Abrutschen in die Unbedeutsamkeit, nachdem man jahrelang an den Hebeln der Macht saß?

Sie verabschiedeten sich. Für Stiffort fühlte sich alles wie vorher an, für Jean-Bernard Estadieu nicht. Er war sehr blass. „Mach's gut John." Stiffort wickelte den Abschied in Seide ein.

„Du auch, Jay-Bee, wir sehen uns." Mit gesenktem Haupt schlich Jay-Bee Richtung Ausgang und bog kurz vorher noch einmal um die Ecke, vermutlich zur Toilette. Stiffort winkte der Bedienung, zahlte für beide und ging hochzufrieden aus dem Restaurant. Als er vor die Tür trat, warteten Pete und Jack schon mit der Limousine. Pete öffnete die Tür. Stiffort ließ sich genüsslich in die schützende Dunkelheit gleiten. Mit Schwung schloss Pete die Tür. Stiffort freute sich aufs Alleinsein. Kein Klingeln, nichts, einfach nur Stille. Langsam schlich die Stadt an der Limousine vorbei. Er liebte es aus dem Fenster zu schauen. Schon als Kind liebte Stiffort es, wenn Farben, Formen, grelle Werbung und das Leben vorbeizogen. Als sie am Andromeda-Tower ankamen, geleiteten ihn die zwei Bodyguards in den Eingangsbereich und fuhren mit ihm bis ins Penthouse. Peinlich genau achteten sie darauf, dass der Vorstandsvorsitzende sich sicher fühlte. „Vielen Dank, Freunde. Macht Feierabend, bis morgen." Krachend fiel die schwere Tür des Penthouses ins Schloss. Stiffort ging ins Bad und öffnete sein Hemd, um sich flüchtig das Gesicht zu waschen. Zu mehr hatte er keine Lust. Ohne Schnürsenkel zu lösen, streifte er die Schuhe ab, schloss kurz die Augen und konzentrierte sich auf seinen Atem, um zu entspannen und ging in den Salon, mit dem atemberaubenden Ausblick. Zielsicher griff Stiffort nach Whiskey, Eis und Soda und trank einen ersten Schluck, um sich nachdenklich an die Fensterfront zu lehnen und der Stadt beim Brodeln zuzusehen. Langsam kam er runter. Eigentlich wollte er sich nur kurz auf das Sofa legen. Sofort übermannte ihn der Schlaf. Kurze Zeit später wachte er auf und hatte den Eindruck ewig geschlafen zu haben. Plötzlich bekam er Appetit auf Rotwein und griff sich eine erlesene Flasche, nahm den Korkenzieher und setze sich aufs Sofa, den weiten Blick zum Horizont genießend. Nachdem er seine Uhr auf den Tisch gelegt hatte, puhlte er vorsichtig das Aluminium von der Flasche, zog den Korken, roch am Boden und schenkte sich ein, sein Glas in elliptischen Kreisen schwenkend. „Duftet köstlich, was für ein Aroma", murmelte Stiffort zufrieden, während er den schweren Wein genüsslich durch den Mund spülte und mit Genuss runter schluckte. Gerade sah er raus und ließ seinen Blick am dunklen Horizont entlanggleiten, als er plötzlich erschrocken zusammenfuhr und in weiter Ferne etwas aufblitzen sah...

Gleißender Strahl

Martin spürte dass es Zeit war. Millimeter für Millimeter zog er den Abzug. Stück für Stück näherte er sich dem Wendepunkt, als er plötzlich über den Abzugspunkt hinweg rutschte und das schlafende Gewehr weckte:

Pffoouummm!

Brutaler Keulenschlag in Martins Schulter. Bruchteile von Sekunden später stürmte ein gleißender Silberschweif mit lautlosem Gebrüll und gedämpftem Zischen aus dem gewaltigen Schalldämpfer. Martin sah dem leuchtenden Funkenflug hinterher, wie er seinem Ziel entgegenstob, dabei einen kaum sichtbaren Bogen zeichnend, als malten die Götter einen magischen Kometenschweif. Nach unendlich langsam dahin tropfenden zwei Sekunden berührte das Geschoss die Scheibe und begann sich mit aller Macht gegen das schwere Glaspaket zu stemmen. Zuerst löste es ringförmige Schockwellen aus, die sich wellenförmig wie Wassertropfen ausbreiteten. Als die dicken Glasschichten ans Ende ihrer Belastung kamen, explodierten sie in abertausende Kristallwürfel, zu himmlisch-glitzernden Sternenstaub. Zwei weit aufgerissene Augen starrten mit Entsetzen das explodierende Glas an, das sich wie eine brennende Wolke ausbreitete und die mächtige Gewehrkugel, die gewohnt war Panzerstahl zu durchbrechen. Noch fünfzig Zentimeter. Mit dem gewaltigen Zielfernrohr hatte Martin den Eindruck, als würde es ein Meter vor ihm passieren. Vierzig Zentimeter. Selbst nach dem Durchschlagen des gewaltigen Glaspakets hatte das Projektil kaum Geschwindigkeit verloren. Dreißig Zentimeter. Morgen würde es keine Termine mehr geben, kein Auswählen von Hemden, Anzügen und Uhren. Zwanzig Zentimeter.

Gebügelte Baumwolle versperrte dem Silberstrahl nur flüchtig den Weg. Schüchtern gab der feine Stoff den Weg frei und ließ sich beiseite drücken. Zwei Millimeter! Das Geschoss berührte Stifforts Brustkorb. Unaufhaltsam drängte das Geschoss tiefer, einer gierigen Ölplattform gleich, vorbei an zwei nichtsahnenden Rippen; die Spitze des immer breiter werdenden Tunnels traf auf Stifforts aufgeregt pumpendes Herz und zerschlug es; unaufhaltsam zog das ungebremste Geschoss seine blutige Wirbelschleppe hinter sich her, und verwandelte das beige Ledersofa und die sandfarbene Wand, in eine Hackfleisch-Tomaten-Installation, die durch ihre farbintensive Form und Konsistenz noch Jahre später, im Archiv internationaler Polizeibehörden Nackenhaare aufstellte. Bevor die Reise des Projektils endete, durchschlug es zwei weitere Wände, donnert durch den vorbeifahrenden Fahrstuhl und den gegenüberliegenden Belüftungs-Schacht, um Tage später von einem emsigen Kriminalbeamten gefunden zu werden. Von der gewaltigen Wucht aus den Knien gehoben hing Stiffort für einen Moment wie eine Marionette an unsichtbaren Schnüren. Kurze Zeit stand er mit zittrigen Beinen und fragenden Augen vorm Jüngsten Gericht, um nur einen Hauch später wie ein leerer Sack auf das edle Sofa zu klatschen, und sein Penthouse in ein schauderhaftes Gemälde zu verwandeln. Martin sah zu, wie die Farbe aus seinem Gesicht verschwand und Geist und Leben aus seinem Körper flossen. Ein allerletztes Mal krallten sich seine Hände verzweifelt in das weiche Ledersofa. Wie schnell die Farben des Lebens wechselten. Aus rosa wurde grau, nach grau kam gelb. Wie altersschwache Ölfunzeln glommen seine Augen noch kurz nach, bevor die Götter ihn riefen und Stiffort Kontrolle über seinen ehemaligen Körper verlor. Ein allerletztes

Aufbäumen und Schütteln durchlief seinen Körper; leerer werdende Augen tasteten hoffnungslos die Dunkelheit nach dem Sender der tödlichen Fracht ab. Dann kippte die leblose Hülle zur Seite, während sich ein dunkler See unter ihr ausbreitete. John Stiffort gab es nicht mehr. Schweigend sah Martin das verheerende Werk der panzerbrechenden Munition. Stifforts stumpfgelben Augen blickten in eine andere Welt. Jetzt war er auf der anderen Seite. Dunkler Sprühnebel hatte sich über den Glastisch verteilt. Hier und da fette Kleckse, dort ein paar Brocken. Bald fing es an zu trocknen. Martin schaute andächtig durchs Fernrohr und ließ den Abzug los.

Mitternacht.

Das Licht im Penthouse würde Stiffort nicht mehr löschen. Es schien so, als wenn der Schuss kein Alarm ausgelöst hatte. Martin konnte sich nicht vom Anblick lösen und begann leise mit Stiffort zu reden. „Sieh dich um: Unsere Zeit ist begrenzt, versuch beim nächsten Mal den anderen Menschen mehr abzugeben!" Martins ernster Gesichtsausdruck half ihm sich vom Anblick zu lösen. Langsam verschloss er beide Enden des Zielfernrohrs, entriegelte den Gewehrkolben, zog ihn aus der Verankerung und verstaute den teuflischen Bausatz in dem mit Schaumstoff ausgelegten Koffer. Er nahm einen großen Schluck Wasser und schwang den Trecking-Rucksack auf den Rücken. Nach zwanzig minütigem Fußmarsch stand er an einer mehrspurigen Hauptstraße.

LKW's hupten, vorüberfahrende Güterzüge quietschten, funkelten und blitzten mit den Sternen um die Wette. Flugzeuge starteten vom nahegelegenen Flughafen. Drückende Schwüle lag über der Stadt. Überall roch es nach verschüttetem Bier, Schnaps, Urin und Hundescheiße. Ein Taxi hielt und brachte Martin ins Stadtzentrum. Sharif, hieß sein Fahrer und trug einen roten Punkt auf der Stirn. Martin roch Kreuzkümmel, Curcuma und Schweiß. Ohne Pause redete Sharif auf ihn ein und schimpfte über die Menschen. Kein Thema ließ er aus. Erst Kapitalismus, dann Klimawandel. Bald redeten sie über steigenden Meeresspiegel, über die daheimgebliebene Mutter, seine wunderbaren Kinder und sein Wurzel-Shakra, das ihn um den Verstand brachte, weil seine Frau immer noch zu scharf kochte, obwohl sie wusste, dass er es nicht abkonnte. Sharif erzählte mit allen Details, dass er bei schlechtem Schlaf Joints rauchte, die sein Gesicht und Gehirn so taub machten, dass er nicht merkte wie er sich im Schlaf die Wangen wund biss. Hin und wieder wachte seine Frau vom Würgen auf, wenn er drohte seine betäubte Zunge zu verschlucken. Martin beobachtete unterdessen Ampeln, Gesichter, Dunkelheit, Farben, Schmutz und Verkommenheit und ließ alles an seinem Fenster vorbei schwimmen.

Obdachlose klopften an ihren Scheiben, als sie an Kreuzungen hielten. Ihre abgerissenen Kleidungen wehten wie zerfetzte Segel im Nachtwind. Klauengleiche, an ledrige Mondsicheln erinnernde Hände, die zum Überleben alles in den Rachen steckten, was halbwegs verdaubar schien. Nach fünfzig Minuten kamen sie am Hotel an. Sharif redete ohne Punkt und Komma, bremste den Wagen, blickte auf das Taxameter und sprach ungebremst weiter.

„Nichts ist den Menschen heilig! Sie verkaufen alles, was sie finden; Reiche werden reicher, und die Armen ärmer; nichts zählt mehr, alles ist verkommen und rennt Macht und Reichtum hinterher! Das macht vierzig,

Mister! Sehen Sie sich mal das Wetter an; es wird immer heißer und kälter und zugleich immer trockener; auch Lebensmittel werden immer teurer und schlechter, bald gibt es kein Trinkwasser mehr." Martin gab ihm fünfzig.

„Danke, Mister! Gott möge sie schützen." Als er aus dem Auto stieg, verschwand es rasch in der trüben Nacht. Martin trat in den Eingangsbereich seines Hotels. Lautlos glitt er durch die gläserne Drehtür. Auf Zehenspitzen schlich er an der unbesetzten Hotel-Lobby vorbei, ging auf sein Zimmer und schloss leise die Tür.

Martin ließ das Licht aus. Eine kreischende Bahn rollte heran. Autohupen, ein paar verzweifelte Schreie gesellten sich dazu. Martin zog sich aus und stellte sich unter die Dusche, um das Geschehene abzuwaschen. Dann frottierte er sich sorgfältig ab und setzte sich auf den Bettrand.

Nach einer Weile goss er sich einen Whiskey ein, nahm eine Zigarette und einen ersten tiefen Zug; hin und wieder nippte er gedankenverloren am Glas. Dann drückte Martin die Kippe aus, trank den letzten Schluck und sah der glitzernden Nacht beim hell werden zu.

Ewiger Großstadtzirkus

Dunkelheit stand im Raum. Martins Körper schien schon
länger hellwach zu sein. Es fühlte sich an, als wenn ihm
eine Idee im Kopf herumschwirrte, hinter der er schon
seit langer Zeit hinterherrannte, sie aber aus irgendeinem Grund nicht greifen konnte.

    Alles flog wild umher wie in einem Bienenstock.
Plötzlich erschrak Martin, fuhr wie vom Blitz getroffen
zusammen, sprang aus dem Bett, rannte am Bad vorbei,
riss den Kleiderschrank auf und knipste das Licht an:

    Völlig unbekümmert stand der große Trekking-
rucksack im Schrank herum. Langsam glitt Martins Arm
in den Schrank, riss den Reißverschluss auf, berührte das
grobe wasserfeste Material und erschrak erneut, als er
den schweren Plastikkasten herausriss, und hektisch wie
ein Junkie den Deckel auffliegen ließ. Voller Entsetzen
schaute er auf die Einzelteile der schweren Schusswaffe,
die sorgfältig im Schaumstoff schlummerten.

    Kein Traum!

    Verdammt, er hatte es wirklich getan. Was war
nur aus ihm geworden? Jedenfalls war er jetzt nicht
mehr nur Chefanalyst der Vereinten Nationen.

    „Ein verdammter Killer bist du!" dachte Martin
und versuchte sich abzuregen. Erschlagen von der un-
ausweichlichen Wahrheit trottete Martin zurück zum
Bett und blickte auf sein Smartphone.

    Dutzende Nachrichten blinkten ihn ungeduldig
an. Ein paarmal hatte man versucht ihn anzurufen.

    „Bin nicht zu erreichen!", murmelte er trotzig
vor sich hin, hörte dem Großstadtlärm zu und blickte aus
dem Fenster. Langsam erwachte das Hotel. Erste Stimmen tönten im Treppenhaus, dazu Staubsaugerlärm und

Türenzuschlagen. In der Nachbarschaft schrie man sich auch schon wieder an, stellte Martin fest, als er das Fenster öffnete und sein Zimmer vom kalten Rauch und Whiskey-Geruch befreite. In weiter Entfernung hörte er Flugzeuge starten; Hubschrauber gesellten sich knatternd dazu. Martin atmete langsam, seufzte leise, nahm eine Kippe und zündete sie an. Martin dachte an gestern. Einem Stroboskopblitz ähnelnd, flackerten schemenhafte Bilder durch seinen Kopf und nahmen seinen irritierten Augen die Sicht. Wie viel Erinnerung erträgt man? Martin streckte sich, während draußen bereits der übervolle Morgen drängelte. Dunkel kamen erste Erinnerungen hoch; der Taxifahrer mit dem roten Punkt auf der Stirn; Bilder vom Silberstrahl; Martins langsamer Atem und Herzschlag; der weiche Abzug; das lange Warten am Zielfernrohr und das explodierte Wohnzimmer mit Stiffords sterblichen Überresten. Martins Atem ging schwerer und langsamer, als müsste er wie König Sisyphos ungezählte Male Lasten die Berge rauf schleppen. Nachdenkliche Runzeln gruben sich in seine Stirn ein. Dann schnippte Martin seine Kippe aus dem Fenster und las Nachrichten. Es gab drei von Eduardo, er fragte, ob sie Stiffort vielleicht zu zweit noch einmal besuchen sollten. Martin musste erst einmal abwarten, wie Eduardo auf diesen Schock reagierte und ob er weiterhin loyal zu ihm blieb. Dann stieg Martin unter die Dusche. Nachdem er sich abfrottiert und angezogen hatte, ging ein Ruck durch seinen Körper. Langsam öffnete Martin die Hotelzimmertür und ging gemächlich die knarzende Holztreppe hinunter. Am Empfang wischte eine altgewordene Frau mechanisch den Fußboden. Ihr mausgrauer Kittel ließ sie älter wirken als sie war. Hinter dem Tresen stand heute eine lebensfrohe Jamaikanerin. „Irgendwelche Nachrichten für mich?" fragte Martin; er mochte diesen Typ Frau. „Nichts, Mister; haben Sie vom Attentat gehört?" Nicht als Partnerin, aber Frauen mit fröhlichen Herzen. Im Moment wirkte sie jedoch völlig aufgelöst.

„Welches Attentat?" gab er unwissend zurück.

„Haben sie das nicht mitbekommen? Man hat einen der mächtigsten Menschen umgelegt, den Größten von allen, hier im Finanzviertel, können Sie sich das vorstellen? Haben ihn bestimmt eiskalt erschossen, Peng, einfach so! Alle Nachrichten-Sender sind voll davon; muss ein Profi gewesen sein, da bin ich mir sicher!" Auf dem Fernseher, der hinter ihr stand wurde gerade davon berichtet. „Machen Sie doch bitte das TV lauter", bat Martin die nette Dame.

„Gerne, Mister!" Gerade rechtzeitig, als der Nachrichtensprecher darauf zu sprechen kam.

„Und nun zu den Schlagzeilen: Heute Vormittag wurde John Stiffort, CEO der Andromeda-Group in seinem Penthouse tot aufgefunden; eine Reinigungskraft fand den leblosen Körper und alarmierte sofort die Polizei; zurzeit vernehmen Kriminalbeamte eine Reihe von Zeugen. Nach den ersten Untersuchungen des leitenden Ermittlers deutet alles auf Mord." Die sonst fröhliche Rezeptionsdame seufzte laut auf, während Martin sich verabschiedete, um weiteren Unterhaltungen und den damit einhergehenden Spekulationen zu entgehen.

„Haben Sie vielen Dank." Er hatte genug gehört und lächelte die Rezeptionistin an. Martin ging nach draußen auf die Straße und sah auf die Uhr. Später Vormittag. Martin mochte die Zeit, besonders in der Stadt und machte einen Spaziergang. Er ging in die Nähe des Bankenviertel, um den Menschen den Puls zu fühlen. Dunkel erinnerte er sich an ein angenehmes Café, dass ein schwules Paar führte. Stimmung, Essen und Getränke fand Martin dort immer spitze. Nachdem er fünfzehn Minuten lang um mehrere Ecken bog, vorbei an Mülltonnen, brennenden Zigarettenkippen und Luxuslimousinen, stand er vor dem Laden, der schon voll zu sein schien. Keine Überraschung, man hatte ja einen kapitalen Bock erwischt. Martin sah sich die besetzten Tische an, alle Tiere der Finanzwelt schienen da zu sein. Er blickte sich weiter um und observierte so viel er konnte. Wie immer gab es Geschockte, die an Gut und Böse glaubten; er sah Beschämte, die der Administration Versagen vorwarfen, ohne die Wirklichkeit zu kennen. Martin hatte Glück: Direkt vor ihm wurde ein kleiner Tisch frei. Gebanntes Schweigen herrschte vor den Plasmabildschirmen. Hier und da hörte er entsetzte Ausrufe und Kopfschütteln. Zwischendurch gab es die üblichen kurzen Werbespots. Dann schwoll der Lärm wieder an, als schien nichts gewesen zu sein. Ein Kellner kam. „Sie wünschen?" Ende zwanzig, groß, schlank, Oberlippenbart, eitel, arrogant und hungrig.

„Einen Croissant, Café au Lait und einen Orangensaft, bitte." Martin merkte erfreut, dass seine Geschmeidigkeit wiederkam und sah den Ober offen an.

„Kommt sofort", schon stürmte er weiter. Martins Smartphone blinkte wie eine Verkehrsampel. Mehr und mehr Nachrichten trudelten ein. Er öffnete die Erstbeste. Sie kam von Eduardo.

„Marty, tue mir einen Gefallen, lass uns ein letztes Gespräch mit John Stifford führen; dein Einverständnis voraussetzend, habe ich bereits einen weiteren Termin mit ihm angesetzt. Ich glaube, du wirst es begrüßen. Isabella meldet sich bei dir, um alles Weitere abzustimmen." Gerade hatte Martin die Nachricht fertig durchgelesen, als neue Nachrichten im TV kamen.

„Und jetzt schalten wir wieder live zu den Untersuchungen im Fall John Stifford! Allen, Sie leiten die forensische Spezialabteilung unserer Nationalen Sicherheits-Behörde; können Sie Neuigkeiten verkünden? Ihre Kollegen sprachen bereits von Mord!" Martin blickte überrascht auf.

„Guten Morgen Christine. Wir haben in der Tat eindeutige Beweise, dass es sich um Mord handelt! Unsere Experten untersuchen seit frühen Morgenstunden den Tatort, Zweifel sind völlig ausgeschlossen: Letzte Nacht wurde John Stiffort erschossen! Weitere Details geben wir im Anschluss auf unserer Pressekonferenz!" In Martins Gedächtnispalast flimmerten erneut die Bilder des verwüsteten Penthouses, mit den leblosen Überresten, die einst John Stiffort hießen.

„Vielen Dank für die Transparenz in diesem aufsehenerregenden Fall, Allen! Wir halten Sie auf dem Laufenden, liebe Zuschauer und jetzt schalten wir wieder zurück zur Börse: Andrew, können Sie mich hören? Wie geht es dem Wertpapierhandel?"

Martin spitzte die Ohren und war gespannt, was die Analysten erzählten. „Guten Morgen Christine! Mit solch einem Start in den Vormittag hatte man hier nun wirklich nicht gerechnet, zumal die Andromeda-Group das derzeit robusteste Papier der Welt ist, mit seinem seit Jahren stabilen und hohen Wert und dem langfristigen Wachstum, oder sagen wir besser, war!" Martin horchte auf, kündigte sich bereits ein Abwärtstrend an?

„Wieso war, Allen? Wie hat sich der Kurs heute Vormittag entwickelt?" Martin lauschte gebannt, während er an seinem Milchcafé nippte. „Man mag es sich kaum vorstellen Christine, aber der plötzliche Tod von John Stifford hat den Kurs lawinenartig um 15% abrutschen lassen! Wie viele Milliarden alleine nur diesen Vormittag vernichtet wurden, können wir nur dunkel erahnen. Denn vergessen wir nicht, das wir es mit dem größten aktien-notierten Unternehmen des Planeten zu tun haben!" Martin konnte es kaum glauben: Fünfzehn Prozent, nur am Vormittag? Auch die Journalistin hatte schnell begriffen, was das hieß und hatte Blut geleckt.

„Andrew, glauben Sie, dass es eine Kettenreaktion geben könnte? Ich meine nicht nur bezogen auf die Töchterkonzerne und Partner, sondern innerhalb der Group, ich meine besonders bezogen auf den Weltmarkt: Wagen Sie eine erste Prognose, oder ist es noch zu früh?" Sie hatte ins Schwarze getroffen! Martin ließ innerlich bereits Sektkorken knallen. Doch der Analyst war intelligent genug und blieb zu Recht vorsichtig.

„Was wir wissen und mit Bestimmtheit sagen können ist, dass es weitere Auswirkungen haben wird; welche können wir zu dieser frühen Stunde noch nicht absehen, da das Unternehmen sich strukturell kaum verändert hat, und weil wir noch nie das plötzliche Ableben eines CEO als Einflussgröße für Wirtschaftsprognosen mit einbeziehen mussten!"

Kurz gerät der Analyst ins Stocken, so wie jemand, der sich nicht sicher war, ob er verstanden hatte, was er da gerade gesagt hatte. Sein nachdenklicher Blick lud die eifrige Journalistin ein, erneut nachzuhaken. Martin blieb gespannt, worauf das hinauslief.

„Natürlich ist es zu früh, Andrew, seriöse Prognosen abzugeben, aber was glauben Sie, wird Ihrer Erfahrung nach passieren? Was erwarten Sie? Könnten Sie uns ausnahmsweise einen Einblick erlauben?" Ein wenig abwesend blickte der Analyst in die Kamera, fing sich und runzelte die Stirn, als er antwortete. „Wir bewegen uns mit großer Wahrscheinlichkeit nicht mehr auf Ökonomie basierten Fakten, sondern betreten jetzt rein psychologischen Boden. Wenn es wirklich Mord war, wenn man tatsächlich ein gezieltes Attentat auf John Stiffort verübte, dann könnten die Auswirkungen verheerend sein! Alleine die Unwissenheit darüber, WARUM man ihn ermordet haben könnte, kann ein völliges Erliegen jeglicher unternehmerischer Kreativität und Führung nach sich ziehen; in diesem Fall, sind sämtliche tiefer gehenden Prognosen reines Russisch-Roulette!" Blitzschnell, ohne Zögern, verstand die Journalistin den vermeintlichen Wink und ließ die Stille nicht zu groß werden.

„Vielen Dank, Andrew, für diese ersten tieferen Einblicke! Und nun zu etwas völlig anderem, dafür umso natürlicherem, dem Wetter: Sarah, wie sieht der heutige Tag und diese Woche aus?" Martin langte es. Er legte Bargeld auf den Teller, inklusive Direktorentrinkgeld, stand langsam auf und machte sich auf den Weg. Ziellos wie ein herrenloser Hund streunte er quer durch die Stadt und ließ sich treiben. Langsam löste sich die Anspannung aus seinem ausgezehrten Körper. All die Lauferei und die Meditation, die stundenlange Stille und Konzentration. Martin spürte, dass er zum ersten Mal etwas bewirkt und verändert hatte; er dachte an all die braven Männer und Frauen da draußen, die im Schweiße ihres Angesichts ihre Alltage meisterten und die ihre Familien ernährten und Kinder großzogen. Samstagsnachmittag grillen mit Freunden, fröhliche Kindergeburtstage; Einschulungen mit Schultüten, Pickel, Hormone und Pubertät, Elternabende mit gelangweilten Lehrern, graue Haare und mehr werdende Falten, Übergewicht und Streitereien mit Nachbarn und Familien. Martin dachte an Tannenbaum, Ostern, Jahrestage, egoistische Konzern-Bosse, die ideenlos blindlings jedem Höher, Weiter und Mehr hinterherliefen, um immer effizienter und erfolgreicher zu werden. Er dachte an Aktienpakete, Dienstwagen, Assistentinnen, Aufsichtsräte und Vorstände, an Gesellschaften mit ihren Bedürfnis-Pyramiden und an aberhunderte Dinge, während er weiter gemütlich spazieren ging. Irgendwann spürte er Hunger und fand einen Italiener, der dreckig und klein genug war, um gute Küche zu haben. Strahlend breitete der Patron die Arme aus, als Martin ins Restaurant trat, während im Hintergrund eine sizilianische Tarantella lief. Tochter und Sohn machten Service und sahen im Grunde zufrieden aus. Bei Salvatore hieß der Laden. Seine verwachsene Mutter, die wie eine knorrige alte Hecke hinterm Tresen hervorlugte, schien mindestens Achtzig zu sein. Alles schien hier nachlässig, dafür umso herzlicher zu sein.

„Hereinspaziert, wie geht es Ihnen? Was sagen Sie denn zum Attentat des Blutsaugers? Bei uns lassen wir Sie zu etwas Erfreulicherem kommen, wir haben heute frische Sardinen, danach Pasta al Tonno, mit frischer Petersilie, ich sage ihnen mal etwas: Ohne Petersilie brauchen sie im Leben gar nichts machen und alle, die es nicht glauben, haben keine Ahnung! Nehmen Sie Platz" Martin lächelte, wie ein frisch gestilltes Baby.

„Klingt hervorragend, Salvatore." und setzte sich an eine gebügelte, rotkarierte Decke, während Salvatore eine Karaffe mit schwerem blutigem Wein, knusprigem Brot und dunklen Oliven auf den Tisch stellte.

Etwas Urlaub

Einige Wochen Später. Martin befand sich in Europa, genauer gesagt auf Mallorca, um nach all der Hektik etwas abzuspannen und wohnte in einem kleinen Hotel im alten Stadtkern der Hauptstadt.

Mittlerweile hatte Eduardo aufgehört Nachrichten zu senden. Dafür rissen Horrornachrichten aus der Weltwirtschaft nicht mehr ab. Wie im Sturzflug raste die kopflose Andromeda-Group dem Abgrund entgegen.

Und plötzlich meldete sich Isabella und drängte auf ein baldiges Treffen. Martin war völlig überrascht, hatte aber nichts dagegen, sich mit der schönen Italienerin zu treffen. Tags darauf saß sie schon im Flugzeug. Und der lange Atlantikflug hatte den angenehmen Nebeneffekt, dass es noch etwas Zeit gab, das Leben zu genießen.

Mit angenehmen spätsommerlichen Temperaturen gebar die Sonne einen wunderschönen Tag, so wie ihn sich jeder wünschte. Seit Stunden saß Martin zufrieden in einem Restaurant in Palma de Mallorca. Er erfreute sich an den freundlichen Bedienungen, die gar nicht hochnäsig daherkamen, dass ihm die Bestellung eines dritten Glas Wein als etwas völlig Natürliches erschien und ihm daher leicht von der Hand ging.

Menschen strömten vorbei und nahmen stolze Haltungen an, wenn neugierige Augen sie abscannten, glücklich lächelnd, wenn sie sich in der richtigen Schublade wiederfanden, oder zutiefst empört zur Seite blickend, wenn man ihnen keine Beachtung schenkte.

Leben, welch schöner ewiger Laufsteg. Das Restaurant strahlte Gemütlichkeit aus. Draußen standen sandfarbene Stühle, mit roten Kissen, die wie bunte Tupfer auf dem grauen glatt geschliffenen Pflaster der Altstadt leuchteten. Alle Kellnerinnen waren jung, schlank und hübsch. Ein paar männliche Servicekräfte versuchten im Strom der weiblichen Übermacht mitzuschwimmen. Aus irgendeinem Grund machten sie dabei einen traurigen Eindruck und erinnerten an langweiliges Treibholz. Weiße lange Schürzen, wohin Martin auch sah. Peinlich gebügelte Hemden strahlten mit weißem Lächeln um die Wette. Zarte braungebrannte Arme, verziert mit Freundschaftsbändern und vereinzelten Tätowierungen wirbelten wie Trommelstöcke herum. Früher als sonst hatte Martin mit Liegestützen, Dehnübungen und Stretching begonnen. Irgendwann am Nachmittag, nach der Dusche, machte er sich dann auf. Um Martin herum saßen Rentner, einer mit Ring, zwei mit Hunden. Ihn beeindruckte, wie trotzig sie versuchten zufrieden und gelassen auszusehen, als könnte man ihnen nichts vormachen. Martin betrachtete anerkennend ihre sorgfältig gebügelten karierten Baumwollhemden, die sich über ihren Wohlstand spannten; die schwieligen Hände, mit ihren dicken Fingern, voller Falten und Altersflecken, die gewohnt waren, hart zu arbeiten und trotzdem wenig Anerkennung bekamen. Martin sah ihnen direkt in ihre fleischigen Gesichter, mit den grobporigen Nasen, wie sie erschrocken zur Seite blickten, wenn sie bemerkten, dass ihre Beobachtung kein Zufall war. Schüttere, kurz rasierte Haare, praktisch in Pflege und Handhabung, bei jahrzehntelanger Knochenarbeit, in einem System, das sich für sie nicht interessierte und das ihnen als Dankeschön stattdessen billigen Alkohol und zu kleine Renten gab. Einer der zwei Beringten trug eine beige Baumwolltragetasche, aus der Schaufel, Handschuhe und Blumen herausragten. Selbst die Enden der zwei Hundeleinen sahen wie Herrchen aus. Wohlgenährt, mit kurzem Drahthaar, Bauch und blitzartigem Speichelreflex, wenn Zeitungen raschelten. Martin bemerkte, wie sie nahezu gleichzeitig Sportteile öffneten und dazu rituell nickten, fluchten und ihre Köpfe schüttelten. Dazu qualmten Zigarillos und Pfeifen um die Wette.

Hin und wieder hielten sie inne und blickten in weite Ferne, wenn ihnen Vergangenes, mit all seinen Düften, Geräuschen, Bildern, Formen und Farben hochkam. Und manches Mal schluckten sie schwer, wenn Morgentau ihre verlassenen Vogelnester füllte und ihre düsteren Murmeln wie erloschene Monde glänzten.

In beeindruckender Art und Weise erinnerten ihre faltigen Gesichter und beachtlichen Ohren an Stammeshäuptlinge der Maori. Martins Interesse galt auch den Krümeln und Essensresten in ihren Gesichtern. Eine typische Form von altersbedingter Nachlässigkeit, die wir Menschen mit Gleichgültigkeit und Gelassenheit versuchten zu kaschieren.

Martin bestellte.

„Bitte bringen Sie mir Grapefruitsaft, dazu Café au Lait, Croissant, ein weichgekochtes Ei und ein Glas Champagner." Wortlos nickte die Bedienung und machte sich wieder unsichtbar. Mittlerweile füllte sich das Café.

Hier und dort sah Martin sorgfältig in Schuss gehaltene Endmoränen, mit gründlich aufgetragenem Nagellack auf filigranen Blättern und Zweigen und raffiniert unter Kontrolle gebrachten Hügellandschaften.

Manch eine wirkte mit ihrer übergroßen Sonnenbrille, dem zarten Flaum um den kunstvoll geschminkten Mund wie die angestaubte Wachsfigur Audrey Hepburns. Hin und wieder sah Martin Zufriedenheit strahlen, jedoch ohne zu wissen, ob es daran lag, dass die Beobachtete seine Gedanken erriet, oder ob es schlicht mit dem Glück des vor langer Zeit eingeschlagenes Lebenswegs zusammenhing. Vertraute Enttäuschungen rissen selbst die ältesten Tapeten von den Wänden unserer verblichenen Jugend. Strumpfhosen, Kleider, Röcke, Taschen, Accessoires, Uhren und Schmuck: Belohnungen, nach so vielen Jahren hartem Erdulden im Joch der vor Gott untrennbaren Ehen, gründlich vermischt mit eintöniger Arbeit. Bestimmt hatten sie mehr als das verdient. Penibel gepflegte Nägel und Haare, deren Glanz vom übergebliebenen Stolz der ehemals herrschaftlichen Großstadtfregatte und feierlich atmenden Poren durch die Weltstadt getragen wurden.

Ruhelose Selektivität, hysterisch drehendes Licht um die eigene Achse rotierend, als wären sie unverrückbar einsame Leuchttürme, die zwar stets standhaft, aber auch einsam und verlassen vor den Weiten des ozeanen Lebens ausharrten. Manch eine mit Buch und Zeit und einer nur schwer verdeckten Prise Verzweiflung. Hohe Absätze oder Sneakers verzierten Gesichter mit Sphinx-Lächeln. Aber es schien Momente zu geben, wo es auch ihnen ähnlich leichtfiel, wie den Herren. Stilles Warten, auf was eigentlich? Als wäre das ganze Leben eine weiche Seifenblase, bei deren Geburt niemand Endlichkeit und Fragilität erkennt. Jedes Leben konnte zufriedene Kreaturen gebären, mit der Gewissheit, von ungezählten Mikro-Kosmen umsponnen zu sein, die uns an Fortschritt und Wandel hinderten.

Martin wartete auf Isabella und dachte an Eduardo, der auf einmal wieder Nachrichten schickte. Er selber wollte kommen, musste aber auf irgendeiner Konferenz den Vorsitz halten. Er machte ein paar komische

Andeutungen, weswegen sich Martin nicht sicher war, ob er begriffen hatte, dass Termine mit Stiffort in Zukunft schwer zu vereinbaren waren. Nach einer Weile ließ Martin seinen Gedanken freien Lauf und dachte an die vergangenen Monate. François, Leonidas und Angelo sendeten dutzende Nachrichten und riefen ungezählte Male an. Sie mussten noch ein wenig warten. Immer noch hatte Martin das Bedürfnis, seine Verwandlung und die neuesten Erlebnisse in Ruhe zu verarbeiten. Seine Geduld für lange Erklärungen war noch nicht wieder hergestellt. Zeit und Geduld brauchte er, sie waren jetzt oberstes Gebot. Wie ein unheilvoller Schatten blieb Martin wochenlang in der Nähe des Finanzviertels und ging in nahegelegenen Parks spazieren, um möglichst intensiv Natur mit ihren wundervollen Farben, Düften und Formen zu genießen.

Es brachte Martin Frieden, Stille und Ordnung. Gerade nippte er an letzten Champagnerresten und schloss dabei genussvoll seine Augen, als er eine unbekannte Melodie im Klangteppich des quirligen Cafés zu hören glaubte.

Und tatsächlich!

Martin hörte langsamer werdende Schritte, jemand blieb stehen und blickte sich um. Sofort war Martins Geist hellwach, ließ jedoch seine Augen geschlossen, um sich ganz auf seine Ohren zu konzentrieren. Selbst mit geschlossenen Augen konnte Martin die suchenden Blicke spüren. Das konnte nur Isabella sein.

Immer mehr schälten sich die Schritte aus der Deckung des Lärms und verwandelten sich in prägnantes Klackern von Pfennigabsätzen. Schnell wurden die Schritte langsamer und lauter. Martin hatte das Gefühl, als stünden die hochhackigen Schuhe direkt in seinem

Kopf und vermutlich taten sie das auch. Leises Räuspern riss Martin aus seinem Gedächtnispalast und plätscherte durch die Sonnenstrahlen. Langsam öffnete er die Augen; dunkle Stilettos kamen zum Vorschein; gefaltete, makellos in Bordeauxrot manikürte Finger, keine Ringe. Langsam hob Martin den Kopf, dachte aus irgendeinem Grund wieder an sein großes Zielfernrohr, mit dem er Stiffort so viele Stunden beobachtete hatte, als Isabella ihn ansprach. „Hi Martin, darf ich mich zu dir setzen?" Martin richtete sich auf, „Na klar, bitte" und sah, dass er sich auf dem Tisch ziemlich ausgebreitet hatte. Etwas unangenehm berührt schob er seine Sachen zusammen, um der Kollegin gebührend Platz zu machen. Isabella sah ernst aus. Schon eilte eine Bedienung heran.

„Möchten Sie die Karte?"

„Ja gerne, oder nein, warten Sie, bringen Sie mir Croissant und Café. Was ist das Marty?" Er fand, dass er noch ein weiteres Glas verdient hatte, als er Isabelle fest in die Augen sah, „Champagner" antwortete, und sich zu einem Weiteren entschloss und für beide die perlende Flüssigkeit bestellte.

„Bringen Sie uns bitte zwei Gläser!" Nickend bestätigte die Bedienung beide Bestellungen.

„Gerne, darf es sonst noch etwas sein?" und lehnte sich zufrieden zurück.

„Nein, im Moment nicht, vielen Dank." Zu viel Höflichkeit ging Martin schnell auf die Nerven. Isabella nestelte in ihrer Tasche herum und holte ihr Smartphone wie eine Frau raus, die gewohnt war, sich an allen Plätzen der Erde zu sortieren.

Sie schien befangen, als wüsste sie nicht, wie sie das Gespräch beginnen sollte. Martin musterte sie von der Seite, während Isabella zur Ablenkung durch ihre

Nachrichten scrollte. Als der Ober mit ihrer Bestellung kam, blickte sie auf, legte das Smartphone beiseite, lächelte Martin an und hob das Glas.

„Cheers, Martin." Martin meinte ein paar klitzekleine geplatzte Äderchen in ihren Augen zu sehen, hatte sie vor kurzem geweint? Vielleicht in der Nacht? Gut möglich. Gab im Leben genug Gründe dafür. Auch Martin erhob sein Glas. „Santé, Isabella!" Beide lächelten sich an und nickten zu etwas Unbekanntem. Gläser klirrten diskret, beide nippten daran, während Isabella wartete, ob Martin den Anfang machte. Genau dazu hatte Martin sich entschlossen, weil er ein klein wenig Konversation zum Auflockern brauchte.

„Schon merkwürdig", fing Martin an. Sofort sah sie ihn fragend an und bemerkte seine Augenränder. „Was meinst du?" Schob sie kurz ein, um Martin fortführen zu lassen.

„Ich meine uns beide; wir treffen uns heute das erste Mal außerhalb vom Büro; wie geht es dir? Du wirkst müde oder angespannt." Martin nippte an seinem Champagner und sah wieder die kleinen geplatzten Äderchen in ihren Augäpfeln, während Isabella sich warm machte.

„Stimmt! Es ist das erste Mal außerhalb des Büros. Ich bin okay, alles gut, vielen Dank! Ich erinnere im professionellen Kontext gar nicht, dass du ohne Umschweife so schnell auf den Punkt kommst." Martin lächelte, wieder sprangen ihn die aufgeplatzten Äderchen an. „Im Smalltalk bin ich nicht sehr gut; dir zu sagen, dass das Wetter schön ist, fände ich eine Beleidigung", und lauschte gespannt, was sie von Übersee Wichtiges mitgebracht hatte, was sie ihm unbedingt persönlich sagen musste. „Habe ich bemerkt", lächelte Isabella zurück und schmunzelte in sich hinein. Martin setzte sich kerzengerade hin und gab der Unterhaltung eine Richtung. „Also, ich muss zugeben, dass du ein schönes warm-up hingelegt hast, doch ist das vermutlich nicht der Grund, warum wir uns schnellst-möglich, ich zitiere dich hier, treffen MÜSSEN. Was kann ich für dich tun, Isabella?" Überrascht vom sachlichen Wandel in Martins Stimme prallte Isabella etwas zurück, drückte aber nach wenigen Sekunden den Rücken durch. „Recht hast du, Martin; es gibt in der Tat viele Gründe, manche sind äußerst besorgniserregend." Sofort unterbrach Martin sie, um sie ein wenig zu ankern. „Was zum Beispiel?" Sie machte es Martin nach. „Hast du vom Attentat auf Stiffort gehört?" Martin verspürte den Reflex sich umzusehen, ob jemand ihnen zuhörte, unterdrückte ihn aber und sah ihr unbeirrt ins Gesicht, um ihren Vorstoß anerkennend zu goutieren.

„Ohne Umschweife, sehr schön, Isabella. Na klar habe ich, wer nicht? Kam ziemlich überraschend, um es mal vorsichtig zu formulieren" Martin spürte, wie Isabella immer aufgewühlter wurde.

„Mehr als das, Marty! Eduardo und du wart erst vor kurzem bei ihm; dann noch dein face-to-face mit ihm im Anschluss und nur wenige Monate später, so etwas!" Isabella schien in Rage und fixierte Martin wie ein seltenes Tier im Zoo.

„Hat mich auch umgehauen; ein paar Male hatten wir uns noch ausgetauscht." Martin holte sein Smartphone raus, um sich daran zu erinnern und dann fortzufahren, doch seine Kollegin, fuhr dazwischen.

„Wer? Du und John Stiffort? Wie und worüber? Um was ging es dabei?" Martin war sich noch immer nicht sicher, was der Grund für ihr Gespräch war.

„Eine Frage vorab, Isa: Wo genau ist Eduardo in

diesem Moment?" Ohne zu fragen, gab Martin ihr einen Spitznamen, den sie vermutlich tatsächlich innehatte, weswegen sie darauf gar nicht reagierte.

„Er ist auf der großen Halbjahres-Konferenz, um dort eine Rede zu den verheerenden Auswirkungen der globalen Geldströme auf Nahrungsmittel und deren Ernten zu halten!" Martin blickte überrascht auf. Damit hatte er wahrhaftig nicht gerechnet.

„Tatsächlich? Das hätte ich wirklich nicht gedacht!" Martin war wirklich sprachlos und nippte wieder am Champagner.

„Machst du Witze Marty? Er glaubt an dich! Er ist ganz und gar deiner Meinung, kann es aber nicht so ungefiltert in der Öffentlichkeit äußern. Ich glaube du unterschätzt ihn in mancherlei Hinsicht!" Martin tappte immer noch im Dunkel und nahm sich vor, Isabella einem kleinen Stresstest auszusetzen.

„Nun mal langsam, Isabella! Bis jetzt hat er sich selten aus der Deckung getraut, okay? Meine Überraschung sollte dich also nicht verwundern; nehme mal als Beispiel die Thematik Stiffort: Die beiden kennen sich von früher, mit Samthandschuhen hat er ihn angefasst, ethisch und moralisch war das irritierend." Martin hatte einen wunden Punkt getroffen, ein wenig Zornesröte stieg ihr zu Kopfe.

„Natürlich! Was willst du denn anderes machen? Man kennt sich, respektiert sich, natürlich ist er befangen, deswegen hat er ja auch dich gebeten, sich darum zu kümmern!" Die Zornesröte stand ihr recht gut, wie Martin fand, ließ sich aber nicht beirren und ging wieder zurück zum Anfang. Um jeden Preis wollte er vermeiden, dass sie sich im Kreis zu drehten. „Ist alles richtig, was beunruhigt dich? Was können wir beide jetzt tun, oder besser, um was willst du mich bitten?" Er hoffte, dass sie aus der Deckung kam. „Das du bitte auf dich Acht gibst, Marty! Hier stimmt etwas nicht. Hast du eine Ahnung, wer hinter dem Attentat steckt? Hast du eine Idee? Und wenn ja, dann ist die Frage viel schwieriger, WARUM hat man ihn beseitigt?" Jetzt war Martin in Alarmbereitschaft, er musste Acht geben und durfte nicht zu offensichtlich reagieren und breitete einen Teppich voller Rationalität vor ihr aus. Sehr schnell müsste er sehen, wohin das führte.

„Isa! Was genau willst du von mir? Eine kriminalistische Einschätzung? Längst haben sich schon Geheimdienste eingeschaltet und offenkundig sind die zum gleichen Ergebnis gekommen. Es handelt sich deren Meinung nach um die Arbeit von Profis; so haben sie es jedenfalls mehrmals im Fernsehen gebracht; angeblich haben sie kaum Spuren hinterlassen, weswegen sie bis heute keine Verdächtigen haben. Das einzig Konkrete, an das ich mich erinnere, ist, dass sie die Anzahl der verwendeten Waffen angeblich begrenzen können, was aber hat das mit uns beiden zu tun?"

Jetzt musste sie Farbe bekennen. Martin blieb gespannt. Ahnte Isabella etwas, oder hatte ihr Verstand schlicht mögliche Auswirkungen aufgezeigt? Sie sprudelte förmlich über.

„Marty! Diese Stiffort-Sache hat etwas Erschreckendes gezeigt, nämlich dass alle Aktiengesellschaften, wie in diesem Fall die Andromeda-Group, rasend schnell an Wert verlieren, regelrecht einbrechen können! Innerhalb weniger Wochen haben sie dreißig Prozent verloren und ein Ende ist nicht abzusehen. Zahlreiche Partner sind abgesprungen und nehmen auf einmal Abstand vom ganzen Konzern-Konglomerat; alleine im Vorstand, haben mehr als die Hälfte ihren Job geschmissen; seit Wochen, ach was, seit Monaten finden sie keine Nachfolger; niemand will sich im wahrsten Sinne des Wortes in Schusslinie bringen. Die ganze Konzern-Gruppe ist Führungslos; auch ihre Absatzzahlen sinken weiter und weiter und niemand ist da, der Gegenmaßnahmen einleitet, wenn es so weiter geht, dann..." Jetzt kam Martins großer Moment. Er wollte ihren Satz vollenden.

„Dann gehen sie pleite!" Isabella schnappte Luft.

„Genau! Ist das nicht Wahnsinn? Wie kann das sein? Nur ein Mann? Man entfernt den Leitwolf und schon bricht alles wie ein Kartenhaus zusammen? Wie ist so etwas bloß möglich!" Martin wollte ihr mehr Einsicht geben.

„Genauso ist es! Hast du mehr beobachtet?" Und in der Tat sprudelte es förmlich aus Isabella heraus.

„Natürlich! Was halt immer passiert; kleinere Firmen füllen das Vakuum und der Markt wird wieder unter vielen aufgeteilt, statt vom Großen Monopol dominiert; für alle ist das natürlich sehr erfrischend." Martin freute sich, dass sie gedanklich so flott in seine Richtung ging, hakte aber noch mal bei den Sorgen nach.

„Ganz genau! Aber warum bitte soll ich Acht auf mich geben, Isa? Denkst du, ich bin in Gefahr?" Abschätzend, mit einem Anflug von höhnischem Lächeln sah sie Martin von der Seite an,

„Ist nicht jeder in Gefahr, der mit Stiffort bis Zuletzt Kontakt hatte? Was glaubst du, warum Eduardo so oft weg ist und von zuhause arbeitet!" Martin entging das nicht, blieb aber dennoch anderer Meinung.

„Sorry, das sehe ich anders; schau, als damals diese Virenkrise kam, wie hieß der Virus noch gleich?

Ach ja, genau: Corona war sein Name. Als er nach dem europäischen und dann dem globalen Lockdown diese gewaltige Weltwirtschaftskrise auslöste, erinnerst du dich? Natürlich löste es einen gewaltigen Schock in allen Herren Ländern aus.

Doch manche der anschließenden Veränderungen fielen viel weniger positiv aus, als anfänglich gedacht, ähnlich wie bei den Krisen von Lehman-Brother 2008 und Corona 2020. Man versprach wieder so viel und tatsächlich passierte so wenig, bis dann der Virus kam und eine noch viel schwere Krise auslöste!

Es stimmt, dass man Einiges anschließend veränderte, aber nur aus rein Rezession getriebenen Gründen, nicht aus einer besseren Erkenntnis heraus; in Wahrheit ist die Situation heute wieder die Gleiche, wie vor Lehman und oder vor Corona.

Nach der Krise ist vor der Krise! Wir kriegen eine Umverteilung, oder nennen wir es sozial verträglicher, einen Wachstums-Paradigmen-Wechsel nur hin, wenn wir grundlegende Mechanismen ändern." Isabella starrte Martin mit großen Augen an. „Marty, so kenne ich dich gar nicht: Du machst mir Angst!" Kaum überrascht blickte Martin auf.

„Warum? Ich sage nichts anderes, als bei Eduardo im Büro, oder bei Stiffort; ich sage das Gleiche wie seit all den Jahren." Doch Martin konnte die Mailänderin nicht beruhigen.

„Es ist nicht was, sondern, wie du es sagst! Ich kenne deine Sicht und erinnere deine Worte nur allzu gut, doch jetzt klingst du so, als wenn dich das alles nichts angeht, als wenn es dir egal ist, das jemand Stiffort erschoss und dass seine Frau und seine Tochter Ehemann und Vater verloren!" Martin unterbrach sie gespielt erschrocken. „Er hatte Familie? Wusste ich gar nicht!" Isabella schien sichtlich betroffen, doch das animierte Martin nur, ihr noch mehr reinen Wein einzuschenken; Kriegsherren übernahmen nun einmal Verantwortung.

„Isa, es mag kalt, oder gar unempathisch für dich klingen, ist in Wahrheit aber etwas ganz Anderes: John Stiffort hatte außergewöhnlich viel Erfolg in seinem Geschäftsleben, so viel, dass er den gewaltigsten Konzern der Welt aufbauen konnte, der ihn noch dazu zum mächtigsten Mann der Welt und zu einem der Reichsten machte.

Doch wie alles im Leben, hatte auch das seinen Preis. Ich gebe dir Recht, dass seine Ermordung ungesetzlich ist, doch wir müssen Stiffort und seinen Konzern in einem neuen, in einen mehr holistischen Kontext sehen: Seit die Menschen existieren, gibt es Königreiche, Herrscher, und Firmen-Patriarche, die glanzvoll lebten. Als die Zeit der Abdankung nahte, henkte und köpfte man sie, falls sie nicht schnell im Exil verschwanden. Am Ende bleibt alles eine Risikoabschätzung." Martin hasste Mitgefühl am falschen Platz. Mitfühlen an sich war für ihn immer etwas Gutes, vorausgesetzt, dass man es nicht mit der Gießkanne ausgoss, sondern vernünftig anwendete. Andererseits war Martin lieber, dass Isabella zu viel, als zu wenig davon hatte.

„Ich weiß, Martin! Trotzdem bringst du mich zum Nachdenken, es macht mir Angst, wie du über Menschen redest!" Die gute Isabella, dachte Martin; war es Mitgefühl, von dem sie mehr als er hatte? Waren es gar christliche Werte? Nein, das ganz sicher nicht! Martin entschloss sich, schwerere Geschütze aufzufahren.

„Ich möchte dir etwas über die weltbekanntesten Institutionen für Barmherzigkeit erzählen; die christliche Kirche! Bei allen Kreuzzügen und Konvertierungs-Wohlfühl-Veranstaltungen seid ihrer Entstehung vor über 2000 Jahren; bei meinen Freunden von der heiligen Inquisition, zeigte sie keinerlei Barmherzigkeit und Mitleid, obwohl sie Abermillionen tötete!

All diese düsteren Geschichten verdrängen die Menschen. Natürlich kann man sich ändern, niemand will das in Abrede stellen, nur sollte es nie einseitig geschehen, verstehst du?

Wenn ich MEA CULPA sage und Vergebung erbitte UND noch dazu erfahre, dann muss ich zu Gleichem im Stande sein, wenn sich jemand anderes versündigt und mir offenbart; entweder machen wir mit dem gegenseitigen töten weiter, bis niemand mehr übrig bleibt, oder wir vergeben uns alle, weil wir alle Menschen sind!

Bescheidenheit würde besonders der christlichen Kirche besser zu Gesicht stehen, besonders deswegen, weil sie im Hinblick zum Beispiel auf den Islam, 700 Jahre älter ist und eben so viel mehr Lebenserfahrung besitzt. Erst auf der Höhe der Macht, fangen alle an Barmherzigkeit und Nächstenliebe zu predigen, während sie mit allen beliebigen Machthabern Pakte schlossen, egal ob sie Cäsar, Karl der Große, Louis der Vierzehnte, Napoleon, Hitler, Mussolini, Churchill, Franco, Merkel oder Manu Macron hießen: Sie treiben es mit allen, solange es dem Machterhalt nützt.

Wenn du aber halbwegs ehrlich und offen mit deinen eigenen Werten umgehst, ist all das genauso bizarr, wie wenn Reiche, Bescheidenheit, Gerechtigkeit und Armut als Lebensweg predigen! Zuviel in die Irre geführtes Mitgefühl, kann Unrecht und Recht nicht mehr auseinanderhalten und übersieht, wer wirklich verantwortlich ist! Würdest du dem grundsätzlich zustimmen? Ganz unabhängig davon, Isa, hättest du mir all das am Telefon sagen können: Ich frage dich noch einmal: Warum mussten wir uns schnell persönlich treffen?"

Plötzlich wechselten Isabellas Augen für eine Sekunde Glanz und Farbe. Ernst blickte sie Martin an, als wenn eine Schale aufbrach und etwas Unbekanntes zum Vorschein trat. Alles Ängstliche schien wie von Zauberhand, oder Schwerthieb verflogen. Obwohl sie saß, ähnelten ihre Bewegungen auf einmal jenen einer Raubkatze kurz vor dem Sprung. Gezielt griff sie runter zu ihrer Tasche, und holte eine Mappe heraus.

„Wir haben eine neue Analyse gefahren, Marty! Keine Ahnung wie oft wir sie wiederholt haben, vermutlich mehrere dutzend Male, schau sie dir an. ER ist die nächste Nummer EINS!" Donnernd, wie ein schweres Sommergewitter schallten ihre Worte. Das Wort EINS knallte Martin noch wie eine verrückt gewordene Billardkugel im Kopf herum; wie gebannt blickte Martin ihr ins Gesicht. Isabellas fordernder Blick durchbohrte Martin. Keinen Millimeter wich sie Martin aus. Stolz und wissend sah sie ihn an. Einen Hauch verschlagen, wie eine Kumpanin forderten ihre dunkelbraunen und funkelnden Raubtier-Augen Martin heraus. Martin ermahnte sich die Nerven zu behalten. Langsam lehnte er sich gegen die Rückenlehne des Gartenstuhls, nippte am Champagner, stecke sich eine Zigarette an und zog kräftig daran. Dann sah er ihr fest ins Gesicht, immer noch lächelte sie verschlagen. Martin zupfte einer Bedienung am Ärmel, die vorbeiflog.

„Bitte bringen Sie uns zwei Scotch mit Soda."
Klebrige Gedanken tropften aus Martins Kopf. Lange sah

er ihnen hinterher, wie ein Großvater mit weißem Rauschebart, dessen Leben wie ein vor langer Zeit gefällter Baum zerfällt. Martin blicke sich um und fühlte sich wie ein Wanderer, der während einer mühsamen Bergbesteigung innehielt und beim Runtersehen ins Tal merkte, dass er nicht einmal die Hälfte geschafft hatte. Spatzen flogen Sturzflug auf die mit Essensreste übersäten Tische. Croissant-Krümel, Zucker und Marmeladenreste trieben wie Bojen auf dem Baumwoll-Meer herum, darauf wartend, von den fliegenden Jägern gepflückt zu werden. Martin blickte zum Nachbartisch, an dem eine vielleicht Sechzig Ostermontage zählende Frau saß, die sich seit Stunden regungslos wie ein Leguan hinter dem Schatten ihrer großen Sonnenbrille versteckte. Er entdeckte den akribisch gepflegten Stolz, der ihre Verbitterung überdeckte. Bestimmt hatte sie sich den Herbst anders vorgestellt, als sich einsam und verlassen, mit eckigen Bewegungen in den Schlaf zu streicheln.

Martin hörte näher kommende Schritte.

„Bitte sehr, zwei Whiskey Soda, zum Wohl!" Martin erhob feierlich sein Glas und blickte Isabella mit voller Wucht in die Augen.

„Santé, zum Wohl!" Ohne ihm auszuweichen hielt sie seinem Blick stand. Gleichzeitig nippten sie an ihrem goldenen Getränk, während Martin anfing durch Isabella hindurchzusehen und mit milchigem Blick versuchte, die Zukunft zu finden.

Freunde in Paris

Mühsam landete der Pilot den Airbus A321 auf dem windigen, von spärlichen Sonnenstrahlen durchfluteten Flughafen Charles de Gaulle. Nachdem Martin sein Gepäck aus dem Staufach genommen hatte, marschierte er mit den anderen Passagieren im Gänsemarsch durch die verwinkelten Ausgänge des pulsierenden Flughafens, der eher an einen Ameisenhaufen erinnerte, als an einen Airport in Frankreichs Hauptstadt.

Schnell saß Martin im Taxi eines wüst über Politik schimpfenden Marokkaner, der beim Reden so stark mit Armen und Beinen herumstrampelte, dass Martin sich fragte, womit er eigentlich das verbeulte Auto ins fünfte Arrondissement lenkte.

Vom Wortschwall des wütenden Taxifahrers begleitet, stapfte Martin benommen über den Trottoir und betrat ein barockes Hotel, um durch dunkle zentimeterdicke Teppiche zum Empfang zu stapfen und einzuchecken. Eine in körpernahen Gewändern eingewobene Brotspinne empfing Martin mit gebügelten Worten und nonchalanter Freundlichkeit.

„Herzlich willkommen Monsieur Orüs, ich hoffe Sie hatten eine angenehme Fahrt." Martin schmunzelte über die französische Etikette.

„Vielen Dank!" Langsam legte Martin seinen Rucksack ab, argwöhnisch von der feingliedrigen Dame beobachtet, bevor sie eine Schublade öffnete.

„Lassen Sie mich schauen, einen kleinen Moment: AH! Da 'aben wir es, Zimmer 869; klingeln Sie bitte, wenn Ihnen etwas fehlt, nicht wahr?" Feierlich, als wären es die Kronjuwelen Frankreichs überreichte sie Martin den Schlüssel. „Vielen Dank, das werde ich tun."

Langsam stapfe Martin zum hochglanzpolierten Fahrstuhl. Entsprechend der französischen Hauptstadt empfing ihn ein wortloses Zimmer, dass Martin mit warmen Farben, aufwendigem Bad und einem hervorragenden Bett überzeugte, das zum sofortigen Schlummern einlud. Martin bemerkte, dass sich eines der Fenster leicht öffnen ließ, weswegen er die Gelegenheit für Aperitif mit Zigarette ergriff. In der Bar wartete ein Whisky auf ihn, den er mit ungeduldigem ersten Schluck herunterspülte und etwas fahrig eine Zigarette aus der Schachte nestelte. Gegen einundzwanzig Uhr ging Martin in den Speisesaal, der pompös anmutete, als wenn Emmanuel Bonaparte täglich vorbeischaute. Ein leichtes Abendessen, aus Salat, Käse und Brot bestehend ließ seinen Tag zeitig ausklingen. Gegen Mitternacht fielen Martin die Augen zu, was er um drei Uhr nachts bemerke, als er sich träge wie ein Blauwal auf die Seite rollte, das Buch auf den Nachttisch legte und das Licht löschte.

Am nächsten Morgen schnellte Martin um acht Uhr hoch, um seinen Frühsport abzuspulen und saß gegen neun Uhr wieder im prunkvollen Speisesaal, um gedankenverloren an Café au Lait und Orangensaft zu nippen. Langsam ran ihm die Gewissheit durch die Poren, dass er sich schon am zweiten Tag an die schöne Melodie der französischen Sprache gewöhnt hatte, die mit ihrer Hauptstadt-Lässigkeit einen Hauch Jugendstil, Aufklärung und Ludwig Quartorze versprühte.

Gegen Mittag bekam Martin eine SMS von Leonidas, mit dem Namen eines Bistros, Treffpunkt abends halb neun. Um Zeit zu überbrücken entschloss sich Martin, eine Siesta zu machen. Nur wenige Minuten nach dem Hinlegen, übermannte ihn Schlaf, das er hinaus in die Weiten des Ozeans segelte, in die Arme von Freund

Morpheus. Nach einer Weile schreckte er plötzlich hoch, riss seine Augen mit wunder Zunge auf und hechelte wie ein räudiger Köter. Seufzend wie ein alter Postbote, blickte er sich langsam um und rieb sich die Augen, als eine dröhnende Welle Großstadtkrach über ihm zusammenbrach.

Paris!

Eine Stadt wie ein Sumpf.

Zu viel Zivilisation, zu viel Kultur, zu viele Bistro's, zu feudale Museen, zu viel Politik, zu viel Laufsteg und zu viel Geld und Macht. Entkommen konnte man Paris nur im Bett. Langsam setzte Martin sich auf die Bettkante, trank ein Glas Wasser und steckte sich ausnahmsweise keine Zigarette an. Er musste wachsamer werden, sonst verschlief er am Ende die Zeit und wurde wie Stiffort aus dem Zimmer getragen. Martin sprang unter die Dusche, wusch sich flüchtig und frottierte sich ein paar Minuten später schon wieder ab. Er bemerkte dass er Hunger bekam und machte sich einen Espresso. Gegen zwanzig Uhr schlenderte er durch ein paar Gassen. Irgendwo am Ende der Straße musste das Bistro sein, dachte Martin, als auf einmal sein Smartphone klingelte. Martin sah auf sein Display - Leonidas? – ging sofort ran und hörte den Griechen aufgeregt ins Mikro hecheln.

„Marty! Geh nicht ins Bistro, hörst du?" Martin stutzte. „Hey-hey, warte mal, Leo! Was ist los, wovon redest du, verflucht noch mal? Erst schickst du uns spontan zu diesem Termin, dass wir Himmel und Hölle in Bewegung setzen, um pünktlich zu sein und plötzlich machst du volle Fahrt zurück? Also, was jetzt?" Noch nie hatte Leonidas eine Rolle rückwärts gemacht. Irgendetwas stimmte da nicht. „Martin, ich werde beschattet!" Sofort herrschte sekundenlange Stille. Martin dachte sich verhört zu haben, „Nun mal langsam Leo" wurde aber scharf vom Griechen unterbrochen. „Marty! Hör mir verdammt nochmal zu!" Plötzlich fühlte sich Martin unwohl.

„Ich höre, Leo!" Sein Freund war außer sich.

„Wie lange kennen wir uns beide?" Da war diesmal noch etwas anderes.

„Schon ewig, Leo! Hör zu, ich glaube dir, aber komme bitte erst einmal runter: Bist du dir sicher?" Es gab da irgendwo im Hintergrund etwas Ängstliches in Leonidas Stimme.

„Marty! Man hat mich schon mehrere Male überwacht und das nicht nur, seit mein Konzern unterging!" Martin tappte im Dunkeln und entschied sich erst einmal geduldig abzuwarten.

„Okay, okay, da hatte ich im Moment nicht dran gedacht, aber noch einmal, Leo: Wer sollte dich beschatten?" Leonidas atmete fauchend ein und aus.

„Ist das jetzt wichtig? Wer von uns beiden ist der Analytiker? Wenn wir beide akzeptieren, dass es so ist, dann steht doch das WARUM viel stärker im Zentrum, oder nicht? Aber das werden wir vermutlich nur gemeinsam klären! Wir gehen wie geplant mit François und Angelo zusammen essen, aber virtuell, kapiert? Organisier dir Essen und Trinken und sieh zu, dass du unbeobachtet zurück ins Hotel kommst. Ich meine es ernst: Versuche unbedingt darauf zu achten, dass dir niemand folgt! In circa ein bis zwei Stunden machen wir unsere Videokonferenz. Ich melde mich noch, wann genau!" Martin hörte ein trockenes Knacken und merkte, dass er mitten auf dem Trottoir stehengeblieben war, ohne jede Ahnung in welcher Straße er sich befand. Martin spürte ein merkwürdiges Gefühl im Magen aufsteigen und blickte sich um. Er hatte den Eindruck, dass mit einem Mal alles ganz anders aussah, obwohl sämtliche Autos genauso unverändert die Straßen entlangfuhren und alle Passanten genauso gemütlich wie vorher spazieren gingen.

Oder etwa nicht?

Ein paar Flugzeuge durchkreuzten den Himmel, Motorräder und Scooter knatterten herum. Wieder und wieder stellte Martin sich die eine Frage: Wer sollte Leonidas verfolgen? Und warum? Zwei Autos fuhren an Martin vorbei; wurde das Hintere nicht eben gerade etwas langsamer, als es an ihm vorbeifuhr?

Hatte der Fahrer ihn rein zufällig angesehen, weil er eine Adresse, oder eine Hausnummer suchte? Hatte der Fahrer nicht so ein typisch-kantiges Agentengesicht? Martin merkte, wie er sich von Leonidas Nervosität anstecken ließ.

Unverändert beobachtete Martin die Umgebung mit neuen Augen, während er den Fußweg weiter runterging. Hin und wieder veränderte er seine Geschwindigkeit, änderte die Richtung, ging völlig willkürlich über Straßen und bog mehrmals urplötzlich ab, immer seinen Rücken im Augenwinkel beobachtend.

Offensichtlich folgte ihm niemand. Erleichterung machte sich in ihm breit. Bing! Martin blickte aufs Handy, Nachricht von Angelo. Bing! Bing! Nachricht von François und Leonidas an ihre neu eingerichtete Gruppe. Martin sprang in eine Seitenstraße, um sich eine Zigarette anzuzünden und schielte dabei um die Ecke, ob ihm ein Fahrzeug, oder Passant folgte.

Doch er sah nichts dergleichen. An einer Döner-Bude machte er halt und blickte sich wieder nach rechts und links um. Der Mann hinterm Tresen schien Türke, Grieche, oder Perser zu sein. Schwarze lockige Haare, kurze gedrungene Gestalt, kräftige Arme, Stiernacken und Tätowierungen auf den Unterarmen. Er lächelte. „Sie wünschen?" Er schien freundlich zu sein. Neugierig beobachtete Martin die Auslage der leckeren Speisen, mit all den verschiedenen Oliven und dem großen Topf Tsatsiki.

„Was können Sie empfehlen?" Sein Hang zur griechisch-türkischen Küche blieb auch nach all den Jahren Abstinenz ungebrochen.

„Mein klassischer Döner lässt normalerweise keine Wünsche offen." Leichten Herzens folgte Martin der Empfehlung.

„Den nehme ich und eine Orangina, bitte!" Mit geübten Bewegungen rückte der Mann hinterm Tresen seine Schürze zurecht, machte sich am Drehspieß zu schaffen und ließ seine kleine elektrische Kreissäge mehrmals von oben nach unten gleiten, während sich ein beachtlicher Berg Fleischspäne in seiner breiten, leicht gebogenen Aluminiumschaufel anhäufte.

Eine leuchtend orangefarbene Heizwendel machte die ganze Umgebung angenehm warm. Schweiß stand dem Mann auf der Stirn. Seine Armbanduhr schien alt. Martin vermutete, dass er sie als junger Mann zur Hochzeit bekam, als er noch wild und hungrig auf Erfolg war, so wie sie ihm in den fleischigen Arm schnitt.

Sein goldener Ehering zeugte von früher Bindung und vergrub sich ebenfalls tief ins Fleisch des fettigen Fingers der großen Pranke. Zwischendurch schaute Martin nach links und rechts und spähte in die Ferne, wie ein Soldat in geheimer Mission.

Martin beobachtete neugierig die buschigen Augenbrauen und den starken Bartwuchs, der den Schürzenträger wie eine Figur aus einem Italowestern aussehen ließ. Virtuos ließ er Plastikflaschen um den Döner

wirbeln. Eine üppige Menge Kraut gesellte sich dazu, sowie ein beeindruckender Berg Pommes, die in eine Papp-
schachtel prasselten, dass er zufrieden lächelte. „Das
macht sieben-fünfzig" Martin überraschte der Preis
„Bitte, stimmt so" und gab ihm zehn.

„Haben sie vielen Dank!" Fünf Minuten später
war Martin mit der warmen Plastiktüte auf dem Rück-
marsch und steckte sich eine Zigarette an. Merkwürdig,
wie sich die Ereignisse überschlugen. Er baute ein paar
Umwege und Schlenker in den Rückweg ein und erreichte zwanzig Minuten später sein Hotel.

Als die Dame vom Empfang seine Plastiktüte erblickte rümpfte sie die Nase. Martin lächelte ihr zu, blinzelte sie fröhlich-provokant an, bestieg den Fahrstuhl
und wartete. Gerade schlossen sich die Schiebetüren, als
ein eleganter Lederschuh zwischen die Fahrstuhltüre
schoss und sie versperrte. Erschrocken fuhr Martin zusammen, als ein durchtrainierter Mann, Mitte Dreißig
dazu stieg. Aus den Augenwinkeln beobachtete Martin
sein kantiges Gesicht, den militärischen Bürstenhaarschnitt und ein höfliches Nicken.

„Entschuldigung Sie bitte!" Martin hörte den
Rest schon nicht mehr, weil er sich wieder entspannte
und verständnisvoll lächelte. Langsam kam Martin wieder runter, bis ihn die plötzlich haltende Kabine in seiner
Etage aus seinen Gedanken riss und zusammenzucken
ließ, als der Typ Anstalten machte, mit ihm zusammen in
der gleichen Etage auszusteigen.

„Bitte, nach ihnen." Martin registrierte die höflichen Umgangsformen. Vermutlich hoffte der Mann, dass
Martin ihm seinen stürmischen Sprung in den Fahrstuhl
verzieh. Martin blieb jedoch standhaft, „Aber ich bitte

Sie, nach ihnen, Ich insistiere" und lächelte den Unbekannten schelmenhaft an.

„Vielen Dank, einen schönen Abend." In keiner Weise unterbot einer der beiden die begonnene höfliche Etikette. „Danke, Ihnen ebenfalls." Auch Martin wünschte dem Anderen Gleiches und dachte, dass es Smalltalk unter Männern in dieser Form wohl nur in Frankreich gab. Martin erreichte sein Hotelzimmer und blickte vorm Öffnen nach beide Seiten. Offensichtlich waren alle Vorsichtsmaßnahmen schon in seinem Unterbewusstsein angekommen. Martin schlüpfte durch die Tür, verschloss sie sorgfältig, öffnete den Laptop, fischte eine Flasche Scotch aus dem Kühlschrank, schüttete sich reichlich in ein großes Wasserglas, inklusive Eiswürfel, die er im Gefrierfach fand und setzte sich. Kurz nach neun kam die Nachricht von Leonidas, mit dem Link für den Videochat. Das klappte ja hervorragend. Ein wenig aufgeregt nippte Martin am Glas und legte sich Zigarettenpackung und Aschenbecher zurecht. Es konnte losgehen. Er aktivierte die Kamera vom Laptop, öffnete raschelnd die beige Papiertüte, aus dem warmer Döner- und Pommesduft aufstieg und setze sich seine Kopfhörer auf.

Knacken in der Leitung.

„Hallo? Ist da jemand?" Stille. Martin schien offenkundig allein zu sein. Bing! Bing! Nachrichten von Angelo und François, sie kamen ein paar Minuten später, doch das störte Martin nicht, konnte er doch währenddessen Isabellas Bericht anfangen zu lesen. Plötzliches mehrmaliges Knacken und Rauschen in der Leitung. Irgendjemand kam dazu.

„Leo? Bist du es?" lange hielt die Stille nicht.

„Ja, ich bin's, Marty! Ich glaube ich habe sie abgeschüttelt" Martin konnte nicht mehr an sich halten.

„Mensch Leo, verdammt! Lass diese Dramatisierung! Ich glaube dir ja, dass du beschattet wirst, aber deswegen musst du nicht reden wie James Bond! Wir sind stinknormale Zivilisten und weder Teil, eines Spionageteams noch eines Agenten-Films!" Martin konnte Dramatisierung auf den Tod nicht ausstehen. Doch Leonidas ließ sich nicht davon beeindrucken.

„Sind wir das wirklich, Marty?" Erschrocken über Leos offen ausgesprochenen Zweifel schnaufte Martin schwer fauchend auf.

„Wie meinst du das?" Leonidas bewahrte Ruhe.

„Lass uns warten, bis Angelo und François dabei sind, dann brauche ich nur einmal erzählen!" Martin nickte, „Okay, einverstanden", kam der Vorschlag ihm doch entgegen, weswegen ihm trotzdem nicht der unbekannte Zwischenton in Leonidas Stimme entging. Dann plötzliches Rauschen.

„Salut, alles okay bei euch?", der gute François.

„Ciao Ragazzi! Welchen Scherzvögeln haben wir diese Campingnummer zu verdanken? Monsignore Martin, oder leidet General Kavafis unter Halluzinationen, Verfolgungswahn und Wahrnehmungsstörung?" Angelo schien Bestens gelaunt zu sein. Leonidas begrüßte alle.

„Hallo alle zusammen, danke, dass es so spontan geklappt hat; ich denke ich bin euch eine Erklärung schuldig!" François kam mit einem Vorwurf.

„In der Tat, Leo, das bist du!" auch die anderen beiden nickten heftig.

„Ihr erinnert euch daran, dass ich in den letzten Jahren meiner Pleite Polizeischutz hatte, nicht wahr?" Schon unterbrach Martin ihn. „Warte Leo! Kannst du die Geschichte etwas kompakter gestalten?" Leo holte ihm zu weit aus. Doch trotz der offensichtlich beunruhigenden Ereignisse ließ sich der Kreter nicht aus der Ruhe bringen.

„Heute werdet ihr euch gedulden müssen! Es ist viel komplexer als ihr ahnt! Also, ich versuch es auf den Punkt zu bringen", Leonidas Freunde nickten ihm auf dem Laptop zu. „Als ich erkannte, dass meine Konzern-Gruppe unausweichlich pleitegehen musste und nicht mehr zu retten war, bemerkte ich starke Beschleunigungsprozesse, die aus allen Richtungen zu kommen schienen. Von da an ging es dramatisch bergab. Groß-Investoren hatten Wind davon bekommen, weswegen man anfing gewaltige Aktienpakete abzustoßen. Der Wert fiel rasend schnell, ausgelöst und beschleunigt durch eine ganz banale Sache, aber zuerst einmal zum Hintergrund. Ein paar meiner Firmen, hatten in großem Stil mit sensiblen Daten zu tun. Es ging um Software und hochauflösende digitale Datensysteme für militärische Einrichtungen; Nautik, Luftfahrt, Radar, Sonar, ungezählte Satelliten-Verbindungen und die dazu notwendigen digitalen Datenverschlüsselungen, nichts Weltbewegendes, aber mit höchster Sicherheitsstufe klassifiziert."

Gebannte Stille herrschte in der Videokonferenz der vier Freunde. Man hörte die tiefen und langsamen Atmungen, die wie kosmische Musik aus dem Äther anmutete. Niemand außer Leonidas wusste, was jetzt kam. Plötzlich schien unterschwellig allen klar, dass nach ihrer Videokonferenz nichts mehr wie früher sein würde. Leonidas ließ die Stille wirken und setzte seine Erzählung fort. „Weil diese Verträge große Laufzeiten hatten und ich sie selbst vor Langem mit dem griechischen Staat abgeschlossen hatte und noch dazu persönlich haftbar war, begleitete mich vom ersten Tag an ein griechischer

Geheimdienstler; Dimitris hieß der Agent und war ein netter Kerl, äußerst intelligent, durchtrainiert, schnell, multilingual, entschlossen und nahezu unsichtbar." Angelo konnte nicht mehr länger an sich halten.

„Stop-stop-stop, Leo! Wann genau fing das Ganze an? Vor wie vielen Jahren?" Leonidas runzelte seine Stirn und blickte nach oben rechts, als könnte er die Antwort dort ablesen.

„Gute Frage, Angelo! Vor ziemlich genau zehn Jahren, doch irgendwann plötzlich zog man Dimitris ab. Anfangs machte ich mir keine Gedanken, aber im Nachhinein fiel es mir wie Schuppen von den Augen, als ich erkannte, dass man den Zeitpunkt kurz vorm Zusammenbruch meines Konzerns gewählt hatte." Betrübt sah Leonidas in seine Vergangenheit, als ihn François plötzlich ungewohnt scharf unterbrach.

„Leo! Dein Konzern ging in kürzester Zeit pleite, wir reden von Monaten, vielleicht maximal ein Jahr!" Martin schwieg und ließ seinen griechischen Freund zu Ende erzählen, kannte er bereits einige Einzelheiten, während Angelo und François zum ersten Mal reinen Wein eingeschenkt bekamen.

„Wartet, ich sagte es doch bereits: Lasst mich zu Ende reden! In der Tat, die eigentliche Firmenpleite ging schnell, was jedoch lange dauerte, war die Suche nach Firmen, die meine militärischen Verträge übernehmen konnten und vor allem, WOLLTEN, versteht ihr? Zuerst müsst ihr begreifen, wie es dazu kam.

Man kommt nicht einfach Ruck-Zuck in Schwierigkeiten, so etwas dauert eine lange Zeit, denn Militäraufträge sind lukrativ und es wird immer verlässlich gezahlt. Alles begann still und leise. Zuerst warb man meine besten Leute ab. Man bot ihnen horrendes Geld.

Es schienen hauptsächlich Firmen aus Silicon-Valley zu sein. Erst ein paar, dann immer mehr. Letzten Endes bekamen wir passende Nachfolger nicht so schnell eingestellt, wie wir sie benötigten.

Dadurch verzögerten sich unsere Arbeiten teilweise um Wochen, manche Elemente um Monate. Zu Anfang sahen die Militärs es gelassen. Nach und nach aber, als durchsickerte, dass es die wichtigsten Arbeitspakete betraf, gab es Bewegung! Zu niemandem ein Sterbenswort, das ist alles streng vertraulich, kapiert?"

Andächtig-schweigendes Nicken der drei Freunde auf den Bildschirmen. „Man verwies auf Klauseln im Vertrag, die mich bei Verzögerungen zu empfindlichen Strafzahlungen verdonnerten. Wir reden von Millionen, pro Woche Verzögerung, versteht ihr?" Jetzt schaltete sich Martin wieder ein.

„Wie bitte, Leo? Davon wusste ich gar nichts! Wie konntest du solche Verträge unterzeichnen?" Leonidas lächelte wie ein Schelm, was nichts Gutes heißen konnte. „Wir hatten unglaublich viel Puffer im Zeitplan, so viele fantastische Entwickler und wir wussten, dass wir die Besten sind, UND, das betone ich nicht ohne Stolz, UND ich bezahlte meine Leute spitze, selbst im internationalen Vergleich! Natürlich gab es viele Neider, denn unsere Entwickler verdienten so viel wie Vorstände griechischer Unternehmen, versteht ihr, was ich meine?" Angelo und François schwiegen, weil sie ahnten, dass die Geschichte noch lange nicht zu Ende sein konnte. Auch Martin begann Schwierigkeiten im Nachvollziehen zu bekommen.

„Eins begreife ich nicht, Leo: Wenn du von Monaten, gar Jahren redest, wieso dann dieser Absturz? Ich kapiere es nicht", und schüttelte den Kopf mit schweren

Sorgenfalten. „Ganz banal, wegen Geld, Marty! Weil du selbst die loyalsten Mitarbeiter mit Geld kaufen kannst. Jeder hat seinen Preis, nur ganz wenige sind mit Geld nicht zu bekommen. Ahnt ihr, wo die Reise hingeht?" François lauschte aufmerksam. „Dunkel, Leo, dunkel. Wann fiel dir auf, dass du ein Problem hast?" Er befand sich offensichtlich im Analyse-Modus, während Martin sich fragte, warum Leo ihm das nie erzählt hatte, vielleicht aus Scham?

„Plötzlich wurden wichtige Leute aus dem Team krank und die Ersten abgeworben. Sofort fing es komisch an zu riechen; erneut begannen wir die Planungen genauestens zu studieren. Als wir die Kettenreaktion verstanden, welche empfindlichen Einflüsse unsere fehlenden Lieferungen ans Militär hatten, bekam ich erste Zweifel, ob es wirklich Zufälle sein konnten. Offensichtlich sabotierte jemand gezielt unsere Arbeiten und das mit solch chirurgischer Präzision, dass nur große Player im Hintergrund ihre Finger im Spiel haben konnten. Zum ersten Mal bekam ich es mit der Angst zu tun! Und dann erkannte ich, wie das Unheil seinen Lauf nahm. Ich fing an die hohen Strafen zu zahlen. Mein Geld rann mir wie Sand durch die Finger. Verzweifelt versuchten wir neue Leute anzuwerben. Doch Neuigkeiten dieser Art machen schnell die Runde. Unsere Aktienkurse fielen. Schon bald musste ich selber Aktien verkaufen, um liquide zu bleiben, denn ich konnte sehen, wie die Strafzahlungen gewaltige Ausmaße erreichten. Schnell hob ich die Hand. Plötzlich halfen mir die Militärs wo sie konnten; nicht vergessen: Vorher rührten sie keinen Finger; erst als ich aufgab und die Hand hob, kapiert ihr? Auf einmal ging es ihnen nur noch darum Nachfolger zu finden, die ihr Business weitertrieben. Ihr müsst wissen, dass man IT-Experten mit besonderen Zulassungen und Schulungen haben muss. Am Anfang schien das offensichtlichste Problem zu sein, dass sich aus unerklärlichen Gründen keine Nachfolge-Firma auftreiben ließ, die weitermachen wollte. Schnell waren wir gezwungen, weiter zu machen, was dramatische Folgen für mich hatte, weil die wöchentlichen Strafzahlungen höher waren, als die Einkünfte. Dazu kam dann noch, dass sich solche Dinge beim Staat in die Länge zogen, weil jeder meint mitmischen zu müssen. Entscheidungen dauern ewig. Niemand schert sich darum, ob deine Mitarbeiter bezahlt werden!

Bald musste ich mir größere Summen leihen und verkaufte Häuser, Autos und Yachten - das Ende war Unabwendbar! Jede Woche kostete mich sechsstellige Beträge; ihr habt keine Ahnung was das mit einem macht!"

Stille.

Die letzten Worte flüsterte Leonidas.

Seine drei Freunde hatten die Tragweite des Gehörten noch nicht verstanden. Vermutlich lag es an seiner sonstigen Unbeschwertheit, weswegen sie sein Dilemma nicht fassen konnten. Martin sprach dem Freund Mut zu. „Leo, wir glauben dir! Ich denke, ich kann für alle sprechen. Wir wussten von all dem nichts, außerdem hast du dir damals nichts anmerken lassen. Zwar ließest du durchblicken, dass es heiß bei dir zugeht, aber das hätte privat gemeint sein können. Viel wichtiger ist doch etwas ganz Anderes: Fand sich letztendlich eine Firma, die alles übernahm, so dass du die heiklen Arbeitspakete und die finanzielle Last loswurdest?" Überraschenderweise lächelte Leonidas Kavafis verschlagen, wie jemand, den man bei etwas Verbotenem ertappt hatte. „Was denkt ihr? Versetzt euch in die Lage des Staates, wie würdet ihr reagieren?" François seufzte etwas gelangweilt. „Komm, Leo! Kannst du nicht schlicht und ergreifend weitererzählen wie es war? Hat es heute noch Relevanz?" Seine Effizienz konnte manchmal erschreckend sein. „Leute! Alles hat Relevanz, besonders wenn ihr verstehen wollt, was vor eurer Nase ist! Los doch, strengt euch an, es ist viel wichtiger als ihr ahnt!"

Martin blieb neugierig und ungeduldig.

„Okay! Du hast an irgendeinem Punkt dem Auftraggeber erklärt und dich offenbart, dass du pleite bist. In diesem Fall dem Staat gegenüber, vertreten durch irgendeine Amtsperson, vermutlich vom Militär; ich denke das haben wir kapiert; deren Zugewandtheit blieb vermutlich Solidarität unter Landsleuten, oder gab es in diesen Fällen Vertrags-Klauseln, die alles regelten?" Martin begriff, dass Leo sie alles selbst erkennen lassen wollte.

„Richtig! Sie sieht vor, dass sich beide Seiten zusammen auf die Suche zu machen haben, der Auftraggeber als Zugpferd, und ich, um Kompetenzen zu prüfen; sollten beide Seiten zustimmen, galt die Übergabe als gesichert, versteht Ihr, was das bedeutet?" Irgendetwas verschwieg er den Freunden. Martins Ungeduld wuchs immer weiter. „Leo, das ist vermutlich eine gängige Vorgehensweise, worauf willst du wirklich hinaus?" Nur mit Mühe und Not konnte er sich zusammenreißen. Leonidas bemerkte es hoch erfreut.

„Wartet ab! Also, Firmen zu finden, die kompetent UND gleichzeitig groß und vielfältig genug sind, um potentielle Folgeaufträge zu übernehmen, so wie es die meiner Gruppe waren, sind nicht in jeder Stadt zu finden. Zusätzlich dazu kassiert der Staat Millionen an Strafzahlungen, Ihr versteht worauf ich hinaus will?" François runzelte die Stirn. Angelo kratzte sich an der Stirn und äußerte Bedenken.

„Um ehrlich zu sein, noch nicht so ganz; klar sind das horrende Zahlen, aber für mich sieht das noch nicht auffällig und nach Verschwörung aus, Leo!" Angelo blieb ehrlich und kritisch, erreichte aber überraschenderweise wenig bei Leonidas, der laut weiterdachte.

„Haken bei dem Ganzen ist, dass die Regierung, besonders das Militär, griechische Firmen bevorzugten, was erst einmal logisch und nicht verwunderlich klingt, wenn es um geheime militärische Daten und deren Hard- und Software geht; dürfte jeder so machen, denke ich" Martin konnte seine Ungeduld nicht mehr im Zaum halten und wurde ungehalten.

„Leo, das haben wir alles kapiert, also noch einmal: Worauf willst du hinaus?" Genau das freute den Griechen diebisch.

„Nur die Ruhe Marty, es ist wichtig, dass ihr das Bild scharf seht, also, Ihr analysiert alle Firmen des Landes, die dafür in Frage kommen; Ihr findet drei, die dazu auch noch alle in Athen sitzen." Angelo fieberte mit.

„Na, das ist doch hervorragend, oder?" Er roch aber auch, dass gleich was Überraschendes kommen musste! „Ganz genau, sogar mehr als das, es ist perfekt! Wir kontaktierten also diese Firmen, die alle brav antworten und auf die anstehende Sommerzeit hinweisen, dass man sich im September gerne treffen würde." Auch François hielt es nicht mehr auf dem Stuhl.

„Heureka! Ich kann mir deine Freude wahrhaftig gut vorstellen!" Auch er fieberte mit. Leonidas genoss den Moment, dass seine drei Freunde ihm so dicht auf den Fersen waren. „Und so kam es! Alle gingen in den wohlverdienten Sommerurlaub und kamen Ende August zurück, jedoch eine Woche vor den Terminen, passierte etwas sehr Merkwürdiges. Zwei Firmen räumten sich plötzlich Bedenkzeit ein, da ihnen der Zeitpunkt nicht mehr gut passte und weil sie über den Sommer von einem Investor aufgekauft wurden, der ein neues Management installieren und die Firma neu ausrichten will!"

Angelo stöhnte laut ins Mikrophon.

„Das ist jetzt nicht dein Ernst? Von wem das denn? Und dann so plötzlich aus dem Nichts heraus!" Fassungslos prallte der Italiener hinter der Kamera zurück in seinen Stuhl. Leonidas konnte nur zustimmen.

„Genau das fragte ich mich auch. Daher setzte ich zwei Detektive drauf an. Der eine war spezialisiert für Firmen-Übernahmen, der andere so ein richtiger Schnüffler, aber mit Ausdauer, wie sich später herausstellte." Die drei Freunde konnten ihre Anspannung kaum ertragen.

„Jetzt bin ich gespannt, Leo!" François fing an unruhig vor der Kamera hin und her zu wippen und der Grieche gab reichlich Zugabe. „Schnell bekamen die beiden Schnüffler heraus, dass beide Firmen von ein und derselben Firma aufgekauft wurden. Habt ihr schon mal von der Firma Omega-Systems gehört?" Martin schüttelte wieder den Kopf. „Noch nie, Leo! Wer soll das sein? Ich bin kein Fachmann auf dem Gebiet, aber eine solche Firma mit genügend Potential müsste ich eigentlich kennen." Wieder schauten sie den Griechen erwartungsvoll an, der sich in seinem Element befand, wenn Dinge sich mit Spannung und Geheimnissen aufluden. „Dachte ich mir auch, aber nein! Ist ein völlig unbekannter Laden, sozusagen ein unbeschriebenes Blatt. Doch könnt ihr euch denken, dass ich es nicht dabei beließ. Ich stellte selber ein paar Nachforschungen an, auch weil meine beiden Schnüffelnasen so sehr untertauchten, dass ich sie nicht mehr regelmäßig traf. Bald fand ich heraus, dass Omega-Systems seinen Sitz ebenfalls in Athen hat, was für eine Überraschung! Ich bin also hin und kam aus dem Staunen nicht mehr raus: Ein richtig edler Laden, wie aus einer US-Fernsehserie. Ich dachte, mich trifft der Schlag, wieso kennt die niemand, wenn die so einen Auftritt hinlegen, zumal sie mitten im Herzen Athens residieren und noch dazu ausschließlich Griechen beschäftigen?

Also rief ich bei denen an; alle waren nett und ausgesucht höflich und tatsächlich: Ich bekam sofort einen Termin für den nächsten Tag, was sagte man dazu. Aber irgendwie roch es komisch, wisst ihr?" Angelo verwirrte die ganze Story, während Martin etwas ahnte. „Wieso Leo? Was gefiel dir nicht?" Jedoch hatte er immer noch viele Fragezeichen im Gesicht.

„Ihr kennt mich, oder? Bin ich für euch ein echter Grieche?" Martin fand, dass die ganze Videokonferenz aus dem Ruder lief, wenn es nicht langsam klare Sicht gab. „Leo, was redest du da, natürlich! Können sich Temperament und Leidenschaft bei dir jetzt mal für einen Augenblick konzentrieren? Wir wollen etwas über diese Firma wissen und weniger über die durchschnittlichen Charaktereigenschaften der Griechen." Leonidas spürte, dass er jetzt alles auf den Tisch legen musste.

„Aber genau das ist es doch! Du hast es gerade gesagt, Marty! Griechen sind voller Temperament, Leidenschaft und Energie. Ich gehe also in diesen Hochglanzladen, der besser in die Wallstreet, als nach Athen passte und fragte mich, warum alle Menschen in diesem Hochglanzkonzern, verglichen mit typischen Griechen, mit so merkwürdig gebremstem Schaum unterwegs sind. Und plötzlich kapierte ich es! Wenn Griechen länger ins

Ausland gehen, vielleicht in die USA, oder nach UK, oder sonst wo, dann hat das Rieseneinfluss, vermutlich bei allen Menschen, die internationale Luft schnuppern. Alle, die in diesem Elfenbeinturm saßen, sind aus diesem kosmopolitischem Holz geschnitzt!" François ahnte worauf er hinauswollte, schob aber dennoch einen Strauß Zweifel hinterher.

„Ist das verwunderlich Leo? Würdest du in so einem Business nicht auch international erfahrene Arbeitnehmer bevorzugen?" Nahezu ungebremst wuchs Leonidas Freude über die Ahnungslosigkeit der drei Freunde. „Aber natürlich! Ihr überseht jedoch nur einen entscheidenden Faktor: Kausalität und die Ungewöhnlichkeit des Moments!"

Die Spannung enterte ihren Gipfel.

„Hm, wie viele Mitarbeiter sagtest du noch hat die Firma in der Athener Zentrale?" Martin wollte es genau wissen und der Grieche grübelte.

„Keine Ahnung, irgendetwas zwischen zwanzig und fünfzig." François bohrte weiter nach.

„Wie viele hast du konkret gesehen?" Für ihn zählten nur die Fakten. „Vielleicht zehn, ein paar andere konnte ich in Räumen hören", aber Martin ließ partout nicht locker.

„Okay, sagen wir zehn; du gehst davon aus, dass es sich bei dieser Adresse um die Zentrale, den Hauptsitz handelt?" Leonidas unterbrach ihn abrupt.

„Natürlich! Da rannten keine Nerds mit Sandalen rum, die saßen irgendwo anders, keine Ahnung wo." Martins Ungeduld war auf ihrem Gipfel. Nach und nach bekam er ein ungutes Gefühl.

„Okay, Leo: Was fiel dir auf? Ist dir etwas merkwürdig vorgekommen?" Er spürte, dass da noch mehr kam. Leo lächelte verschlagen. „Oh ja, Leute, und zwar einiges. Zuerst einmal war da die Frage, die ich mir die ganze Zeit stellte, nämlich, warum jetzt? Warum taucht aus dem Nichts ein unbekanntes Schwergewicht auf, das offenkundig im Verborgenen agiert und seine Mitstreiter so locker nebenbei schluckt? Warum machte man sich diese Mühe? Als Nächstes stellte ich mir die Frage, warum tauchte so eine glamouröse Zentrale aus dem Nichts auf, noch dazu voller international ausgebildeter Griechen? Warum? Zufall? Sicherlich nicht!" Angelo folgte Leonidas' Gedanken wie ein Bluthund und regierte als erster.

„Und? Wie verlief das Gespräch? Na los sag schon? Wer empfing dich?" Jetzt spielten sich Venezianer und Grieche die Bälle zu.

„Eine ziemlich elegante Frau, vielleicht um die vierzig, lange schwarze Haare, Kostüm; sie sah aus wie aus einem Katalog und natürlich ebenfalls Griechin mit dem Namen Alexandra Giorgiopoulou." Martin grübelte laut nach. „Irgendetwas sagt mir der Name, so als ob ich den schon mal gehört habe, jedenfalls klingelt es in weiter Ferne, aber ganz konkret gesprochen sagt er mir erst einmal nichts." Er bekam keinen Griff an den Namen.

„Sie stellte sich als Geschäftsführerin vor und unterstrich mehrmals ausdrücklich, wie glücklich sie sei mich kennenzulernen und meine Nachfolge bei dem Auftrag anzutreten!" François glaubte sich verhört zu haben.

„Waaas? Moment mal, wie bitte? Wieso denn das auf einmal?" Auch Martin stieß einen lauten Pfiff aus. Leonidas schien sie alle erfolgreich abgehängt zu haben, niemand kapierte, was gespielt wurde. Wie sehr das der Grieche genoss. Immer breiter geriet sein Lächeln. „Ganz genau! Es passt hinten und vorn nichts zusammen; ihr könnt euch denken, wie es mir dabei ging und wie ich mich zusammennehmen musste, nicht genauso einen Gesichtsausdruck zu haben wir Ihr drei gerade!" Leonidas lachte erst leise, dann immer lauter und herzlicher, so als würde er zum ersten Mal nach all dieser dunklen Zeit lachen können.

„Natürlich, Leo! Du musst dir vorgekommen sein wie in einer Achterbahn, oder einem Hollywood Streifen." Schob Angelo hinterher. Leonidas fühlte sich erleichtert, seinen Freunden alles erzählt zu haben.

„Na sicherlich! Ich dachte mich trifft der Schlag, als sie das sagt und mehr als nur das: Die sieht mir offen ins Gesicht und lächelt wie eine Frau, die gewohnt ist Menschen auszustechen, um zu gewinnen!" François wurde immer ungeduldiger.

„Hast du denn nicht sofort nachgefragt?" Leonidas kostete diese Situation aus, nur er wusste warum. „Selbstverständlich! Ich erinnerte sie daran, dass sie zwei Firmen gekauft hatte, die sich von dem Auftrag distanziert hatten. Sofort begann sie sanft lächelnd, fast liebevoll, die Hand vor ihre rot geschminkten Lippen zu halten und hauchte mir süffisant rüber, dass sie am Vormittag auch die dritte Firma gekauft hat!"

Alle atmeten scharf aus. Angelo und François pfiffen laut. Nach der Grabesstille sprudelten alle drauf los. „Was? Du nimmst uns auf den Arm!" Mit Mühe konnte Leonidas sich Gehör verschaffen.

„Nein, Leute! So wahr ich hier vor meiner Kamera sitze! Sie ließ sich nicht mal nehmen, mir genussvoll zu erzählen, dass die Tinte wohl gerade erst trocken sein müsse!" Martin sah klarer und staunte Bauklötzer.

„Daher ihre erfreute Bemerkung zur zukünftigen Zusammenarbeit, bei der Übergabe! Wow, was für eine

Verschwörung und das mitten in Athen!" Langsam ahnte er Böses. Leonidas gab weiter die Richtung seiner Story vor. „Ihr seht, was sich für Schluchten aufbauen? Ach was Schluchten: Ganze Grand Canyons wuchsen aus der Erde! Aber wir sind noch nicht am Ende der Geschichte!" Fassungslos schüttelten seine Freunde ihre Köpfe. Angelo hatte mittlerweile längst den Überblick verloren.

„Was? Immer noch nicht, was soll denn noch alles passieren?" Längst zweifelte er am positiven Ausgang der Geschichte.

„Ihr müsst zugeben, dass die Geschichte sich mächtig verändert, oder? Wenn ihr dann gleich den Link in unsere heutige Gegenwart versteht, zerreißt es euch vollständig, das verspreche ich euch!"

Leonidas Kavafis sah plötzlich sehr ernst aus. Angelo ließ sich wie immer nicht abschrecken und fasste nach. „Erzähl schon! Deswegen sind wir heute Abend zusammen gekommen; es ging um dein Verfolgt-werden, deswegen hast du unser Dinner abgesagt und uns vor die Kameras verbannt!" Angelo hatte einen fordernden Unterton in seiner Stimme, der bei Leonidas jedoch völlig abperlte. Stattdessen setzte er seine Gedanken fort.

„Es sind die immer wiederkehrenden Gedanken, die mir keine Ruhe ließen: Warum das alles? Was steckt dahinter? Und vor Allem, wer? Versteht ihr?" Martin kam jetzt langsam aus der Deckung, um seine Rolle als fragender Freund zu spielen. Tief drinnen ahnte er, was die Stunde geschlagen hatte. Natürlich konnte er sich nicht sicher sein, dass er richtig lag.

„Sorry Leo, Ich bin total abgehängt! Du hast doch die Chefin getroffen, was fehlt? Welches Puzzlestück hast du noch nicht?" Martin war sich sicher, dass Leonidas gleich mit weiteren wichtigen unglaublichen Neuigkeiten herausrückte. Angelo blieb sprachlos mit offenem Mund vor der Kamera sitzen, während auch François geparkt aussah. „Leute! Was ist los mit euch? Seid Ihr schon müde? Wo ist eure Fantasie geblieben? Seht Ihr nicht längst klar?" François mochte Leonidas Hang zum esoterisch-übersinnlichen nicht, musste sich aber eingestehen, dass bis jetzt alles recht schlüssig klang, weswegen er seinen Freund erden wollte.

„Leo, Leo! Komm wieder runter; wenn du faktisch redest und nicht wie ein Verschwörungstheoretiker, dann kommen wir vielleicht alle weiter." Natürlich erreichte das seine gewünschte Wirkung.

„Ihr kapiert es nicht, das ist ja krass! Okay, vielleicht ist es auch zu schwer, weil Ihr ein paar Elemente noch nicht miteinander verbinden könnt" Martin wurde etwas zynisch, „Danke Leo", jedoch hielt es nicht lange vor, weil Leonidas munter weitersprudelte.

„Leute! Diese elegante Lady ist vielleicht Ende dreißig, maximal vierzig, bestimmt ist sie eine erfahrene Geschäftsfrau, einverstanden, sicherlich hat sie Talent, ne Menge Energie, ein beeindruckendes Netzwerk und stampft diese schicke Firma aus dem Nichts empor, okay. Einverstanden!

Aber all das ist nur in so kurzer Zeit mit so einem Auftritt möglich, wenn jemand im Hintergrund mit viel Geld unterstützt und Fäden zieht!" Angelo verstand auf einmal. „Du meinst, die gute Alexandra ist eine Strohfrau und in Wahrheit steckt jemand ganz anderes dahinter?" Immer mehr staunten die Freunde über Leonidas Geschichte, die offensichtlich noch nicht zu Ende war.

„Natürlich, Angelo! Du kannst Weltklasse sein, ein gutes Händchen für Menschen haben, ein Supertalent sein, alles richtig. Doch all diese Zufälle, dann noch in dieser kurzen Zeit umgesetzt, ergeben nur einen realistischen Sinn, wenn es einen sehr großen und starken Unbekannten im Hintergrund gibt."

Angelo war ganz nah dran.

„Hast du sie darauf angesprochen?" Er wollte es jetzt endlich wissen. „Natürlich nicht! Schlussendlich sollten meine beiden Detektive fündig werden! Es stellte sich nämlich in der Tat heraus, dass zwei größere Firmen dahinter steckten. Diese schienen zwar beide in der Rüstungsindustrie aktiv zu sein, jedoch in unterschiedlichen Feldern. Wir erkannten zu spät, dass sie komplementäre Geschäftsfelder hatten, und sich zusammen perfekt ergänzten. Aber unser Netzwerk reichte nicht bis zu ihnen. Alles lief scheinbar immer weiter auseinander, bis wir entdeckten, dass auch hinter diesen recht großen Mittelschwergewichten sich wieder andere, noch größere Superschwergewichte befanden, die still im Hintergrund agierten, so dass am Ende, über dutzend Umwege, die Quelle von Allem, mit der gewaltigen Power die folgende sein sollte:" Mittlerweile hielt es Angelo nicht mehr auf dem Stuhl und stand hinter der Kamera.

„Na? Komm schon, hau es raus!" Der Italiener bewegte sich wie ein Boxer, ständig ließ er seinen Oberkörper hin und herpendeln. Süffisant hauchte Leonidas Kavafis das letzte Puzzleteil heraus.

„Die Andromeda-Group von John Stiffort!" Totenstille! Martin hielt es nicht mehr auf dem Stuhl und hatte auf einmal ein ganz mulmiges Gefühl im Magen, als hätte er plötzlich zentnerschwere Lasten auf dem Rücken! Und auf einmal machte alles Sinn. Zufälle? Völlig ausgeschlossen.

„Verdammte Scheiße, was sagst du da, Leo?" Martin sah auf einmal, welchem gewaltigen Monster er den Kopf abgeschlagen hatte. „Du hast richtig gehört, Marty!" „Gehst du etwa auch davon aus, dass sogar die Pleite deines Konzerns kein Zufall, sondern eine abgekartete Sache, man von langer Hand vorbereitet hatte?" Die Freunde sahen den Feuereifer vom Griechen aus jeder Pore herausströmen. „Natürlich! Versteht Ihr mich jetzt? Jahrelang ahnte ich, dass sich irgendetwas Dunkles, Gefährliches und Kriminelles aufbaute. Natürlich lachte die Welt mich aus, Ihr drei eingeschlossen; kapiert Ihr jetzt, was hier los ist? Wie aus diesem zufällig aussehenden, völlig chaotischem Kaleidoskop ein glasklares vierdimensionales Mosaik wächst?" Martin lauschte Leonidas Worten, schluckte schwer und sah betreten zu Boden.

„Was uns unweigerlich mit der Nase auf eine einzige Sache stößt, nicht wahr, Marty?" Schweigend hörte der Befragte die Worte seines Freundes, blickte über die Kamera hinweg in die funkelnde französische Hauptstadt, mit ihren Farben, barocken Formen, Neonröhren, ihrem Krach und Gestank. Leonidas setzte nach.

„Darf ich jetzt davon ausgehen, dass ihr mir jetzt glaubt, wenn ich euch sage, dass man mich beschattet? Stellt sich nur die Frage, wie es mit euch aussieht, besonders mit dir Marty!" Der hob den Blick und sah direkt in die Kamera, als er sprach.

„Leo! Es scheint eine viel größere Verschwörung zu sein, als wir ahnten! Ich hoffe, dass du mit dem griechischen Militär darüber gesprochen hast, oder?" Aber Leonidas war weiter als sie dachten.

„Leute, Leute! Ihr wisst jetzt, warum ich eine Zeit lang untertauchen musste und warum man mich von verschiedenen Behörden erst schützen und später nach der Pleite beschatten ließ. Daher mag ich vielleicht für euren Geschmack manchmal paranoid wirken, aber ich kenne den Unterschied, zwischen, nur ein Gefühl, oder den Beweis dafür zu haben, beschattet zu werden.

Also, ich habe heute Morgen auf dem Weg zum Bäcker ein paar Haken geschlagen und nachmittags, als ich Laufen ging, ebenfalls. Die Typen sind gut, die mir gefolgt sind, ziemlich gut sogar, um ehrlich zu sein, aber trotz all ihrer Mühen, habe ich sie bemerkt!" Martin spürte mehr und mehr, was das bedeutete „Verdammte Scheiße!" Er begann das Bild immer klarer zu sehen. Martin wurde immer mulmiger zumute und auch Leonidas wusste nur allzu gut, was die Stunde geschlagen hatte.

„Du sagst es, Marty! Aber viel bohrender, als diese Tatsache trieb mich dann sehr schnell nur eine Frage um, weswegen wir unser Dinner abblasen mussten: Wer noch, außer mir, wird beschattet? Nur ich, oder vielleicht wir alle? Und völlig unabhängig davon wiederum, treibt mich nur eine einzige Thematik um, nämlich das Warum, versteht ihr?

Warum beschattet man mich? Hat es was mit meiner Vergangenheit zu tun, oder mit der Tatsache, dass ich mit einem besonderen Mann befreundet bin, um den es in Wahrheit geht und der die Vergangenheit, mit der Gegenwart und Zukunft verbunden hat, als er, ohne es zu wissen, der Hydra den Kopf abschlug. Möchtest du uns jetzt vielleicht, verdammt nochmal etwas erzählen, Marty?" Stille! Keiner sprach. Martin entschloss die Flucht nach vorne anzutreten.

„Was möchtet ihr wissen?" Angelo flippte aus.

„Verdammte Scheiße, Marty! Also ist es wahr! Du verdammter Wahnsinniger!" Er konnte seine Gefühle nicht mehr zurückhalten. Martin ließ ihn nicht zu Wort kommen, Leidenschaft half nicht. „Eines muss euch klar sein, bevor ich jetzt weiterrede: Leo's Geschichte habe ich heute zum ersten Mal gehört, so wie Ihr; natürlich sind diese Fakten und Zusammenhänge von weitaus größerem Umfang; dass der lange Arm John Stiffort's so weit reichte, bis hin zum griechischen Militär, inklusive deren Nachrichtendienste, wo vor fünfzehn Jahren ein aufstrebender, hungriger junger Grieche sein kleines Imperium aufbaute, ist mehr als erschreckend. Mehr noch: Es bestätigt, dass unsere Analysten mit ihren Prämissen richtig lagen UND es bedeutet, dass wenn ich jetzt weiterspreche und euch Details nenne, dass Ihr alle mit drinnen hängt, ist euch das klar? Wem das zu heiß ist, sollte sich sofort ausklinken!" Stille! Alle drei schwiegen andächtig.

„Angelo, François? Ihr bleibt dabei?" Still und andächtig nickten sie hinter ihren Webcams und holten langsam Luft.

„Natürlich, Marty!" Martin fühlte sich erleichtert.

„Ich danke euch!" Und bereite seine Story vor.

„Also, wenn Ihr erlaubt, versuche ich das ganze mal zusammen zu fassen, soweit es mir gelingt. Ihr unterbrecht mich, wenn ich unklar bin, besonders du, Leo, okay? Also, wo fange ich an? Okay, gehen wir zurück zu Leos Ausführung; wir vier gehen davon aus, dass es kein Zufall ist, was Leo widerfahren ist, korrekt?" François war kristallklar. „Ausgeschlossen! So viele Zufälle gibt es nicht, zumindest nicht mit diesem engen Zusammenhang; denkt nur mal an die gezielten und kriminellen Sabotageschritte, die detailliertes Wissen über Planung und Verantwortung einzelner Mitarbeiter voraussetzen. Nein, Zufall ausgeschlossen! Jemand wollte um jeden Preis erreichen, ja, was eigentlich?" Leonidas verstand nicht. „Was meinst du, François?" Bevor Martin seine Geschichte erzählte, umriss François erst einmal die Szenerie mit wissenschaftlicher Genauigkeit. „Vermutlich macht es wenig Sinn, darüber zu philosophieren, was das tatsächliche Ziel war." Sofort unterbrach ihn der Grieche. „Na, das ist doch wohl klar", worauf der Franzose lächelnd antwortete. „Ist es das, Leonidas? Bist du dir dessen sicher? Ist das Ziel gewesen, den Auftrag des griechischen Militärs zu bekommen, weswegen man mit kriminellen Mitteln nachhalf und deine Pleite als Kollateralschaden in Kauf nahm? Oder ging es einzig und alleine darum, deinen Konzern zu zerschlagen, um bestimmte Teile zu schlucken? Versteht Ihr was ich meine? Auf den ersten Blick, mag es keinen, oder kaum einen Unterschied machen, doch das ist eine Täuschung; Es verändert wahrhaftig alles!" Leonidas nickte schwer und sah angeschlagen aus. „Keine Ahnung, François. Darüber habe ich so oft nachgedacht, dass ich vermutlich nicht mehr der Geeignetste für diese Gedankenspiele bin. Was ist mit dir Marty? Wie denkst du darüber?" Nun kam Martin an die Reihe, dessen Vernunft sich hinter der von François nicht verstecken musste. „Lasst uns mal überlegen: Offensichtlich, war und ist die Andromeda-Group ein so weit verzweigtes Geflecht, dass wir davon ausgehen müssen, dass vermutlich viele hundert oder gar tausende Firmen dazugehören. Schlussendlich ist aus meiner Sicht die Sachlage die Folgende: Entweder, es geht wirklich nur um wirtschaftliches Wachstum, weswegen man sich weiter ausbreitet und sich nicht scheut, komplexe Konzerne oder Projekte mit verschiedenen Staaten und deren Militärs mit ins Portfolio aufzunehmen; wobei es nebensächlich zu sein scheint, dass man andere Konzerne so nebenbei exekutiert, wie den von unserem Freund Leonidas, um an militärische Aufträge zu gelangen; oder aber, es geht um etwas völlig anderes." Martin grübelte erst eine Weile nach, analysierte dann aber weiter. „Leo, wenn du sagst, dass du beschattet und verfolgt wirst, wenn wir davon ausgehen, dass es uns allen ähnlich gehen wird, heute oder morgen, dann kann es nur einen Grund dafür geben: Wem noch, außer ihm selbst, nützte ein Mann wie John Stiffort? Wem? Kommt schon, denkt nach!" François gab wieder etwas zum Besten. „Warte, Marty! Stiffort ist vor Allem ein weltweit bekannter und anerkannter Geschäftsmann." Wie alle Franzosen liebte auch François Helden. Martin ließ sich die süffisante Spitze nicht nehmen. „War, lieber François, WAR ein Geschäftsmann!" Nur zähflüssig füllte François die entstandene Stille. „Stimmt, natürlich....war!" Jetzt war Martin in seinem Element. „Vielleicht geht es vielmehr um Daten und um Wirtschaftsspionage, oder vielleicht sogar Spionage im Allgemeinen! Ihr wisst, dass die Grenzen zwischen wirtschaftlicher und Nachrichten getriebener Spionage schwammig sind. Vermutlich sind alle Beteiligten eine eng kooperierende Familie!" Leonidas sprang sofort auf den Zug auf, „Du meinst FBI und CIA?" bekam aber noch weitere Einsichten in Martins Denkweise. „Lös dich von den USA, sie sind heute nur noch eine strauchelnde Großmacht von vielen. Nein, denke offen! Lasst uns mal in Betracht ziehen, dass eine solch einflussreiche Firma weltweit operiert: Nicht vergessen, Kapital ist staatenlos, vergesst das niemals! Leuten wie Stiffort ist es völlig egal, ob er Geschäfte mit der NSA, oder anderen Geheimdiensten macht, solange es ihm nutzt. So einer zögert keine Sekunde, mit Briten, Russen, Indern oder Chinesen ins Bett zu gehen! Vielleicht ist es sogar eine Kombination aus Allem. Stiffort jedenfalls wird es uns nicht mehr sagen. Bleibt also zuerst einmal nur eine einzige Frage übrig: Wie geht es jetzt weiter?" Martin wollte keinen langweiligen Monolog halten, sondern seine Freunde mit einbinden. Mit Leonidas ging es fast wie von alleine. „Ganz genau, Marty! Was denkst du, Angelo? Oder, François: Möchtet ihr eure Gedanken mit uns teilen?" François blickte auf die Fakten. „Lasst uns versuchen ins JETZT zu schauen. Was haben wir? Marty hat in der jüngsten Vergangenheit eine Schlüsselfigur unschädlich gemacht, die, was wir nicht wussten, bereits vor fünfzehn Jahren, solch starke Expansionsambitionen hatte, dass sie auch vor hoch manipulativen Übernahmen nicht zurückschreckte. Was wissen wir noch? Ach ja, dass Marty etwas völlig Irrationales getan hat, was weltweite Auswirkungen und Verwerfungen nach sich zieht. Habe ich etwas vergessen?" Wieder war es Angelo, der nachhakte. „Warte mal, François! Warum denkst du, dass Martys Verhalten weltweite Auswirkungen nach sich zieht?" François jedoch war sich nicht sicher, ob der Italiener spielte oder wirklich unwissend schien.

„Angelo! Ich bitte dich, mein venezianischer Freund, es ist wie beim Pferderennen. Ihr unterschätzt etwas ganz Entscheidendes: Die Ordnung des Chaos! Und dann den Einfluss der Irrationalität; Marty hat der globalen Ökonomie über Nacht, eine Extraladung Serotonin verabreicht. Oder Adrenalin, je nachdem wie ihr es sehen wollt und wie die Struktur des einzelnen Charakters gestrickt ist, dass Menschen verteidigen, angreifen oder in Furcht und Panik verfallen und Hals über Kopf weglaufen! Was also will ich damit sagen?" Martin biss zwei

Brocken vom kalten Döner, wobei er an die Uhr des Döner-Mann's dachte, wie sie in den behaarten fleischigen Unterarm schnitt.

„Ich werde es anhand einer Metapher erklären, damit ihr wieder aufs Gleis zurückkommt!" François lief warm, endlich war er in seinem Element. „Nehmen wir mal an, wir sind auf einer Pferderennbahn, d'accord? Aus vielen Gründen gehen Menschen da hin, doch die Majorität, eint das Wetten; alle Welt wettet auf Pferde. Manche glauben ein todsicheres Systeme zu haben und andere machen es wie beim Lotto mit Glückszahlen, oder Ähnlichem. Wahrhaftig alles existiert. Aber wie kann man Pferderennen manipulieren? Wer weiß es?" Glücklich wie ein Kind lächelte der Professor aus Paris. Angelo biss als erster an. „Durch Manipulation am Futter?" Wetten lag ihm charakterlich am Ehesten. François nickte anerkennend. „Nicht schlecht, guter Gedanke und Wegweiser; weiter, was noch?" Auch Leonidas biss Brocken aus François' Frage.

„Vielleicht durch Zusätze im Wasser?" brachte aber keine neue Inspiration. „Hm, ist am Ende dem Futter ähnlich." Martin bekam große Lust, den Lehrprozess zu beschleunigen. „Einverstanden, François, aber worauf willst du hinaus? Was ist deine Botschaft?" Womit er dem Franzosen eine Steilvorlage gab.

„Okay, ich sehe, Ihr kommt nicht drauf; ich helfe euch: Also, wir können die Luft des Pferdes und seine Nahrung beeinflussen, natürlich können wir auch den Jockey auf unsere dunkle Seite bekommen, aber schlussendlich gibt es keine weiteren Möglichkeiten, oder? Ihr stimmt mir zu?" Angelo nickte François zu und staffierte seine Sicht weiter aus. „Stimmt! Viel mehr geht nicht, wenn wir davon absehen, dass es unsicher ist, Sand und

Bahn zu manipulieren." Dankbar kam François wieder in Fahrt. „Ganz genau! Also, schaut euch das ganze genau an: Seht euch das Rennen aus Entfernung an. Schaut genau hin, in wieweit ihr Einfluss nehmen könnt. Durch Anfeuern und Gebrüll vermutlich nur geringfügig. Und jetzt kommt die Marty-Konstante!" Plötzlich hatte Martin verstanden „Okay-okay, hab es kapiert, François! Es ist ein schwarzer Schwan!" Martin lächelte.

„Genau das ist es, Marty! Im Finanzmarkt kommen und gehen ständig welche, in Form von Krisen, oder anderen unvorhersehbaren Tsunamis, mögen sie groß oder klein sein. Das Interessante ist, dass die Mehrheit sie weder erkennt, noch voraussieht, oder metaphorisch gesprochen: Kein Broker, Dealer oder Fondmanager kann sich vorstellen, das zwei führende Pferde gleichzeitig stürzen, so dass ALLE Nachfolgenden über die zwei Unglücksraben stürzen und KEIN Pferd das Ziel erreicht!" Alle drei Freunde stöhnten erschrocken auf und schüttelten ihre rotierenden Köpfe. Angelo schoss wieder als erstes. „Wow, wie krass, François! Ist das jemals in der Geschichte passiert?" Und lief in die falsche Richtung, was der Pariser ungeduldig beobachtete.

„Weiß ich nicht, das ist auch nicht der Punkt! Es geht um Quantenphysik, um Schrödingers Katze, oder Liantinis Wolf und Hase." Niemand folgte dem Professor. Martin bat um Aufklärung. „François, kannst du das genauer erklären?"

„Okay, Ihr seid mit Quanten-Mechanik und der Heisenbergschen Unschärfe vermutlich nicht vertraut. Stellt euch vor, ein Wolf rennt hinter einem Kaninchen her; er ist fast an ihm dran und ist zum Sterben hungrig; das Kaninchen ist vor Angst fast am Sterben. Es gibt nur zwei Wege in der Newton-Physik: Entweder der Wolf tötet das arme Kaninchen, frisst es und überlebt, weil das Kaninchen sein Leben für das des Wolfs gibt, oder das Kaninchen schlägt so erfolgreiche Haken, dass der Wolf es verliert, und vor Hunger stirbt.

In herkömmlichen Gedankenmodellen leben wir mit dem Fakt, dass eines der beiden Tiere sterben wird, genauer gesagt, sterben MUSS, jedoch nicht, wenn wir den Weg der herkömmlichen Ansätze verlassen, daher Vorhang auf, für die Quanten-Mechanik: Sie formuliert den dritten und vierten Fall, nämlich dass beide Überleben, oder beide sterben!" Martin rutschte unruhig auf seinem Stuhl rum, wo er das meiste bereits kannte. „François, ich bin mit schwarzen Schwänen durchaus vertraut, doch wieder einmal: Was ist deine konkrete Botschaft des Gleichnisses?" Jedoch schien François schon einen Schritt weiter. „Kapiert Ihr denn nicht? Jeder Markt folgt strengen Grund- und Naturgesetzen, nämlich dass der monetären Gravitation, wie ich es nenne und jene der schwer vorhersehbaren menschlichen psychologischen Einflüsse.

Ersteres ist rein Daten getrieben, weswegen Hochleistungsrechner heutzutage das Geld verdienen, während die Zweiten rein emotional und daher menschlich daherkommen. Womit der Markt allerdings nicht umgehen kann ist, wenn etwas völlig Verrücktes und Irrationales passiert, wie zum Beispiel, das alle Pferde stürzen, oder nur die ersten Zwei NICHT ankommen und jemand beim Topfavoriten auf fallende Kurse setzt und deswegen unfassbar reich wird! Genau das, hat unser Marty getan! Er hat den globalen Markt bis ins Mark erschüttert. Niemand ahnte die Richtung, aus der dieser unangekündigte Schlag, dieser Angriff kam; niemand sah ihn kommen und keiner kündigte ihn an. In der Wirtschaftswelt leben aber alle von Strömungen und Ankündigungen, so wie früher an alten Königshöfen, nur dass der König keine Person mehr ist, sondern, das Kapital, et voilà!" Angelo kaute auf seiner Lippe, während Leonidas an einem Glas nippt. Martin übernahm daher von François. „Was uns wieder zur Eingangsfrage zurückführt, nämlich, wie es weiter geht. Diese Frage ist von existenzieller Natur, wenn ihr an meinen Job denkt!" Leonidas runzelt die Stirn. „Kann man wohl sagen." Er wartete, was als Nächstes von Martin kam.

Und tatsächlich!

Nach einer kurzen Schweigeminute stürmte Martin vor. „Habe ich euch von Isabella erzählt?" Alle schüttelten stumm den Kopf. „Sie ist die Assistentin von Eduardo; vor wenigen Tagen traf ich sie zum allerersten Mal außerhalb vom Office. Nach einer Weile sprachen wir ernste Themen an, als sie plötzlich, wie Leo eben, mir einen neuen Analyse-Report auf den Tisch knallte und mit fester Stimme verkündete – HIER ist die nächste Nummer eins!"

Totenstille.

Und staunende Gesichter. François schüttelte fassungslos den Kopf. Angelo schlug seine Hände überm Kopf zusammen. Leo grinste in den Bildschirm, als Martin fortfuhr. „Wie ein Schlag vorn Kopf trafen mich ihre Worte! Ich fand es atemberaubend, dass für Isabella klar zu sein schien, wer Stiffort ausgeschaltete hatte. Also, liebe Freunde: Wenn Ihr wissen wollt, wie ich vorgegangen bin, so werde ich ehrlich sein, aber eines vorweg: Keine Vorhaltungen und Vorwürfe, kapiert? Kommt nicht auf die Idee mir Schuldgefühle einzureden. Ich bin bei klarem Verstand und Herr meiner Sinne." Sofort sprang Leonidas vor seiner Kamera auf.

„Nun mal nicht so hastig, mein Lieber! Als deine Freunde wirst du uns erlauben MÜSSEN, dich fragen zu lassen was WIR wollen! Wir kennen dich lange genug, um zu wissen, dass du auch für Verrücktes zu haben bist, jedoch einen Menschen zu erschießen....." Martin ahnte, dass es so kommen musste.

„Lass die Heuchelei, Leo! Sie steht dir nicht. Schlussendlich ist es eine emotionslose Entscheidung, so wie die feindliche Übernahme der drei griechischen Firmen durch Alexandra Giorgiopoulou , hinter der John Stiffort steckte. All das hat mit Ego, Macht und Gier zu tun. Kleine werden von Mittelgroßen und die wiederum von ganz Großen, von den Giganten gefressen!

Wir haben lediglich eine Abweichung in der gesamten Gleichung: Während sich die eben genannten wirtschaftlich-kämpferischen Aktivitäten, mehr oder weniger im gesetzlichen Rahmen bewegten, gibt es für meine Aktivität keine rechtliche Legitimation.

Eine ethisch-moralische jedoch schon. Seit ihr mit der französischen Revolution und ihrem Verlauf vertraut, ich meine im Speziellen Angelo und dich, Leo? Zumindest ein klein wenig?" Martin holte weiter aus. „Wenn Ihr euch die Geschichte der Franzosen anseht, wie viele Revolutionen es gab, wie viele verschiedene Parteien, Königshäuser und Netzwerke, genau jene zu Fall brachten, würdet Ihr feststellen, dass Befreiungs-Prozesse äußerst gewalttätig und brutal sind. Weil man die herrschenden Klassen abschafft, die das nicht freiwillig über sich ergehen lassen. Revolution bedeutet immer Mord und Totschlag. Bis heute weiß niemand, wie viele Herrscher, Adlige und Mitglieder der Führungsstäbe in der Zeit von 1793 bis zur dritten französischen Republik, guillotiniert wurden. Was niemanden hinderte, jenen Herrschaften große Ehrendenkmäler aufzustellen.

Man dürstet im Süden Europas nach Helden.

Letzten Endes, erwuchsen alle Revolutionen aus der Ablehnung gegen herrschende Systeme und immer, ohne Ausnahme, kam die Initiative von unten. Immer waren es Bauern und Handwerker, die unter reichen feudalen Herrschaften litten."

Längst herrschte absolute Stille vor den Kameras. Keiner wagte etwas zu sagen, oder mit lautem Atmen Martin abzulenken.

„Schlussendlich ging es mir wie den Bauern und Handwerkern, weil mein Gewissen es nicht mehr zuließ. Am Ende läuft alles auf die alte Menschheitsfrage zurück: Wieviel ist genug? Wieviel ist zu viel? Wann muss man handeln? Habt Ihr euch je gefragt, für was Ihr im Leben steht und was Ihr erreichen wollt?

Oder endgültiger gefragt: Was wollt Ihr erreicht haben, um zufrieden zu gehen?" Angelo runzelte die Stirn „Was meinst du damit?" Martin gab ihm sofort konkrete Beispiele.

„Was willst du hinterlassen, Angelo? Welche Taten willst du in deinem Leben vollbringen? Willst du eine Familie gründen? Willst du Musiker, oder Schriftsteller sein? Wofür lebst du? Was willst du erreichen? Für mich war die Antwort irgendwann klar!" Angelo sah auf einmal wütend aus, offensichtlich war er überhaupt nicht zufrieden mit dem Gehörten. „Marty, was hat dich, ganz konkret dazu bewogen abzudrücken?"

Keiner hatte bis jetzt gewagt es offen auszusprechen. Jetzt, wo es im Raum stand, schlichen alle schweigend um den Elefanten rum. Martin sprach ruhig weiter. „Wenn du verstehst, wie rücksichtslos wir den Planeten ausbeuten; wenn du erkennst, dass du nichts daran ändern kannst und in Wahrheit niemanden kennst, der tatsächlich die notwendigen Änderungen in aller Konsequenz unterstützt und selber leben will, weil alle irgendwann nach Bequemlichkeit und Komfort streben; wenn du kapierst, dass alle Gemütlichkeit und Komfort suchen, dann begreifst du, dass jemand den Garten radikal zurückschneiden muss, um Luft für andere Pflanzen zu schaffen, damit wieder alles neu gedeiht!"

Andächtige Klosterstille.

„Jedenfalls kann ich euch sagen, dass Isabella davon ausgeht, dass dies erst der Anfang ist, weswegen sie mir nicht nur die Analyse mit der nächsten Zielperson gab, sondern mir noch dazu ihre Komplizenschaft anbot!" Offensichtlich wartete Angelo schon länger auf einen günstigen Moment.

„Wie war es, Marty?" Er preschte mit dem Einzigen vor, das ihn schon seit Tagen beschäftigte. François und Leonidas waren sofort hellwach und beobachteten Martin, der seelenruhig weitererzählte.

„Es fühlte sich absurd an, so, als würdest du dich selber dabei beobachten, wenn du etwas Ungewohntes, ja Ungeheuerliches rein mechanisch durchführst." François interessierte der Weg.

„Was meinst du mit – mechanisch - Marty?" Nachdenklich raufte Martin sich die Haare. „Wie soll ich das beschreiben? Es ist so, als wenn erst dein Geist überzeugt sein muss, bevor du es umsetzen kannst. Wenn du es oft genug geübt und wiederholt hast, gehen dir alle Bewegungen in Fleisch und Muskel über, ähnlich wie bei Reflexen; es war absurd und surreal; irgendwie ist es in meinem Kopf immer noch nicht angekommen. Natürlich war ich dabei, aber für mich ist es noch außerhalb meiner Vorstellung, als ob ich Zuschauer eines Films war." Leonidas sah seinen Freund verständnisvoll an „Fühlst du dich denn im Großen und Ganzen gut? Fühlt es sich richtig an? Wirst du weitermachen?" Gespannt wartete er auf seine Reaktion.

„Ich entgegne dir mit einer Gegenfrage, Leo! Hätte ich es tun können, oder dürfen, ohne mir im Vorneherein darüber im Klaren zu sein, auch eine zweite, dritte oder zehnte Zielperson unschädlich zu machen?" Gerade setzte Leonidas zum Antworten an, als François ihm harsch in die Parade fuhr.

„Solltest du unsicher gewesen sein, dann könntest du den einen ausschalten, ohne dir allzu viel Gedanken zu machen. Wenn du deine Gedanken jedoch von Anfang an glasklar geordnet hast und aus reiner Überzeugung handeln MUSSTEST, so gibt es keine offene Fragen darüber, welches die nächsten Schritte sind!"

Martin lächelte den Franzosen an. „Darauf könnt Ihr wetten; Stifforts Laden wird wie ein Kartenhaus zusammenbrechen; alle Großunternehmen, die zu sehr auf feudalen Wachstum zu Lasten der anderen und auf den Egoismus ihrer Inhaber und Chefs ausgerichtet sind und nicht genug für Gemeinwohl und Mitarbeiter tun, werden nach so einem Meteoriten-Einschlag untergehen."

Hier kam der Professor an seine Grenzen.

„Moment Marty! Wie kommst du darauf, dass es anderen ähnlich ergehen wird? Das kannst du nicht wissen, nur vermuten, vor Allem, von welcher Basis gehst du aus? Das alle Topmanager und Milliardäre Alphatiere sind und deswegen ähnlich schalten und walten wie Stifort?" Martin kochte über. „Lieber Professor, die Wirtschaftswissenschaften bleiben was sie sind und immer waren, nämlich lediglich Theorien, die sämtliche Einflüsse der menschlichen Psyche ausklammern! Natürlich lebt Manches davon in der Wirklichkeit, aber die Mehrheit nicht; die Hintergründe für meine Prognose liegen eindeutig..." François unterbrach Martin vehement und zückte den Degen.

„Bo-bo-bo, lieber Martin Horus, mitnichten will ich dich angreifen, geschweige dir weh tun, ganz im Gegenteil." Jetzt flippte Martin völlig aus.

„Komm mir nicht so, François! Alles in der Wirtschaft hat psychologische Hintergründe; niemand rechnet in der realen Welt damit, dass man ohne Ankündigung, von heute auf morgen erschossen wird; du selbst hast es am Beispiel mit der Rennbahn erklärt." François hob den Zeigefinger.

„Achtung-achtung! Bitte nichts durcheinanderbringen, Marty! Lauscht meinen Worten, ich bitte euch! Mein Beispiel ist erklärend für einen schwarzen Schwan, was nicht klären kann, wie Teilhaber der Rennbahn sich verhalten, wenn deren Chef aus dem Weg geräumt wird." Leonidas unterbricht den Franzosen mit Nachdruck.

Plötzlich sieht man Angelo erneut vor der Kamera aufspringen. „Wartet! Wir brauchen uns nicht streiten; wir alle sind alle auf der gleichen Seite! Marty hat den größten Albtraum aller Unternehmer erschaffen! Alle tappen im Dunkeln, keiner weiß, warum es geschah, weil es völlig irrational ist." Dankend nimmt Martin die Vorlage an. „Stellt euch vor, Ihr habt ein erfolgreiches Unternehmen für Elektrofahrzeuge; Ihr seid superreich und super erfolgreich und habt eine kleine süße Tochter. Eines Tages kommt ein Kerl zu euch und droht eure Tochter zu töten, einfach aus dem Nichts heraus. Einzige Möglichkeit das zu verhindern ist, dass euer Konzern pleitegehen muss. DAS ist der Preis; tragisch an diesem Beispiel ist, das die erschütternde Mehrheit der Männer damit nicht umgehen kann, solange ihnen der Nutzen für den Erpressers unbekannt bleibt; deswegen täte die Mehrheit das Falsche, nämlich was? Also, wie sieht Lösung eins aus? Sie tun, was man ihnen sagt und Lösung zwei, sie nehmen den Kampf auf und heuern den besten Killer der Welt an, um die Typen auszuschalten. Doch die Mehrheit aller männlichen Alphatiere würde sich für Lösung zwei aussprechen, weil bei den meisten das Ego größer als der Verstand ist. Nach kurzer Zeit finden sie den besten Killer und fühlen sich wieder stark.

Jetzt denken sie wieder alles unter Kontrolle zu haben. Wer aber sagt, dass die Tochter nicht dennoch getötet wird? Ist beruflicher Erfolg wichtiger als Familie? Es ist eine faustische Situation, ein Pakt mit dem Teufel. Wählt ihr Lösung zwei, in der Hoffnung Erfolg zu haben, oder Lösung eins, über Ego und Charakter hinauszuwachsen, um einen neuen Weg zu beschreiten?

Mit großer Wahrscheinlichkeit, wären alle egozentrischen Alphatiere am Tod ihrer Tochter schuld. Menschlicher Makel Egoismus, weswegen die Menschheit seit tausenden von Jahren mit Leid und Schmerz übergossen wird, weil der Mensch die Natur nicht mehr zum Feind hat, und sich stattdessen gegenseitig bekämpft!" François konnte das so nicht stehenlassen.

„Schöne Geschichte, Leo! Wir wechseln bei der Bewertung des Finanzmarktes also von faktischen Daten, zur rein psychologischen Bewertung, im Ernst?" Martin merkte, dass der Franzose an seine Grenzen stieß und versuchte ihn aus seinem Wirtschaftsgedankenloch herauszuholen. „Natürlich François! Weil der Mensch, allen voran der Mann, ein Krieger und Kämpfer ist! Seit es

Menschen gibt, herrscht Krieg auf dem Planeten. In allen Fällen hat es mit Ego und Macht zu tun. Ich erschüttere und schlage sie mit dem urzeitlichen Gesetz des plötzlichen, unangekündigten Todes. Alphatiere leiden grundsätzlich an Überschätzung; jeder glaubt, wichtig zu sein und genau deswegen lebt jeder mit der Angst, der Nächste zu sein!" Martin ließ seine Worte nachwirken. Andächtige Stille beherrschte die vier Webcams. Nur Angelo behielt klar Sicht. „Also, wie gehen wir jetzt vor? Was machen wir als nächstes? Und vor Allem, was macht jeder einzelne von uns?" François blieb unsicher und bekam Angst.

„Wartet mal, sind wir jetzt ein Geheimbund, oder was? Wir haben alle ganz normale Leben, mit Frauen und Kindern, wie zum Beispiel ich!" Leonidas versuchte ihn zu beruhigen.

„Ganz ruhig, François..." doch es klappte nicht.

„Ich bin völlig ruhig, Leonidas Kavafis! Ich will lediglich verstehen, wie wir aus dieser Nummer rauskommen..." Martin spürte, wie François' Furcht Besitz von ihm ergriff.

„Langsam François! Zurzeit bin ich alleine bei dieser, nennen wir sie mal, Unternehmung; heute habe ich euch lediglich gewarnt, dass ihr ab jetzt Mitwisser seid; was jeder von euch letztendlich damit macht, steht auf einem anderen Blatt; ich mache euch einen Vorschlag: Ich erzähle euch, was ich als Nächstes vorhabe und wie ihr dabei unterstützen könntet. Wem das passt, sagt einfach Bescheid, einverstanden?"

„Klingt gut, einverstanden!" Leonidas war schnell bei der Hand. „François, Angelo...?" Martin schaute den zwei Freunden beim Denken zu, bis alle drei

still nickten. Angelo musste seine Begeisterung heraus-
lassen. „Bravo! Ich mag deinen Vorschlag, Marty! Und für
mich steht jetzt schon fest, dass ich dabei bin!" Martin
freute sich über die schnelle Zusage des Venezianers und
erklärte den Freuden seine nächsten Schritte. „Vielen
Dank Angelo! Also, ich bleibe zunächst mal in Paris. Ich
will wissen, wo die neue Nummer eins wohnt und was er
für Gewohnheiten hat." François schien noch nicht dabei
zu sein.

    „Stop Martin! Was bist du? Der Erzengel der
Weltfinanz? Ritter der Gerechtigkeit? Retter der Schwachen und Armen, eine Art Robin Hood, der den Dschun-
gel der Weltfinanz säubert? Ist das dein Ernst?" Martin
spürte, dass er François offen attackieren musste, um ihn
wachzurütteln.

    „François, du karikierst das Ganze offenkundig,
das ist deinem Niveau nicht entsprechend! Die einfache
Antwort, auf deine Frage ist und bleibt ein klares – JA!
Natürlich, verflucht noch mal, glaube ich daran, sonst
hätte ich es nicht getan! Viel wichtiger aber ist NICHT
das Label, die Rolle, die du mir aufoktroyieren willst,
sondern, und das wiederhole ich sooft Ihr das wollt, ich
GLAUBE an diese Methodik!

    Nur diese Methodik wird Erfolg bringen. Alle an-
deren Maßnahmen verwässern das Ergebnis, weswegen
sie echte Veränderungen schlussendlich verhindern. Das
Ausschalten eines wichtigen Menschen funktioniert einzig und allein! Ja, daran glaube ich!" „Wow! Meine
Sprachlosigkeit hast du, lieber Freund!" Martin spürte,
dass der Franzose dabei sein wollte. „Danke, François.
Also zurückkommend auf unseren ursprünglichen
Punkt: Wie könnt Ihr helfen? Wenn jemand von euch die

Andromeda-Group beobachten könnte, ich meine wirtschaftlich, was macht der Kurs? Kaufen sie zur Rettung wie wild eigene Aktien auf? Wer sind die vielen Firmen, die zur Gruppe gehören? Wie entwickeln die sich? Ich weiß nicht, ob Isabella eine komplette Übersicht hat. Auf kurz oder lang, treffen wir sie. Dann brauche ich technische Unterstützung. Welche Methoden bieten sich außer Schusswaffen an, versteht Ihr was ich meine?" François wurde neugieriger. „Was meinst du, Marty?" Martin ahnte, dass der Franzose der Richtige für die Aufgabe sein könnte. „Wir lösen eine Art Endgame aus, Alle gegen Alle, auf globaler Ebene; und da frage ich mich, nach welchen Werten handeln wir? Oder anders gesprochen, wer wollen wir morgen sein? Was ist unser Ziel, welche Vision haben wir? Warum machen wir das alles? Was ist unsere Story?" Langsam erhellte sich das Gesicht des Pariser Professors. „Das übernehme ich!" Martin freute sich riesig. „Klasse, François!" Er merkte, wie sich eine Welle positiver Energie ausbreitete. Leonidas stand auf. „Irgendwie fände ich es natürlich, wenn ich mich um die Andromeda-Group kümmere!" „Bist du sicher, Leo?" Doch auch Martin schien entgangen zu sein, wie viel weiter Leonidas schon war. „Beruhigt euch Freunde! Ich kenne meinen Anteil am Scheitern; macht euch keine Gedanken; auf jeden Fall sollten wir uns ab sofort regelmäßig austauschen." Angelo sprang vor Begeisterung auf. „Genau das wollte ich gerade vorschlagen! Lasst uns einmal die Woche einen Call machen; ich kümmere mich um die Technik, um den Garten artgerecht zu beschneiden", und zwinkerte in die Kameras. Martin hatte vor Freude einen Kloß im Hals „Danke Angelo! So machen wir es", und lächelte mit glasigen Augen.

Neue Nummer Eins

Die neue Zielperson Nummer Eins hatte eine heimliche Geliebte. Typen wie er schienen Trophäensammler zu sein, die nie losließen. Immer brauchten sie Zugriff auf alles. Großzügig ließ er seine Mätresse im fünften Arrondissement wohnen. Martin entschloss sich ein paar Untersuchungen anzustellen.

„Denk daran, dass ihre Wohnung vermutlich durch Geheimdienst oder Polizei bewacht sein wird!", erinnerte Martin sich an die mahnenden Worte Angelos. François und Leo bestanden darauf, dass man ab sofort gemeinsam über die Methode entschied, wenn Nummer Eins entfernt werden musste.

Martin wollte einen ersten Eindruck bekommen, ob es einen Hintereingang zu ihrer Wohnung gab und ob man den bewachte. Wochenlang beobachtete er seine möglichen Verfolger und musste am Ende erleichtert zugeben, dass es keine gab. Martin fühlte sich viel wohler, seit seine Freunde mit dabei waren. Zu viert hatten sie mehr Durchschlagskraft und mehr kollektive Intelligenz. Schnell verstanden seine drei Freunde, welche Wichtigkeit Zeit und Geduld hatten, wenn man Alphatiere ohne Kollateralschäden entfernen wollte.

Martin sah in den Spiegel seines Hotelzimmers und betrachtete seine bequeme Kleidung. Vorsichtig schloss er seine Zimmertür auf, trat auf den Gang und verriegelte sie wieder. Ein Wagen mit Handtüchern und Reinigungsmitteln stand im Gang vorm Zimmer nebenan. Martin hörte eine Frau summen und lauschte ihrem geschäftigen Herumfuhrwerken und dem Ausklopfen von Bettwäsche. Kurz darauf trat ein hübsches Dienstmädchen aus dem Zimmer nebenan. „Bonjour Monsieur, ich wünsche Ihnen einen schönen Tag." Martin konnte manchmal allergische Reaktionen auf Fröhlichkeit haben. Diese Form jedoch mochte er, weil sie sich echt anfühlte, weswegen es ihm leichtfiel zurück zu lächeln. „Bonjour, das wünsche ich Ihnen auch." Martin hatte aus irgendeinem Grund keine Lust den Aufzug zu nehmen und ging die Nottreppe runter. Lautlos schlüpfte er im Erdgeschoss aus einer Seitentür, ging in den Speisesaal, griff sich Croissants und Café und schlenderte hinaus in den Pariser Herbst.

Martin liebte das Buttergebäck, dass er wie ein ausgehungerter Erntehelfer herunterschlang. Während er langsam die Straße entlangging, nippte er an seinem Café und griff gedankenverloren in die Innentasche seines Jacketts. Kurz darauf fingerte er Zigaretten heraus, schnippte eine an und nahm einen genussvollen Zug. Ein paarmal bog er links und rechts ab und lief dann eine lange Gerade hinunter. Hin und wieder hielt Martin an und blickte auf sein Smartphone, um zu schauen, wie weit es noch war. Er setzte seinen Weg fort und betrachtete schöne Stadthäuser, mit erhabenen alten Bäumen, die sich Normalsterbliche nicht leisten konnten.

Überall parkten Autos von Anwohnern, die anscheinend keine geregelten Arbeitszeiten hatten. Martin wechselte mehrmals die Straßenseite und begriff, dass sein Verfolgungswahn noch nicht ganz verflogen war. Ein weiteres Mal sah Martin auf die digitale Karte seines Smartphones, um zu überprüfen, wo er sich befand.

Aus einiger Entfernung erblickte er die gepflegte Stadtvilla. Na Endlich! Auf einer nahe gelegenen Bank ließ er sich nieder und begann seine Umgebung zu beobachten. Versteckten sich irgendwo Zivilfahnder, Geheimdienstler, gar Bewacher? Martin steckte sich eine neue Zigarette an, griff sich ein weggeworfenes Magazin aus der Mülltonne neben ihm und blickte über den Rand der Zeitschrift die Straße entlang. Er sah Autos sämtlicher bekannter Marken. Kombis, Geländewagen, Limousinen, Klein- und Sportwagen. Nichts, was Martin auffällig vorkam. Doch plötzlich bemerkte er in einiger Entfernung einen dunkelblauen Citroen C4, in dem zwei Männer saßen. Zwei helle hochkantige Rechtecke standen auf dem Armaturenbrett, vermutlich Kaffeebecher. Hin und wieder sah Martin Rauch aus den Seitenscheiben aufsteigen. Martin fragte sich, warum sie sich so wenig bemühten unerkannt zu bleiben. Er kam zu dem Schluss, dass ihre Strategie vermutlich das Gegenteil erreichen sollte, nämlich Präsenz zeigen.

Vielleicht hatte Martin Glück und niemand bewachte den Hintereingang, weil es mühevoll war, von Mülltonnen, sowie Seiten- und Hintereingängen umzingelt zu sein. Er klemmte sich das Magazin unter den Arm und schlenderte rauchend in eine kleine Seitenstraße rein und erblickte eine wacklige Nottreppe, die man halbherzig an die Rückwand der Stadtvilla geschraubt hatte. Das genügte! Martin schien sichtlich zufrieden. Er ging noch ein paar hundert Meter weiter, bog wieder links ab, schmiss das zerfledderte Magazin in einen anderen Mülleimer und ging ein paar Straßen weiter zu einem Kiosk, bei dem er die Tageszeitung kaufte. Er stecke sich eine Zigarette an und ging den gleichen Weg wieder zurück zu seiner Bank, um erneut die Straße abwechselnd in beide Richtungen zu beobachten. Ein paar Stunden später, irgendwann zwischen zwanzig und zwanzigdreißig kam die Müllabfuhr. Martin wusste, dass Machtmenschen grundsätzlich wenig Zeit hatten, weswegen sie sich Lebensfreude vom Mund absparten. Er musste herausfinden, welche immer wiederkehrenden Muster sich die neue Nummer eins aufzwang, um gegen seinen Zeitmangel anzukämpfen. Gerade hing Martin seinen Gedanken nach, als der Schichtwechsel nahte. Ein dunkelgrauer Peugeot mit zwei Insassen näherte sich langsam und blieb kurz stehen. Sofort scherte der C4 wie auf Kommando aus der Parkbucht und zog von dannen, während der dunkelgraue Wagen sich in die freigewordene Bucht einfädelte, um die Nachtschicht zu übernehmen. Überwachung war Schwerstarbeit, dachte Martin und fand, dass er genug gesehen hatte. Er streckte und reckte sich, klemmte sich die Tageszeitung unter den Arm und ging mit federnden und gemütlichen Schritten zurück Richtung Hotel. Nachdem er dort ankam, setzte er sich direkt in die Lounge, genehmigte sich einen Croque-Monsieur, sowie zwei Gläser Wein und ging gegen zehn Uhr auf sein Hotelzimmer, um gegen Mitternacht einzuschlafen. Einige Tage später. Mittlerweile hatte Martin herausgefunden, dass die Müllabfuhr regelmäßig Montags und Donnerstags kam, immer regelmäßig gegen zwanzig Uhr in diesem Teil des Viertels. Es passte hervorragend, dass Nummer Eins immer Donnerstagabends zur Freundin fuhr. Schon seit Stunden streunte Martin im Viertel herum, in der Hoffnung die Müllabfuhr zu sehen, um in ihrer Deckung hinter die Stadtvilla zu schlüpfen und in sie einzudringen. Martin verstand die neue Nummer Eins. Tagelang saß er in seinem Palast, unterzeichnete Memoranden, hielt Konferenzen und beriet sich mit seinem Stab. Nachmittags dann langwierige Telefonate mit Kollegen und zu spätes Mittagessen. Nachmittags dann wieder Sitzungen, mit ewig langem Zuhören und Nicken, gespickt mit seinen Unterschriften. Dann ein ebenfalls zu spätes Abendessen mit seiner treuen

Ehefrau, mit der gemeinsamen Geschichte und den Schränken voller Erinnerungen. Martin stellte sich Bilder der drei Kinder aus jungen Jahren vor, wie sie auf ihren Nachttischen standen, sorgfältig in Reih und Glied, wie Orgelpfeifen. Er stellte sich ihre Gespräche am Abendbrottisch vor. „Oui, mein Tag war gut, Schatz; vielen Dank; gib mir doch bitte noch zwei Kartoffeln, merci. Nein, wirklich nur zwei; vielleicht doch noch eine kleine dazu, ginge das? Nein, die da am Rand. Genau die, merci Chérie. Hast du noch etwas Soße für mich? Ja, bitte, über die Kartoffeln, mein Herz, vielen Dank." Bestimmt schenkte er ihr auch nach all den Jahren immer noch aufmerksam Wein nach. Martin dachte an ihre gemeinsamen Stunden vorm knisternden Feuer im Salon. Alles ist ruhig, gemütlich, still und friedlich. Vor seinem geistigen Auge stellte Martin sich den weiteren Verlauf ihrer Gespräche vor. Wie er sie höflich fragte. „Möchtest du vielleicht ein wenig klassische Musik hören?" und sie darauf antwortete. „Was für eine gute Idee, Chérie, aber bitte was Ruhiges, kein Wagner; warum nicht was mit Klavier?" Dann gemeinsames Zähneputzen; wie sie nebeneinander standen, sie im bordeauxroten Lieblingsnachthemd, er in einem blau-weiß-gestreiften Baumwollschlafanzug, der elegant ein kleines Wohlstandsbäuchlein kaschierte; nur ganz kurz huschte er im Bett über ein paar Akten und griff dann nach seinem Buch, dazu Brennesseltee. Mitternacht. „Gute Nacht Chérie", dann sein gehauchter Kuss; sie löschten das Licht, drehten sich auf die Seite, während er an seine Freundin dachte und still in sich hineinlächelte, bis ihn die Dunkelheit mit feuchten Träumen bedeckte. Bald war wieder Donnerstag. Ihn ausgerechnet in seinen privaten Gemächern des Palais' zu erwischen? Einfach Unmöglich, zu gut schützte man ihn. Also brauchte man Fantasie, um einen Ausweg zu finden. Wenn man lang genug suchte und daran glaubte, dass wir alle dunkle Schächte hatten, dann wurde man auch fündig. Immer! Wochenlang studierte Martin seine Abläufe. Wieder und wieder malträtierte er François, Angelo und Leonidas, bis sie ein Muster erkannten. Heureka! Sie fühlten sich wie bei einem Sechser im Lotto. Endlich hatten sie seinen blinden Fleck gefunden. Seine rege Libido. Immer zur gleichen Zeit fuhr er zu ihr, wie ein Uhrwerk, genauso wie zuhause. Ein Mann ist was er ist und er tut, was er kann. Und er immer Donnerstags. Martin wollte den Müllwagen mit all dem Gewusel nutzen, um unbemerkt hinter das Haus der Freundin zu kommen, über die Notleiter zu steigen und in die Wohnung einzudringen. Dann wurde es halb neun, doch der Müllwagen war immer noch nicht in Sicht. Unaufgeregt saßen die zwei Zivilpolizisten in ihrem Auto. Hin und wieder sahen sie zum Eingang ihres Schutzobjektes, dann wieder die Straßen entlang, wo sie zwei Damen mit Hunden und zwei Jogger beobachteten. Der männliche Läufer war weiß, unrasiert, vielleicht Ende Vierzig; die Frau an seiner Seite blond, mittelgroß und Anfang Dreißig. Außerdem erblickten sie eine Holzbank zwischen den alten Platanen, auf der ein bequem gekleideter Mann saß, also nichts, was Neugier entfachte, oder siebte Sinne weckte. Abwechselnd lasen sie Zeitung und Whatsapp-Nachrichten, während sie hin und wieder rauchten und Kaffee nachschenkten. Endlich kamen Dunkelheit und Müllabfuhr. In dem rotierenden grellen Licht und dem Aufruhr, den die Müllmänner auslösten, konnte Martin unbemerkt in die Seitenstraße gegenüber seiner Bank huschen und sich dem Haus annähern. Vorsichtig schlich er durch den Hinterhof und gelangte ungesehen auf die Nottreppe. Zum Glück schien sie besser in Schuss zu sein als Martin befürchtete. Kein Quietschen oder Knarzen. Keinen Mucks machte sie. Auch das Schloss des Notausgangs im obersten Stock ließ sich leicht öffnen. Ungehindert konnte Martin hineinschlüpfen, er trug jetzt eine Lieferservice-Uniform, inklusive Pizza-Paket, die er unter seinem dunklen weiten Mantel trug. Man konnte nie wissen, ob nicht irgendwer einen überraschte. Vorsichtig ging Martin durch das Treppenhaus des Penthouse. Die Mätresse von Nummer eins schien nicht da zu sein. Leicht wie ein Champagner-Korken ließ sich der Schließzylinder der blitzblank polierten Holztür drehen. Klick-Klack. Schon war Martin drin. Leise schloss er die Tür wieder hinter sich und tastete sich in die Küche vor. Sie schien edel eingerichtet zu sein. Franzosen kochten gerne und wer konnte, mit Gas. Martin inspizierte das großzügige Wohnzimmer und ein beeindruckendes Bad, das direkt an ihr Schlafgemach anschloss, inklusive malerischer Terrasse. Ohne Schwierigkeiten installierte Martin einige Hochleistungswanzen und machte Fotos. Seine Aktion wurde ein voller Erfolg. Geräuschlos öffnete er zum zweiten Mal die massive Eingangstür. Gerade noch rechtzeitig, wie sich herausstellte. Zur gleichen Zeit, als Martin die Notleiter wieder hinunterschlich, betrat Nummer Eins und seine Mätresse gemeinsam die Wohnung. Martin hörte ihre Schritte über den Knopf im Ohr und huschte zufrieden über den Hinterhof. Hoch erfreut schlenderte Martin ein paar Meter, sah sich um, griff den dunklen Mantel aus dem Gebüsch und ging wieder inkognito und sichtlich zufrieden zum Hotel zurück.

Ruhe vor dem Sturm

Acht Uhr morgens. Paris erwachte. Draußen bahnten sich die Ruhelosen ausgetrampelte Wege in Büros, Baustellen, Ämter und Bäckereien. Hochgeschreckt vom Wecker riss Martin die Augen auf und starrte auf sein Smartphone. Wieder vermieste es ihm den Morgen. Mühsam, wie ein Seehund bei Ebbe, rollte er sich aus dem Bett, kratzte sich unterm Bauchnabel und bewegte kreisend seine Arme, als schienen es unwillige Äste alter Olivenbäume zu sein, die regungslos der Zeit beim Altern zusahen. Martin ging zum Fenster und schmeckte den Teppich, den der Whiskey gestern Nacht im Rachen hinterlassen hatte, von dem er sich zur Belohnung, verdienter Maßen, nach seinem gelungenen Husarenstück, reichlich genehmigt hatte. Seine Zunge fühlte sich an wie eine Endmoräne. Bing! Bing! Bing! Bing! Bing! Bing! Whatsapp-Nachrichten prasselten ein, wie ein ungeduldiger Wolkenbruch. „Was sind wir doch für eine Bande abhängiger Sklaven", fluchte Martin. „Frei nach Aristoteles: Wer Sicherheit, statt Freiheit wählt, muss sich zu Recht Sklave nennen!" Wie jeden Morgen stöhnte er schwer. Es fühlte sich gut an, wenn man hin und wieder meckerte. Martin entschloss vor dem Frühstück zu laufen. Schnell schlüpfte er in Sportklamotten und Laufschuhe, griff nach dem Zimmerschlüssel, öffnete die Tür und ging zum Aufzug. Ein dunkelhaariges Zimmermädchen stand mit ihrem Wagen im Gang. „Bonjour Monsieur. Bonne Journée." Freundlich begrüßte sie Martin. „Bonjour, vielen Dank, wünsche ich Ihnen ebenfalls."

Vermutlich Marokkanerin, dachte Martin; Mitte zwanzig, schüchtern und hübsch. Er sah ihre starke Unterarmbehaarung, als er an ihr vorbeiging. Auch die großen schwarzen glänzenden Augen, ihren kräftigen Mund, mit einer obszön aussehenden, etwas zu üppigen Oberlippe, die Martins Phantasie anregte.   Ihr langer Rock, sowie die hässlichen, großmütterlich aussehenden Schuhe gaben ihr leidlichen Schutz vor Männern mit nervöser Libido und Doppelnamen. Obwohl Martin Sport machte, war er heute faul und nahm den Aufzug, der sogleich angebraust kam und sich sanft rollend öffnete.   „Bonjour", Martin war grundsätzlich höflich. „Bonjour", antworten zwei Anzüge im Chor, die Siegelringe und Manschettenknöpfe trugen; beide vielleicht einen Meter und fünfundsiebzig, mit grauem vollen Haar und schwarzen Schuhen. Beide hatten etwas Aristokratisches an sich. Der andere trug einen kunstvoll gefertigten schweren Ring an der Hand, mit merkwürdigen Linien darauf und hatte tiefliegende Augen. Vermutlich Italiener. Sanft quietschend schlossen sich die Schiebetüren des Fahrstuhls. Langsam drehte Martin seinen Rücken den Unbekannten zu und blickte gedankenversunken auf die mit Schrammen und Kratzern übersäte Innenseite der Stahltüren. Leicht verzerrt, wie bei gebogenen Spiegeln einer Geisterbahn, sah er ihre matten Reflexionen auf den Metallblechen hin und her-huschen. Trotz ihrer spärlichen Bewegungen raschelten ihre Anzügen. Mehrmals blickten sie befangen auf Armbanduhren und Decke. Endlich blieb der Fahrstuhl stehen und fuhr die blechernen Schiebetüren zur Seite.

Martin schlenderte durch die Empfangshalle, nickte der Rezeptionistin zu, ging mit federnden Schritten nach draußen, bog links den Fußweg hinunter und begann zu laufen. Nach wenigen Metern fiel Martin in seine gewohnte Laufgeschwindigkeit. Überall knatterten Scooter, die zwischen Autos herumwuselten. In Schlangenlinien lief Martin um Passanten herum, die den Trottoir in ein Meer von Farben, Gerüchen und Geräusche tauchten. Martin überquerte Straßen, längst hatte er seinen Rhythmus gefunden, fühlte sich gut. In einiger Entfernung hielt kurz vor einer Straßeneinmündung einer der vielen Lieferwagen, die Paris mit Waren versorgten. Martin beschloss die Straße dort herunterzulaufen, um seine Strecke zu vergrößern. Vergnügt beobachtete er die vielen Fußgänger. Alle sind mit Smartphones beschäftigt, weswegen er in S-Kurven um die abgelenkten Passanten herumlief. Bald erreichte Martin die Straßeneinmündung, bog links ab und sah sich penibel geputzte Stadtvillen an. Radfahrer kamen ihm entgegen. In einiger Entfernung öffnete ein Bus seine Türen. Aus den Augenwinkeln sah Martin, wie sich Schiebetüren eines weiteren Lieferwagens öffneten, während ihm eine Frau, mit blumigen Sommerkleid entgegen kam. Martin blickte den schönen Beinen hinterher, während er im Hintergrund ein Rascheln hörte. Martin kannte dieses Geräusch und dachte gerade darüber nach, woher, als er plötzlich aus dem Nichts einen Schlag auf den Kopf bekam und alles um ihn herum in Dunkelheit versank...

"Brennende Krokodile löscht man nicht"
ISBN 978-3-00-054027-1   15,99€
Don Tango's Buch handelt vom mechanischen Großstadtleben und der Unfähigkeit seines Protagonisten, sich erfolgreich durch den Bedürfnis-Dschungel einer fremden Stadt und Kultur hindurchzuhangeln. Sein ständiges Scheitern zeugt von seinem unstillbaren Schrei nach Freiheit und der Bewahrung seines Ich's – ein Muss für jeden der Sprache und Leben liebt!

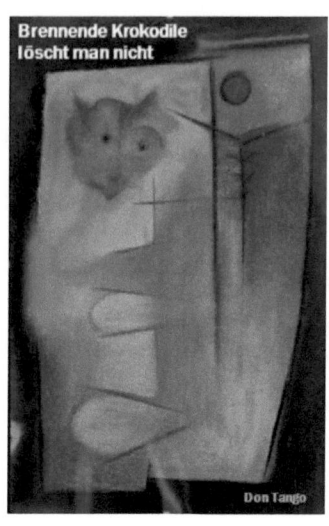

Brennende Krokodile
löscht man nicht

Don Tango

„Der Kuss der Nofretete"
ISBN 978-3-9819533-0-5 – 19,91€
Mögliche Auswege eines feinsinnigen Man-
nes im mittleren Alter sind die Themen dieses
Don Tango Romans, dessen Protagonist sich
weigert, von der konsumierenden Alltags-
Knochenmühle vereinnahmt zu werden. Man
erhält intimste Zugänge zu Erinnerungen aus
Kinder und Jugendtagen, die bis in seine Ge-
genwart Quelle seines Widerstands bleiben.
Ein Buch für starke Nerven, weil der Leser

hautnah Zeuge bei der schonungslosen Auf-
deckung von Opportunismus und der daraus
resultierenden lebensbedrohlichen Verzweiflung wird, ohne dass die Beobachtung pietät-
voll den Blick zur Seite neigt, als der Tod an
der Türe klopft.... !

Genau so isses..